Luca Ventura

Bittersüße Zitronen

Der Capri-Krimi

ROMAN

Diogenes

Covermotiv: Foto von Vacclav

Die Karten der Insel Capri und des Golfs von Neapel
sind gezeichnet von Julian Meyer

Diogenes Verlag AG Zürich
www.diogenes.ch
350 / 21 / 852 / 1
ISBN 978 3 257 30082 6

1

Normalerweise war um diese Zeit unten alles still, manchmal war noch Wasserrauschen zu hören, die Klospülung oder der Fernseher. Aber niemals so ein Hin-und-Her-Gerenne. Schranktüren wurden aufgerissen und wieder zugeknallt.

Enrico Rizzi knipste das Licht, das er gerade ausgeschaltet hatte, wieder an, schlug die Decke zurück, zog seine Jogginghose über und ging barfuß vor die Tür, über die Außentreppe einen Stock tiefer in die erste Etage. In der Küche brannte Licht.

»Mamma?«

Ein frischer Kürbis lag im Eingang. Es roch nach Knoblauch und gebratener Pancetta. Und nach Regen. Seit Tagen schon goss es in Strömen. Er stieg über die Schuhe seines Vaters. Auf dem Küchentisch standen schon die Butterbrotdose und die Thermoskanne für morgen bereit und auf dem Stuhl die Aktentasche, außerdem hatte Marta die große rote Mappe hervorgeholt – das sichere Zeichen, dass Monatsanfang war und sie die Strom- und Telefonrechnungen zusammensuchte. Hundertmal hatte er ihr gesagt, dass Daueraufträge und Einzugsermächtigungen das Leben leichter machten, aber da war nichts zu machen. Marta stand lieber auf der Post Schlange.

»Hallo?«, rief er.

Seine Mutter war im Bad, hatte die Medikamente aus dem Schränkchen geräumt und las, mit der Brille auf der Nase, was auf den Verpackungen stand.

»Weißt du eigentlich, wie spät es ist?«, fragte Rizzi. »Jemand krank?«

Sie hielt ihm eine Packung mit Schmerztabletten hin. »Sind die noch gut?«, fragte sie.

Rizzi prüfte das Datum auf der Schachtel. »Vorletztes Jahr abgelaufen«, sagte er und warf die Packung in den Müll. »Was ist passiert?«

Wie sich herausstellte, hatte Vito das Pflaumenbäumchen noch spätabends umsetzen wollen, das sie im Frühjahr neben dem Olivenbaum gepflanzt hatten. Sie hatten jedoch unterschätzt, wie stark die Olive, nachdem sie gestutzt worden war, ausschlagen würde. Der Baum war über den Sommer dermaßen in die Höhe geschossen und in die Breite gegangen, dass die Pflaume mittelfristig einfach nicht genügend Licht bekommen würde und in der Folge zu verkümmern drohte.

»Jedenfalls hat dein Vater, als der Regen vorbei war und die Erde schön locker, ein Loch gegraben«, berichtete Marta. »Ich stehe daneben, halte die Lampe und sage noch: Pass auf. Aber er macht einen falschen Schritt nach hinten, verliert das Gleichgewicht, ich versuche, ihn festzuhalten, und bumms, liegen wir auf dem Boden.«

»Kein Drama«, kam Vitos schwache Stimme aus dem Schlafzimmer. »Wahrscheinlich ist es bloß ein Hexenschuss.«

Marta bückte sich und holte die Tabletten wieder aus

dem Mülleimer. »Die helfen ihm über die Nacht«, meinte sie pragmatisch, »und dann sehen wir weiter.«

Rizzi nahm seiner Mutter die Packung aus der Hand und steckte sie ein. »Wir rufen jetzt den Arzt.«

»Red keinen Unsinn«, rief Vito. »Wegen einer solchen Lappalie klingeln wir Bruno ganz bestimmt nicht aus dem Bett.«

»Ob es eine Lappalie ist, wollen wir erst mal sehen«, antwortete Rizzi.

»Kein Wort mehr«, kam es aus dem Schlafzimmer.

Marta schaute ihren Sohn mit diesem Siehst-du?-Blick an und erklärte: »Dann werde ich jetzt mal eine Wärmflasche machen.«

»Wo hast du die Schmerzen?«, fragte Rizzi, als er zu Vito ins Schlafzimmer kam. »Ist es die Hüfte?«

»Mach mich nicht kränker, als ich bin«, knurrte Vito. »Mit meiner Hüfte ist alles in Ordnung.«

»Also das Becken?«

»Ich sag doch: Hexenschuss. Mit etwas Wärme kriegen wir das schon wieder hin.«

»Nicht, wenn was gebrochen ist.«

»Es ist aber nichts gebrochen.« Vito versuchte, sich aufzusetzen, und verzog vor Schmerzen das Gesicht. »Junge«, ächzte er, »wer konnte denn ahnen, dass das Biest über den Sommer solche Wurzeln schlägt?«

Rizzi trat näher. »Wir hatten ausgemacht, dass ich mich darum kümmere.«

»Und? Hast du?« Vito streckte seinen Arm zur Decke und ließ ihn kraftlos niederfallen. »Ich weiß, du hast viel um die Ohren«, sagte er, »aber ich kann nicht die ganze

Zeit warten und Däumchen drehen, bis du irgendwann mal ein Stündchen Zeit hast. So funktioniert es nicht.«

Rizzi schwieg. Das Problem war ja nicht neu. Er liebte die Gärten, aber er liebte auch seinen Beruf, und der ging im Zweifel vor. Vito wusste das und fand es auch völlig richtig – sagte er jedenfalls. Aber seit die Kräfte seines Vaters nachließen und Rizzi in den Gärten immer öfter für Arbeiten gebraucht wurde, die Vito früher allein und mit links erledigt hatte, wurde die Sache zu einem echten Problem. So ging es auf jeden Fall nicht weiter. Früher oder später mussten sie eine Lösung finden.

Marta schaltete das Deckenlicht an und schob Vito die Wärmflasche unter. »Besser?«, fragte sie – und an ihren Sohn gewandt: »Hast du etwas gegessen?«

»Ja.«

»Was?«

»Mamma, es ist spät.«

»Sind Gina und Francesca nicht bei dir?«

Er schüttelte den Kopf. »Heute ist Mutter-Tochter-Tag.«

»Die beiden fressen dir irgendwann noch die Haare vom Kopf.«

»Hör auf«, sagte Vito. »Und schau ihn dir an: Er hat genug Haare auf dem Kopf.«

Marta stopfte wortlos die Decke um Vitos Füße zurecht, nahm die Gartenhose vom Stuhl und die schmutzigen Socken, und Rizzi wurde klar, dass jetzt der Zeitpunkt gekommen war, um seinem Vater klarzumachen, dass sie im kommenden Frühjahr einen Hilfsarbeiter einstellen mussten, der die Arbeiten übernahm, die für Vito zu schwer waren.

»Wie läuft es mit dir und Gina?«, fragte Vito, nachdem Marta verschwunden war.

»Alles bestens.« Rizzi zog sich einen Stuhl heran.

»Das Jahr ist schon wieder fast rum, und ihr habt immer noch keinen Hochzeitstermin.«

»Nicht jetzt, Papà.«

»Wann heiratet ihr? Wann bekomme ich meinen Enkel?«

»Es ist alles nicht so einfach.« Er schenkte seinem Vater ein Glas Wasser ein. »Sie hat mit ihrem Ex einiges durchgemacht und braucht einfach noch ein bisschen Zeit. Ich kann da nicht ständig Druck machen.«

»Du bist jetzt zweiunddreißig. Vor elf Jahren ist dein Junge von uns gegangen. Ich weiß, du trauerst immer noch, das tun wir alle, und die Wunde wird nie verheilen. Damit musst du, damit müssen wir alle leben, solange wir atmen. Aber das Leben geht weiter. Schau dir Matilda an. Wie schnell war sie nach eurer Scheidung wieder verheiratet? Das ging ruckzuck. Ihr Kapitän hat nicht lange gefackelt. Und jetzt hat sie wie viele Kinder?«

»Zwei.«

»Was ich sagen will, Enrico: Du darfst keine Zeit mehr verlieren. Wenn du denkst, Gina ist die Richtige, geh, mach den Sack zu.«

»Das musst du mir nicht erzählen, Papà. Das weiß ich selbst.«

Sein Telefon klingelte. Auf seinem Display leuchtete die Nummer vom Polizeiposten. Es war die Nachtschicht, und Rizzi hatte Bereitschaft. Er nahm das Gespräch an. Ein Notruf, erklärte der Kollege, aus der Via Grotta Azzurra.

»Signora De Lulla?«, fragte Rizzi.

»Bingo. Sie behauptet, es sei jemand im Haus.«

»Einbrecher oder Geister?« Rizzi schaute auf die Uhr. »Es ist okay, ich kümmer mich darum«, sagte er und legte auf.

»Was ist passiert?«, fragte Vito.

»Nichts von Bedeutung.« Rizzi erhob sich. »Das Übliche.«

*

Dreißig Minuten später hielt er vor dem großen Tor an der Via Grotta Azzurra, verstaute Helm und Regencape unter dem Sattel und holte aus dem Handschuhfach seine Polizeimütze. Es war stockfinster. Die Gartenlampen funktionierten nicht, und das diffuse Licht von der Straßenlaterne drang kaum bis zur Pforte. Rizzi schaltete die Lampe an seinem Telefon ein und leuchtete nach dem Klingelknopf.

Während er wartete, tropfte es ringsum von den Büschen und Bäumen. Wasser gurgelte im Rinnstein, und in der Ferne rauschte das Meer. Der Himmel war schwarz, kein Stern zu sehen, und es roch nach nasser Erde. Rizzi fasste an das schmiedeeiserne Gitter und stellte zu seiner Verwunderung fest, dass die Pforte nur angelehnt war.

Der gepflasterte Weg zum Haus war mit Laub bedeckt, und nach jedem fünften Schritt kam eine kleine Stufe. Aber er hätte sich auch blind zurechtgefunden, so oft wie er hier schon entlanggegangen war.

In der Stille waren nur seine Schritte auf den nassen Blättern zu hören, das Knacken von Ästen und eine Katze, die greinend ihr Revier verteidigte. Warum Signora De Lulla nach dem letzten Einbruch Alarmanlage und Infrarotkameras installieren ließ und jetzt nicht mal die Bewegungsmelder ansprangen, war ihm ein Rätsel. Und überhaupt: Was nützte das alles, wenn das Tor offen stand und man einfach so hereinspazieren konnte?

Das Haus in seiner ganzen Größe, mit dem Ost- und dem Westflügel, lag im Dunkeln. Vor dem Eingangsportal standen ein Paar gelbe Gummistiefel, zwei Kästen Mineralwasser und eine Tüte mit Lebensmitteln, an der ein Zettel hing. Rizzi leuchtete mit seiner Taschenlampe. Die Lieferung war vom Supermarkt an der Via Pagliaro, und die Beträge auf der Einkaufsquittung waren heute Vormittag um 10.35 Uhr berechnet worden. Auch hier funktionierte die Klingel nicht. Rizzi war unschlüssig, ob er erst noch die Runde ums Haus herum machen sollte, entschied sich aber für die abgekürzte Variante, stieg auf das Mäuerchen, streckte den Arm und fasste in die Regenrinne.

Nachdem er aufgeschlossen und die Tür einen Spaltbreit geöffnet hatte, rief er: »Signora De Lulla?«

Er tastete nach dem Lichtschalter, drückte, aber nichts geschah. Kein Strom. Er leuchtete in der Eingangshalle über den Tisch, das künstliche Blumengebinde, die Seidentapete und das riesige Ölgemälde, Signora De Lulla im getupften Kleid, jung und bildschön, aus einer Zeit, als sie noch Ludovica Ferretti hieß und wahrscheinlich am Anfang einer großen Filmkarriere stand.

Rizzi zog die Haustür hinter sich zu und schob links den schweren Vorhang beiseite. Dahinter war die Garderobe, der Platz für den Rollator und, wo der braune Nerz hing, das mit Tapete verkleidete Türchen des Sicherungskastens.

Wie er es sich gedacht hatte: Die Hauptsicherung war herausgesprungen. Er drückte den Schalter nach oben, und augenblicklich flammte in der Halle der riesige Kronleuchter auf, und in der Stille erklang ein Orchester, Streicher, eine Verdi-Ouvertüre.

Rizzi stiefelte über den dicken Teppich ins hellerleuchtete Esszimmer, an dessen Stirnwand das Ölgemälde von Giorgio De Lulla hing, dem schon lange verblichenen Gemahl – mit einem Strohhut in der Hand und einem maliziösen Lächeln. Wenige Monate nach der Hochzeit war er an einem Herzinfarkt gestorben und hatte Signora De Lulla dieses Haus hinterlassen, die Wohnung in Rom und ein paar Wertpapiere. Signora De Lulla pflegte mit dem Sherryglas in der Hand die Legenden, und eine davon war, dass ihre Karriere – von der Tochter eines Fassbauers zum Filmstar – ganz anders verlaufen wäre, wenn ihr nicht dieses Weibsbild aus Pozzuoli in die Quere gekommen wäre, diese Sophia, deren Nachnamen sie sich weigerte auch nur in den Mund zu nehmen.

Er ging um den Esstisch herum, der mit Tellern, Besteck und Gläsern für zwölf Leute gedeckt war, die nie kommen würden, und schob die Flügeltüren zum Salon auseinander. Auch hier war alles wie immer. Auf dem Sekretär am Fenster lag eine nicht zu Ende gespielte Patience, und auf dem niedrigen Rauchglastisch standen Gläser und Karaffen mit Sherry, Whiskey und Ramazotti. Die Opernarie erfüllte den Raum, aber von Signora De Lulla war nichts zu sehen. Wahrscheinlich hatte sie schon längst vergessen, dass sie die Polizei gerufen hatte, hatte einen Whiskey gekippt, ein Valium genommen und war schlafen gegangen.

Nur ihr seidener Hausmantel mit den bunten Flamingos lag auf dem geblümten Teppich, und wie er dort lag, so dramatisch ausgebreitet, als hätte hier sonst was stattgefunden, war wieder einmal typisch für Signora De Lulla. Die Musik verstärkte die Dramatik, und Rizzi empfand plötzlich einen großen Widerwillen. Die Vorstellung, dass das alles hier nur für ihn aufgeführt wurde, war nicht witzig und machte ihn wütend. Er ging quer durch den Raum zum Regal und stellte den CD-Spieler aus.

In der plötzlich eingetretenen Stille war zu hören, wie draußen der Wind heulte und der Regen wieder niederprasselte. Die Fensterläden klapperten, Äste kratzten an der Scheibe. Irgendetwas war seltsam. Rizzi stand regungslos vor dem Regal und lauschte.

Dass die Vorhänge sich kaum merklich bewegten, lag am Durchzug und an den alten Fenstern, und die beiden benutzten Rotweingläser auf dem Tischchen vor dem Kamin bedeuteten wahrscheinlich nichts anderes, als dass Roberto Esposito hier gewesen war, der Hausmeister, der täglich ein paar Piniennadeln aus dem Pool fischte, den Gärtner und die Putzfrau triezte, sich hier durchfraß und immer so lange um Signora De Lulla herumscharwenzelte, bis sie ihm ein Extratrinkgeld zusteckte. Dann sah Rizzi, was hier nicht stimmte.

Einen Meter von ihm entfernt lag ein spitzenbesetztes Taschentuch. Rizzi bückte sich und sah im selben Moment die Hand, die über die Armlehne des Fauteuils ragte und leblos nach unten abknickte. An jedem Finger steckte ein Ring, und jeder Nagel war sorgfältig perlmuttfarben lackiert.

Rizzi trat näher und beugte sich über Signora De Lulla, die in ihrem Ohrensessel aussah wie eine große alte Puppe, die man dorthin gesetzt hatte, weil niemand mehr mit ihr spielen wollte, aber die zum Wegwerfen zu schade war. Ihr Nachthemd mit der venezianischen Stickerei lag in hübschen Falten um ihren voluminösen Körper herum und war unter dem Hals mit einer bunten Kordel züchtig zusammengebunden. Ihr schulterlanges, auf wundersame Weise immer noch kastanienbraunes Haar war genauso tadellos frisiert wie auf dem Gemälde in der Eingangshalle. Nur ihr Kopf war hässlich zur Seite gefallen und ihre große Brille mit den bläulich getönten Gläsern verrutscht.

»Signora De Lulla?« Rizzi fasste an ihr Handgelenk. »Hören Sie mich?« Ihre Augen mit den schwarz getuschten Wimpern waren geschlossen, die blassrosa angemalten Lippen zusammengepresst. Der Puls war schwach, aber vorhanden.

Er roch an ihrem Whiskeyglas, das in Reichweite auf dem Glastisch stand, und zückte sein Telefon, um den Notarzt zu rufen.

»Nur zu«, ließ sich ihre Stimme vernehmen. »Genehmigen Sie sich ruhig einen.«

Signora De Lulla rührte sich nicht, ihr Kopf hing immer noch schief zur Seite, nur ihr Mund stand ein wenig offen.

»Was soll das Theater?« Rizzi stellte ihr Glas zurück auf die Tischplatte.

»Ich dachte schon, es kommt niemand mehr«, sagte sie mit schwerer Zunge, schlug die Augen auf und rückte vorwurfsvoll ihre Brille zurecht.

»Und ich dachte schon, Ihnen sei etwas zugestoßen.« Rizzi steckte sein Telefon wieder ein. »Sie können einem vielleicht einen Schrecken einjagen.«

»Es hat schon seinen Grund, warum ich Sie gerufen habe.« Sie machte eine Handbewegung, als wollte sie eine ganze Dienerschar auf Trab bringen. »Bitte schauen Sie nach, Agente. Ich glaube, es ist jemand im Haus.«

»Die Sicherung ist rausgeflogen«, widersprach Rizzi. »So etwas passiert bei Unwetter. Und wo der Sicherungskasten ist, habe ich Ihnen gezeigt. Sie erinnern sich?«

Sie schaute mit glasigem Blick durch ihn hindurch, beschrieb mit der Hand einen Halbkreis und flüsterte: »Vor den Fenstern waren Schatten. Viele Schatten, große Schatten, und ich dachte, sie sind wieder zurück, die Männer.«

»Was haben Sie genommen?«, fragte Rizzi. »Valium?«

»Nur ein halbes«, antwortete sie gekränkt.

»Sonst noch etwas?«

»Brom«, erklärte sie widerwillig.

»Wie viel?«

»Ein paar Tropfen.« Sie seufzte. »Glauben Sie mir doch einfach. Ich bin nicht verrückt. Die Kerle sind da draußen vorbeigeturnt. Ich hatte Angst.«

»In einer mondlosen Nacht gibt es keine Schatten, und was sie gehört haben, war der Wind.« Rizzi betrachtete die alte Dame forschend. »Oder haben Sie den Schalter für die Hauptsicherung am Ende selbst umgelegt?«

»Wie kommen Sie darauf?«, rief sie empört.

»Sie wissen, dass Sie Roberto kontaktieren sollen, Ihren Hausmeister, Signor Esposito, wenn es um technische Dinge geht, nicht uns. Das habe ich Ihnen schon hundertmal gesagt.«

»Ich weiß sehr gut, wen ich wann kontaktieren muss, und Sie hören jetzt auf der Stelle auf, mich wie ein kleines Kind zu behandeln.« Beleidigt pflückte sie einen Fussel von ihrem Nachthemd. »Setzen Sie sich endlich, nehmen Sie sich einen Drink, und erzählen Sie mir, wo Agente Savio abgeblieben ist. Wie geht es ihm? Ich habe ihn schon seit Ewigkeiten nicht mehr zu Gesicht bekommen.«

Draußen rüttelte der Sturm an den klapprigen Fenstern, und auch der Regen hatte wieder eingesetzt. Rizzi schaute auf die Uhr. »Ich bin im Dienst«, sagte er, »und es ist nach Mitternacht. Nehmen Sie es mir bitte nicht übel, Signora De Lulla, aber ich muss morgen früh raus.«

»Agente Savio nimmt sich immer Zeit zum Plaudern«, erklärte Signora De Lulla vorwurfsvoll und versuchte tapfer, das Zittern in ihrer Stimme zu unterdrücken. »Er ist überhaupt ganz anders als Sie. Charmant und witzig und nicht so kalt und streng wie Sie.«

»Ich mache Ihnen jetzt einen Vorschlag.« Rizzi ließ sich auf der Sofakante nieder. »Und bitte hören Sie mir genau zu. Statt jedes Mal die Polizei verrückt zu machen und mich bei diesem Wetter quer über die Insel zu scheuchen, kontaktieren Sie das nächste Mal einfach Agente Savio direkt und persönlich. Haben Sie mich verstanden? Dann können Sie sich hier mit ihm einen wunderschönen Abend mit Drinks und alten Geschichten machen, und alle sind zufrieden.«

Signora De Lulla nickte, aber vielleicht war es auch nur eine Bewegung mit dem Kopf, während sie ihre Brille abnahm, und die Art und Weise, wie sie das tat, war nicht nur zutiefst gekränkt und beleidigt, sondern so, als hätte er ihr gerade eine Ohrfeige verpasst.

Der Regen prasselte gegen die Scheibe, und Signora De Lulla schneuzte sich leise und vorwurfsvoll in ihr Taschentuch. Rizzi blieb in der Tür stehen und drehte sich noch einmal zu der alten Dame um.

»Also gut«, sagte er und nahm seine Mütze ab. »Ein Gläschen und eine Geschichte, aber nur eine einzige, und dann ist Schluss.«

»Zu Befehl.« Signora De Lulla machte mit dem Glas in der Hand eine Bewegung und verschüttete dabei etwas von der Flüssigkeit.

Rizzi setzte sich, schenkte sich vom alten irischen Whiskey ein und lehnte sich zurück.

*

Als er gegen 5.30 Uhr über die Via Grotta Azzurra zurück nach Hause fuhr, hatte der Regen aufgehört, nur der Wind kam noch in Böen vom Meer und drückte ihn in den Linkskurven auf die Gegenfahrbahn. Er hatte die Straße für sich alleine, spürte die Müdigkeit in seinen Gliedern, dachte an Gina und daran, dass er jetzt gerne noch einen Abstecher machen und zu ihr unter die Bettdecke kriechen würde, um dieser sinnlosen Nacht wenigstens in den frühen Morgenstunden noch einen Sinn und etwas Schönes zu verleihen, als in der Dunkelheit, wie aus dem Nichts, zwei grelle Lichter auftauchten.

Statt zu reagieren, umklammerte er mit den Händen den Lenker und hielt die Spur, als könne er nicht glauben, was er sah. Erst als die gellende Hupe ertönte und die Scheinwerfer vor ihm ab- und wieder aufblendeten, riss er den Lenker herum und spürte im selben Moment, wie die kleinen Reifen seiner Vespa die Haftung verloren. Der nasse

Asphalt verwandelte sich in Seife, der Roller kam ins Rutschen, und Rizzi sah sekundenlang nur gleißendes Licht.

Er spürte den Windstoß wie eine Bugwelle, die ihn auf die Seite drückte, sein Roller hob vom Boden ab, und er versuchte irgendwie, die Balance zu halten. Er klammerte sich an den Lenker und sah in der Dunkelheit ein Gesicht. Ganz verschwommen tauchte es vor ihm auf, wie eine Gestalt aus dem Jenseits, und er dachte: Wer bist du? Oder ob es ein Traum war oder am Alkohol lag.

Im nächsten Moment bekamen die Reifen wieder Haftung, und die Bremsen griffen so hart, dass er beinahe kopfüber über den Lenker geflogen wäre.

Dann stand er, die Füße auf dem Boden, während der Motor tuckerte und vibrierte, und schaute keuchend über seine Schulter zurück. Welcher Verrückte raste hier mitten in der Nacht so halsbrecherisch über die Insel – und mit welchem Ziel?

Die Rücklichter waren in der Dunkelheit verschwunden, hatten sich im Nichts aufgelöst, waren einfach weg, als handele es sich um eine Einbildung oder ein Traumbild.

Ohne weiter zu überlegen, kuppelte er, wendete und fuhr zurück. Sein Scheinwerfer streifte in der Kurve die Böschung, aber etwas war merkwürdig. Wo die Leitplanke endete, fehlte ein Begrenzungspfosten. Nur der Stumpf stand noch da. Er fuhr auf die Seite, stellte die Vespa am Straßenrand ab, ließ den Scheinwerfer angeschaltet, holte aus dem Handschuhfach seine Taschenlampe und leuchtete die Böschung hinunter.

Das felsige Gelände mit den halbhohen Bäumen, niedrigen Palmen und Ginsterbüschen war unübersichtlich, und das Licht seiner Taschenlampe reichte nicht aus, um die Fläche als Ganzes zu erfassen und auszuleuchten. Was da unten in der Dunkelheit lag, konnte alles Mögliche sein, ein Kühlschrank, eine Waschmaschine oder was die Leute hier sonst noch alles in der freien Natur an Sperrmüll entsorgten.

Mit der Taschenlampe in der Hand machte er sich Schritt für Schritt an den Abstieg, rutschte auf dem unbefestigten Untergrund und versuchte, sich irgendwo festzuhalten und nicht die Balance zu verlieren, bis er auf einem Felsvorsprung anlangte und stehen blieb.

Unter ihm, verkeilt zwischen zwei Steinbrocken, lag ein Fahrzeug, eine dreirädrige Ape. Die Ladefläche mit den beiden Hinterrädern stand fast senkrecht in der Luft, während vom Vorderrad und der Fahrerkabine nicht viel zu erkennen war. Nur eine Rauchsäule stieg dort auf. Er ahnte, dass es sich um das Fahrzeug handelte, das ihm vorhin entgegengekommen war und ihn von der Straße gedrängt hatte. Er zückte sein Telefon.

Es dauerte eine Ewigkeit, bis der Kollege von der Wache sich meldete.

»Wir brauchen einen Rettungswagen«, sagte Rizzi und beschrieb mit knappen Worten die Situation.

»Verletzte?«, fragte der Mann am anderen Ende.

»Mit Sicherheit!« Rizzi schrie fast. »Beeil dich. Und sag denen, wir brauchen eine Blechschere, Bolzenschneider – das ganze Gerät.« Bevor er auflegte, erklärte er noch, dass oben an der Straße sein Roller parkte, dort, unterhalb davon, sei die Unfallstelle. Dann steckte er sein Telefon ein und suchte nach einem Weg, wie er näher an die Ape herankommen könnte. Die dornigen Zweige machten ein Durchkommen unmöglich. Er hätte eine Gartenschere oder wenigstens Handschuhe gebraucht.

Schemenhaft sah er eine Gestalt in der Fahrerkabine, vornübergebeugt, über dem Lenkrad.

»Hallo«, rief er. »Hören Sie mich?«

Er musste einen größeren Bogen machen und versuchen, von der anderen Seite einen Zugang zu finden.

Er rutschte mehr, als dass er kletterte, riss sich an den rauhen Oberflächen der Steine die Handflächen auf und sah erst jetzt, wie tief sich die Ape zwischen die Felsen gebohrt hatte. Endlich befand er sich in der Senke, auf einer Höhe mit dem Unfallwagen, sah aber von der Fahrerkabine nicht viel mehr als das Dach und eine Delle mit einem scharfen Knick darin. Sich zwischen Felsen und Fahrerkabine zu zwängen, um dann irgendwie die Tür zu öffnen, würde nicht funktionieren. Dafür war der Zwischenraum zu klein.

Er legte sich auf den Bauch und robbte langsam nach vorne. »Hören Sie mich?«, rief er noch einmal. Er war ganz nah an der Windschutzscheibe, sah aber nichts als zerborstenes Glas. »Können Sie mich verstehen?«

Er zerrte an seiner Uniformjacke, zog den Ärmel über die Hand, machte die Hand zur Faust und schlug auf die Windschutzscheibe ein, aber die kaputte Scheibe zu durchbrechen war in der liegenden Position ein Ding der Unmöglichkeit. Er strampelte mit den Beinen, robbte sich zentimeterweise nach vorne und schränkte dadurch nur seine Bewegungsfreiheit noch mehr ein. Endlich bekam er im Geröll einen spitzen Stein zu fassen und schlug mit aller

Kraft genau dort auf die Scheibe ein, wo sie einen Sprung hatte, keuchte vor Anstrengung und sah im Loch einen dunklen Haarschopf, der wie eine verwuschelte Perücke über dem Steuer lag.

»Sind Sie verletzt?«, rief er.

Er beseitigte mit dem Ärmel die Splitter, streckte die Hand aus, bis er das Gesicht der jungen Frau berühren und einen Finger an ihre Halsschlagader legen konnte.

Vielleicht war es Einbildung, aber er glaubte ein leises Atmen zu hören.

»Ganz ruhig«, sagte Rizzi. »Der Rettungswagen ist unterwegs. Er wird jeden Moment hier sein.«

Er strich mit zwei Fingern vorsichtig die Haare beiseite, und mit der Morgendämmerung legte sich ein Schimmer über Gesicht, Lippen, Wangen und zwei zusammengewachsene Augenbrauen.

»Elisa«, flüsterte Rizzi.

Aus ihrem Mundwinkel sickerte Blut. »Kein Unfall«, wisperte sie. »Es war …« Ihre Augenlider flatterten.

»Schau mich an!«, bat Rizzi. »Elisa, hörst du mich?«

Vögel zwitscherten, der Morgen graute, aber der Blick aus den grünen Augen war leer, die Frau tot.

2

An der Straße hatten sich Schaulustige versammelt, Anwohner in Pyjama und Nachthemd, mit einer Jacke darüber. Michele Pellicano von der Inselzeitung war auch schon eingetroffen und machte eifrig Fotos. Rizzi war zu erschöpft, ließ ihn gewähren, er tat ja auch nur seine Arbeit, und ging hinüber zu seiner Kollegin, Antonia Cirillo, die dabei war, die Unfallstelle abzusperren.

Er begrüßte sie und überreichte ihr die Tüte mit dem Ausweis der Verstorbenen. »Das muss auf die Wache«, sagte er. »Ich kümmere mich so lange um die Angehörigen.«

Cirillo schob die Tüte in ihre Jackentasche unter dem Regencape und bemerkte: »Soweit ich erkennen kann, gibt es keine Bremsspuren.«

Rizzi schaute über den Asphalt, während am Straßenrand ein Streifenwagen hielt und Ispettore Luigi Lombardi ausstieg.

Der Chef vom Polizeiposten gestattete dem Journalisten ein Foto, wandte sich dann mit ausgebreiteten Armen an die Leute, die neugierig und betroffen um den Rettungswagen herumstanden, und rief: »*Signore e signori*, gehen Sie nach Hause. Die Vorstellung ist vorbei.« Er klatschte in die Hände, wandte sich ab und ließ die Leute stehen, die sich jedoch nicht von der Stelle rührten und stumm beobachteten, wie die Männer vom Bergungsdienst mit Koffern, Lampen und Werkzeug den Abhang heraufkamen, gefolgt von den Sanitätern mit dem Zinksarg. Fast zwei Stunden hatte es gedauert, bis die Rettungskräfte mit ihrem Gerät das Dach des Unfallwagens mit einer Blechschere so weit aufgeschnitten hatten, dass man die Kabine wie eine Konservenbüchse öffnen und das Unfallopfer herausholen konnte.

Der Ispettore in der gebügelten Uniform begrüßte die erschöpften Männer der Bergungstruppe, die bleichen Rettungssanitäter und Rizzi in seiner schmutzigen Jacke und Hose, während der Sarg verladen und die Türen des Leichenwagens geschlossen wurden.

»Wer ist der Tote?« Michele Pellicano holte Zettel und Stift heraus. »Jemand von der Insel?«

»Kein Kommentar«, erwiderte Rizzi und bat Ispettore Lombardi mit einer Handbewegung auf die Seite.

»Komm schon, Enrico.« Pellicano schnalzte mit der Zunge. »Ein paar Informationen brauche ich.« Er folgte Rizzi und Lombardi an die Absperrung. »Hätte der Unfall verhindert werden können, wenn die Straße besser gesichert gewesen wäre?«

Lombardi drehte sich um. »Hör auf mit dem Unsinn, Michele«, sagte er. »Schreib, was du schreiben musst, aber übertreib nicht, verstanden?« Dann wandte er sich an Rizzi: »Also, Agente. Was haben wir?«

Rizzi hielt das Flatterband hoch, damit sein Chef darunter hindurchschlüpfen konnte, und sagte, nachdem sie ein paar Schritte gegangen und außer Hörweite waren: »Bei der Verunglückten handelt es sich um Elisa Constantini.«

»Elisa Constantini?«, wiederholte Lombardi ungläubig und nahm betroffen seine Mütze ab. »Warum? Ich dachte, sie lebt auf dem Festland. Wieso kurvt sie hier nachts bei uns durch die Gegend?« Er schaute Rizzi empört an, als erwarte er von ihm Aufklärung.

»Ich weiß es nicht, Ispettore«, erklärte Rizzi matt.

»Wo war sie noch mal hingezogen?«, fragte Lombardi und schaute ziellos über Disteln und Kakteen, Steine und die Ape oder das, was von ihr übrig geblieben war.

»Benevent«, erklärte Rizzi. »So steht es jedenfalls in ihrem Ausweis.«

»Kinder?«

»Zwei«, antwortete Rizzi.

Lombardi fluchte leise.

Rizzi berichtete, wie er gegen 5.30 Uhr von einem Einsatz bei Signora De Lulla kam und ihm auf der Via Grotta Azzurra eine Ape entgegenraste, hupend und mit aufgeblendeten Scheinwerfern. Wie er von der Straße gedrängt wurde, das Fahrzeug in der Dunkelheit verschwand und plötzlich wie vom Erdboden verschluckt war. Dass ihm die Sache merkwürdig vorkam, er zurückfuhr, den abgeknickten Begrenzungspfosten und kurz darauf die verunglückte Ape zwischen den Felsen entdeckte.

»Vielleicht war sie betrunken oder auf Droge.« Cirillo war hinzugetreten und wickelte den Rest des Absperrbands um eine Rolle.

»Oder haben wir es am Ende mit einem Suizid zu tun?« Lombardi schaute ratlos in den Himmel. Das Morgenrot war verschwunden und einem Hochnebel gewichen, der sich zu einer geschlossenen Wolkendecke auswachsen oder zu einem wolkenlosen Himmel werden konnte, während das Blaulicht auf dem Dach des Rettungswagens kreiste.

»Dann hätte sie wohl kaum gehupt und die Scheinwerfer aufgeblendet«, gab Cirillo zu bedenken.

Die Fahrbahn begann an den Rändern und in der Mitte zu trocknen. »Es war kein Unfall«, sagte Rizzi. »Das waren ihre letzten Worte, bevor sie …« Rizzis Stimme versagte. Er musste sich räuspern, um den Satz zu beenden: »Bevor sie gestorben ist.«

»Hat sie das wirklich gesagt?« Lombardi fuhr sich nervös mit der Hand durchs Gesicht.

»Bist du dir sicher, dass du dich nicht verhört hast?«, fragte auch Cirillo und mutmaßte: »Vielleicht hat sie gemerkt, dass mit ihrer Ape etwas nicht stimmt, und das Hupen war ein Hilferuf.«

»Gut möglich«, erklärte Rizzi.

Lombardi hob die Hand. »Wir sollten nicht anfangen zu spekulieren, Agenti«, mahnte er. »Zuerst müssen die Spezialisten aus Neapel ran und das Unfallopfer und den Wagen untersuchen, dann wissen wir mehr.« Der Ispettore zog seine Uniformjacke straff. »Wir müssen die Angehörigen benachrichtigen«, murmelte er, »bevor sie es über andere Kanäle erfahren.« Er wandte sich zum Gehen. »Sie übernehmen das, Rizzi, und Agente Cirillo wird Sie begleiten.« Er bückte sich, kroch unter dem Flatterband hindurch und wurde von Michele Pellicano mit Blitzlichtgewitter erwartet.

*

Das Haus der Familie Constantini befand sich auf der anderen Seite der Insel, in Capri-Stadt, an der Via Castiglione, und war mit dem Motorroller unter normalen Umständen in weniger als dreißig Minuten zu erreichen. Der schmucklose, weiß angestrichene Kasten, der über die Jahre und Jahrzehnte vom alten Marcello immer mal wieder um einen Raum oder eine Kammer erweitert worden war, lag, von der Straße aus gesehen, etwas erhöht. Früher hatten hier einmal drei Generationen unter einem Dach gewohnt, die Großeltern und die Eltern mit den Kindern Raffaella und Elisa. Aber das war lange her. Jetzt wohnte hier nur noch eine Person: Raffaella Constantini.

Rizzi betätigte den Klingelknopf am Tor, als auch Cirillo angefahren kam, einen Halbkreis drehte, ihre Vespa neben seiner parkte und ohne Eile aufbockte. Aus Rizzis Sicht ergab es keinen Sinn, dass sie hier im Doppel auftraten, um einer völlig ahnungslosen Raffaella Constantini mitzuteilen, dass ihre kleine Schwester tödlich verunglückt war. Er hätte das lieber alleine gemacht.

»Alles okay?«, fragte Cirillo, als sie neben ihn trat und die Polizeimütze auf ihren Haaren zurechtrückte.

»Ich glaube, du brauchst mal ein paar Fahrstunden«, sagte Rizzi und drückte noch einmal auf den Klingelknopf.

»Wie bitte?«

»Damit du lernst, wie man sich in den engen Serpentinen in die Kurven legt.«

»Ich komme ganz gut zurecht«, erklärte Cirillo knapp, »aber danke für den Tipp.«

»Kann ich Ihnen helfen?«, rief jemand vom Haus herüber. Ein junger Mann in Boxershort und T-Shirt stand oben auf der Auffahrt.

»Guten Morgen«, sagte Rizzi. »Wir müssen mit Signora Constantini sprechen.« Er legte eine Hand auf die Klinke. »Es ist dringend.«

Der Mann verschwand hinter dem Haus, kurz darauf ertönte der Summer, und Rizzi drückte das Tor auf.

Sie gingen die betonierte Auffahrt hinauf, die sich in schlechtem Zustand befand und voller Risse und Sprünge war. Unter einem windschiefen, halbverfallenen Dach parkte zwischen gestapelten Orangenkisten eine alte Ape, fast ein Museumsstück, die wahrscheinlich dem alten Marcello gehört hatte. Es sah aus, als hätte der Alte persönlich die Ape dort noch zu Lebzeiten rückwärts reingefahren, und seitdem stand sie dort und verrottete, und genau so war es wahrscheinlich auch.

Raffaellas Fiat stand direkt an der Treppe, vor dem Eingang. Sie gingen ums Haus herum, um die Ecke, hinter der auch der Mann verschwunden war, und gelangten auf eine Terrasse, auf der Klappstühle standen und ein Tischchen mit Aschenbecher. Rizzi war seit Ewigkeiten nicht mehr hier gewesen, zuletzt wahrscheinlich als Teenager. Die Zitronenbäume im Garten waren verschwunden, und die Schiebetür an der Hausrückseite hatte es hier früher auch nicht gegeben. Der Eingang stand offen und führte in eine hellerleuchtete Wohnküche. Wie es aussah, hatte Raffaella nach dem Tod ihres Vaters einiges verändert, alles sah größer und moderner aus, als Rizzi es in Erinnerung hatte. Auf einem langen, mit Papieren übersäten rustikalen Holztisch standen leere Weingläser, ein aufgeklappter Laptop und eine Schale Milchkaffee. Von dem jungen Mann oder Raffaella war nichts zu sehen.

Irgendwo klappte eine Tür, kurz darauf waren Schritte auf der Treppe zu hören, und Raffaella betrat den Raum.

»Erri, du?«, rief sie überrascht. Sie trug einen Kimono, verschmierte Wimperntusche und ein Frotteeband, das die Haare aus dem Gesicht hielt. »Was ist los?«

Rizzi machte einen Schritt auf sie zu. »Es tut mir so leid, Raffaella.«

»Um Himmels willen.« Sie wich zurück und zog den Gürtel ihres Kimonos fester. »Was ist denn passiert?«

»Es geht um deine Schwester«, erklärte Rizzi mit rauher Stimme. »Elisa war auf der Via Grotta Azzurra unterwegs. Es fällt mir nicht leicht, es dir zu sagen« – er verstummte, senkte den Kopf und erklärte: »Sie ist von der Straße abgekommen.«

»Stopp, warte.« Raffaella hob die Hand. »Bevor du weitersprichst: Elisa ist gestern Nachmittag abgereist. Sie hat das *aliscafo* um 16.20 Uhr genommen und ist danach mit dem Zug weiter nach Benevent. Josh hat sie zum Schiff gebracht. Josh!« Sie begann, fahrig zwischen den Blättern auf dem Tisch zu kramen, und rief: »Wo ist meine Brille?«

»Raffaella.« Rizzi rückte einen Stuhl zurecht. »Bitte setz dich.«

»Wie spät ist es?«, fragte Raffaella geschäftig. »Sie hat doch um zwölf einen Termin in Benevent. Josh? Komm mal bitte!«

»Setz dich!«, wiederholte Rizzi.

Etwas in seinem Ton ließ Raffaella erschrocken aufschauen. »Erri«, stammelte sie und sank langsam auf den Stuhl, »du machst mir Angst. Was soll das?«

»Es besteht leider kein Zweifel.« Rizzi verstummte, suchte nach den richtigen Worten, als Cirillo sich einschaltete.

»Ihre Schwester«, sagte sie, »war mit Ihrer Ape unterwegs.«

»Ape? Welche Ape?«, rief Raffaella mit schriller Stimme.

»Als sie auf der Via Grotta Azzurra die Kontrolle über das Fahrzeug verlor«, fuhr Cirillo fort, »und den Abhang hinunterstürzte. Es tut uns unendlich leid, Signora Constantini. Elisa ist tot.«

Raffaella starrte Cirillo verständnislos an, schaute dann zu Rizzi, als erwarte sie, dass er ihr bestätige, dass diese fremde Frau in ihrer Küche wohl den Verstand verloren hatte.

Aber Rizzi schwieg, drehte hilflos die Mütze in seiner Hand und sagte: »Raffaella, ich bin untröstlich. Mein herzliches Beileid.«

Raffaella presste ihre Hand vor den Mund. Dann fing sie an zu schreien.

3

Sie hatte Papiere, Gläser und Laptop vom Tisch gefegt, Cirillo das Glas Wasser aus der Hand geschlagen, das sie ihr reichen wollte, und war weinend zusammengebrochen.

Cirillo rief den Arzt an, schilderte ihm in knappen Worten die Situation und bat ihn zu kommen. Der junge Mann, Josh, stand wie gelähmt in der Tür, unfähig, etwas zu tun, und betrachtete die Szene wie einen Film, von dem er nicht glauben konnte, dass er sich wirklich vor seinen Augen abspielte, während Rizzi versuchte, Raffaella einfach nur festzuhalten und irgendwie zu beruhigen.

Nachdem der Arzt in weniger als fünfzehn Minuten zur Stelle war und Raffaella Constantini eine Beruhigungsspritze gab, standen die Männer um die Frau herum, als wäre sie ein wildes Tier, das man nicht aus den Augen lassen durfte.

Cirillo verließ den Raum, ging nach draußen auf die Terrasse und atmete tief durch. Etwas Würziges lag in der Morgenluft, Lorbeer wahrscheinlich, und die Sonne gewann langsam an Kraft. Cirillo liebte ihren Beruf, aber diesen Teil ihrer Arbeit hasste sie: das Überbringen schlechter Nachrichten, den ahnungslosen Empfänger in ein schwarzes Loch stoßen, sein Leben in ein Davor und Danach teilen und dann wieder verschwinden. Und hier auf der Insel, wo so wenig Leute lebten, schien alles eine noch größere Wucht zu haben. Oder lag es daran, dass ihr Kollege persönlich betroffen war? Jeder kannte jeden, alle waren miteinander verbandelt, und falls doch mal jemand außen vor war, kannte er dafür garantiert jemanden, der mittendrin stand.

»Auf Wiedersehen, Agente«, rief der Dottore im Vorbeigehen.

»Auf Wiedersehen, Dottore«, grüßte Cirillo zurück.

Der Arzt wurde von Josh zum Tor hinunter begleitet. Der junge Mann hatte sich inzwischen eine Jeans übergezogen und trug eine schwarze Hornbrille, die ihn fast noch jünger erscheinen ließ. Der Arzt redete auf Josh ein, schien ihm ausführliche Instruktionen zu geben, verabschiedete sich schließlich, stieg in sein Auto und fuhr davon, natürlich mit dem obligatorischen Hupen. Josh schloss die Pforte und kam zurück, die Hände in den Hosentaschen vergraben.

»Ich kann es noch gar nicht glauben.« Der junge Mann blieb vor Cirillo stehen und schaute ratlos ins Leere. »Sie war gestern noch hier, bestens gelaunt. Das ist wie lange her? Gerade mal zwölf Stunden! Und jetzt soll sie tot sein?« Er schüttelte den Kopf, als wäre in dieser Aufzählung ein logischer Fehler. »Ich habe mich noch gar nicht richtig vorgestellt«, fuhr er fort und zog ein kleines silbernes Etui aus seiner Hosentasche. »Mein Name ist Josh Wilcox.« Er überreichte ihr eine Visitenkarte.

Happy Fruits, las Cirillo auf dem zitronengelben Kärtchen. *Josh Wilcox. Sales Manager.*

Sein Telefon meldete den Eingang einer Nachricht.

»Klingt nicht gerade italienisch, Ihr Name«, bemerkte Cirillo.

»Ich bin aus Manchester«, erwiderte er zerstreut und starrte mit gerunzelter Stirn auf das leuchtende Display. »Mein Kollege sagt, es sieht so aus, als wäre Elisa gestern Nachmittag tatsächlich nicht mit aufs Schiff gegangen.« Er berichtete, zwei Mitarbeiter und er hätten sich hier am Wochenende bei Raffaella auf Capri zu einem Workshop versammelt. »Es geht um Crowdfarming«, erklärte er. »Schon mal gehört? Wir ernten selbst und liefern direkt an den Verbraucher.« In der Abgeschiedenheit, sagte er, könnten sie manche Dinge besser überlegen und aufschreiben als drüben auf der Zitronenplantage, in Sorrent.

»Und Elisa Constantini war auch dabei?«, fragte Cirillo.

Wilcox schüttelte den Kopf. »Sie hat mit der Firma nichts zu tun und war bloß zu Besuch. Aber als ich Jerôme und Sarah runter zum Hafen gefahren habe, weil sie das 16.20-Uhr-*aliscafo* kriegen wollten, kam sie mit. Sie wollte auch zurück.«

»Nach Benevent.«

»Nehme ich an.«

Cirillo beobachtete, wie Wilcox mit beiden Daumen auf seinem Smartphone eine Nachricht schrieb. »Wie gut kannten Sie Elisa Constantini?«, fragte sie. »Was hatten Sie für einen Eindruck von ihr?«

»Sie war nett.«

»Nett«, wiederholte Cirillo und schaute in den blassblauen Himmel. »Was heißt das? War sie zurückhaltend, oder was ist in Ihren Augen nett?«

»Also, zurückhaltend war sie auf keinen Fall.« Wilcox

steckte das Telefon wieder ein. »Ehrlich gesagt, kannte ich sie gar nicht und habe sie, wenn überhaupt, immer nur zwischen Tür und Angel gesehen.«

»Und was sagen Ihre Kollegen? Wieso ist sie gestern Nachmittag nicht mit aufs Schiff?«

»Sarah und Jerôme? Sie meinen, sie habe noch etwas zu erledigen gehabt.«

»Und was?«

»Keine Ahnung.«

Cirillo betrachtete Wilcox von der Seite, sein vorspringendes Kinn und das bisschen Bartwuchs, und musste für einen Moment an Oscar denken, der sich mit sechzehn nun auch versuchte, einen Bart stehen zu lassen, wie auf dem Selfie zu sehen war, das er ihr, nach mehrmaliger Aufforderung, geschickt hatte. Sie seufzte still, verscheuchte den Gedanken an ihren Sohn und fragte: »Wie lange sind Sie schon mit Raffaella Constantini zusammen?«

Überrascht schaute er sie von der Seite an. »Wir sind nicht zusammen«, erklärte er. »Sie ist meine Chefin. Unser Verhältnis ist rein freundschaftlich-professionell.«

»Okay. Und wieso sind Sie als Einziger hiergeblieben, während Ihre Kollegen zurückgefahren sind?«

»Weil ich angefangen habe, die Ergebnisse unseres Brainstormings in Form zu bringen.« Er grinste schief. »Einer muss ja die Drecksarbeit übernehmen.«

»Und Raffaella?«

»Ist das ein Verhör?«

»Antworten Sie doch einfach.«

»Hat gekocht. Reste aufgewärmt. Mir über die Schulter geguckt. Warum wollen Sie das so genau wissen?«

»Dann hätten Sie doch mitkriegen müssen, dass Elisa zurückkam und mit der Ape wieder losgefahren ist.«

Es dauerte eine Sekunde, bis Wilcox schaltete. »Jetzt verstehe ich.« Er schüttelte den Kopf. »Nein, sie ist nicht zurückgekommen, jedenfalls nicht hierher, das weiß ich hundertprozentig. Das hätten wir mitbekommen, jedenfalls ich. Wir waren bis Mitternacht in der Küche und sind danach ins Bett.« Er nickte mit dem Kinn nach oben, in den ersten Stock. »Raffaellas Zimmer geht nach hinten raus, meines zum Hof. Ich kriege also mit, wenn jemand über die Auffahrt kommt oder auf der Straße zwei Polizisten stehen.«

»Aber mit wessen Ape war sie dann unterwegs?«

»Keine Ahnung.«

In diesem Moment ging die Haustür auf, und Rizzi kam heraus. Wilcox sprang auf. »Wie geht es Raffaella?«, fragte er. »Kann ich irgendetwas tun?«

Rizzi zog die Tür behutsam hinter sich ins Schloss. Er sah sehr ernst aus. »Sie ruht sich aus«, sagte er. »Du musst mir etwas versprechen. Du darfst sie in den nächsten vierundzwanzig Stunden nicht aus den Augen lassen, hörst du?«

»Natürlich, Agente.«

»Und wenn sie aufwacht und wieder einen Anfall bekommt, rufst du sofort den Dottore, und danach gibst du mir Bescheid. Die Nummern liegen auf dem Tisch.«

»Sie können sich auf mich verlassen.«

Fehlte nur noch, dass er strammstand und salutierte, dachte Cirillo und beobachtete kopfschüttelnd, wie Wilcox wie ein Hündchen Rizzi zum Tor hinunterfolgte. »Ich bin froh, dass Sie sich die Zeit genommen haben und bei ihr geblieben sind«, erklärte Wilcox dabei im beflissenen Ton. »Wenn ich alleine mit Raffaella gewesen wäre, ich glaube, die Situation hätte mich überfordert.«

Cirillo folgte den Männern, ohne von ihnen beachtet zu werden. Es spielte natürlich überhaupt keine Rolle, dass sie es gewesen war, die Raffaella Constantini letztlich die Todesnachricht übermittelt hatte, weil Rizzi im entscheidenden Moment der Mumm gefehlt hatte. Sie war es auch gewesen, die die Übersicht behalten und den Dottore gerufen hatte, als Raffaella Constantini durchdrehte. Die Männer hatten nur dagestanden und dumm aus der Wäsche geguckt.

Rizzi verabschiedete sich von Wilcox mit Handschlag, während Cirillo den jungen Mann um die Koordinaten der beiden Mitarbeiter bat, die mit Elisa Constantini aufs Schiff gehen wollten, Jerôme Dubois und Sarah Neumann, und speicherte die Namen mit den dazugehörigen Rufnummern in ihrem Telefon.

Als Wilcox das Tor hinter ihnen geschlossen hatte und über die Auffahrt zurück zum Haus ging, sagte sie zu Rizzi: »Ich weiß nicht, ob du es schon mitgekriegt hast.« Sie trat näher, während er sich an seiner Vespa zu schaffen machte. »Die Ape, mit der Elisa Constantini verunglückt ist, gehört nicht den Constantinis.«

Rizzi holte seinen Helm unter dem Sattel hervor. »Raffaella hat mich bereits darauf hingewiesen.«

»Und was sagst du dazu?«

»Was soll ich dazu sagen?« Er setzte seinen Helm auf. »Wir müssen so schnell wie möglich den Halter ausfindig machen. Und wenn ich die Sache richtig einschätze, wird der Staatsanwalt den Besitzer wegen fahrlässiger Tötung drankriegen.«

»Hat Raffaella eine Idee, mit wessen Ape ihre Schwester über die Insel gerast ist?«, fragte sie.

»Sie hat keine Ahnung.«

»Na, wunderbar!« Cirillo stellte einen Fuß auf das Trittbrett seiner Vespa. »Dann erklär mir doch mal, warum du an der Unfallstelle nicht das Kennzeichen aufgenommen hast. Fahrzeughalterermittlung nennt man das. Gehört eigentlich zur Routine.«

»Ich weiß selbst, wie ich meinen Job zu machen habe.« Rizzi schloss den Lederriemen unter seinem Kinn und steckte den Schlüssel ins Zündschloss.

»Anscheinend nicht.«

»Ich habe in der Situation da unten nicht daran gedacht. Zufrieden?« Er startete den Motor. »Es war eine Extremsituation.«

Cirillo nahm ihren Fuß vom Trittbrett. »Du denkst, du weißt alles, aber du weißt gar nichts. Du bist betriebsblind.«

Rizzi schaute auf die Uhr. »In zwei Stunden beginnt unser Dienst, dann reden wir weiter.« Ohne eine Antwort abzuwarten, kuppelte er und fuhr los.

»Ich weiß nicht, ob es dir klar ist«, rief Cirillo ihm hinterher, »aber bei diesem Unfall passt vorn und hinten nichts zusammen!«

4

Rizzi konnte nichts dagegen tun. Immer wieder sah er denselben Film, die Rettungssanitäter, die Männer vom Bergungsdienst, die bäuchlings auf dem Felsen lagen, fluchten, sich verrenkten und versuchten, mit Zange, Blechschere und anderem Werkzeug die Fahrerkabine aufzuschneiden. Wie sie das Dach der Kabine auffalteten und nach hinten klappten und einer der Sanitäter, der kleinste, der einen Zopf trug, von oben in die Fahrerkabine stieg und darin wie in einem U-Boot verschwand. In der Stille, die sich ausbreitete, keimte plötzlich die Hoffnung, dass Rizzi sich geirrt haben und es sehr wohl noch einen Puls geben könnte, wenn auch ganz schwach, und dass ihr Herz schlagen und sie noch leben würde.

Aber der Sanitäter bestätigte Elisas Tod und begann, mit seinen Kollegen zu beratschlagen, mit welchen Handgriffen sie den Leichnam am besten aus der Kabine bekämen – immerhin eine Last von schätzungsweise sechzig Kilo, die da eingeklemmt war und ohne Flaschenzug oder technische Hilfsmittel gehoben werden musste.

Als sie Elisa auf die Trage legten, traten die Männer beiseite, manche bekreuzigten sich, und alle verfolgten stumm, wie Rizzi die Taschen des Blazers und der Jeans durchsuchte, Zuckertütchen von *trenitalia* fand, die Visitenkarte eines Schneiders in Benevent, Taschentücher, Portemonnaie und Schlüsselbund. Auf sein Zeichen wurde Elisa an Armen und Beinen gepackt und in den bereitstehenden Zinksarg gelegt. Als der Deckel drauf war, der Sarg zu und die Prozession sich den Hang hinauf in Bewegung setzte, war er schweißgebadet.

Rizzi tastete nach seinem Telefon. Es war Montag, der vierte November. Er fühlte sich, als hätte er einen Hammer auf den Kopf bekommen oder wäre im Jetlag. Er griff neben sich, ein Reflex, aber Gina war nicht da, nur ihr Kissen und ein schwacher Duft. Er wühlte sich aus dem Bett, ging in die Küche und stellte die Espressokanne auf den Herd. Kein Unfall. Elisas letzte Worte.

Er drehte den kalten Wasserhahn bis zum Anschlag auf, machte den heißen zu und schnappte unter der kalten Dusche nach Luft, zählte bis zwanzig. Dann trocknete er sich ab und holte die saubere Uniform aus dem Schrank. Bis Neapel den Unfallwagen barg und mit den Untersuchungen zur Unfallursache begann, konnten Tage vergehen.

Während er den heißen Espresso trank, schickte er Gina ein Lebenszeichen, zog seine Stiefel an, klemmte die Mütze unter den Arm und schloss hinter sich die Wohnungstür.

Wo die Sonnenstrahlen hinreichten, leuchtete das Meer, türkisfarbene Flecken in einem tiefen Petrolblau, und ein schmales Band kleiner Wölkchen kräuselte sich wie eine zerfranste Bordüre am Horizont. Rizzi bremste oberhalb der Unfallstelle und stellte, ohne auf die Leute zu achten, seinen Motorroller am Straßenrand ab. Kleidungsstücke lagen da unten umher, eine Kosmetiktasche und ein Koffer, der anscheinend wie ein Katapult von der Ladefläche über die Fahrerkabine geflogen und beim Aufprall aufgesprungen war.

Rizzi kam auf dem aufgeweichten, nassen Boden immer wieder ins Rutschen, und die stacheligen Blätter der Zwergpalmen waren nicht geeignet, um sich daran festzuhalten. Er kletterte über einen alten Lattenrost, trat gegen einen Benzinkanister und wünschte sich, einmal jemanden zu erwischen, der hier sein Zeug entsorgte und die Böschung als Müllkippe benutzte. Die Wohlstandsgesellschaft, ihre Gedankenlosigkeit, Bequemlichkeit und ihr verdammter Egoismus waren kriminell, und die Natur war viel zu gnädig, wie sie den Schrott mit weißem Plumbago überdeckte, mit wilden Margeriten und den feuerroten Dolden des Pfeifenputzers verzierte. Rizzi schaute die Böschung hinauf zur Straße und maß die Strecke, die Elisa durch die Luft geflogen war, gut und gerne zwanzig Meter. Die abschüssige Fahrbahn musste wie eine Sprungschanze funktioniert haben.

»He!«, hörte er eine Stimme. »Was machen Sie da?«

Rizzi sah unten, bei der Ape, eine schlanke Gestalt mit brünetten Haaren, die mit den Armen fuchtelte. Es war Cirillo, die anscheinend die gleiche Idee gehabt hatte wie er und sich hier noch einmal bei Tageslicht umschauen wollte.

»Stehen bleiben!«, rief sie.

Rizzi entdeckte einen Schatten zwischen den Kakteen. Ein Unbekannter bahnte sich hinter den Steineichen einen Weg zum Meer.

»Passen Sie auf!«, schrie Rizzi, aber der Kerl lief wie ein Hase, als wäre die Macchia endlos und kein abschüssiges Gelände, das jederzeit abbrechen konnte, ohne dass man die Klippe vorher kommen sah. »Bleiben Sie stehen!« Rizzi trat eine mittelgroße Geröllawine los, rutschte mehrere Meter hangabwärts, rappelte sich wieder hoch, aber der Typ war verschwunden.

»Dahinten!«, rief Cirillo und zeigte Richtung Meer.

Rizzi sah durch das Schilf hindurch, keine dreißig Meter entfernt, den Mann, der anscheinend in eine Sackgasse geraten war.

»Polizei!«, rief Rizzi. »Treten Sie langsam zurück. Sie befinden sich in Lebensgefahr. Los, kommen Sie.«

Doch der Mann tat das Gegenteil, ruderte mit den Armen und drohte vornüberzufallen, während sich unter ihm das Geröll in Bewegung setzte. Rizzi war nun direkt hinter ihm, packte ihn bei der Schulter und riss ihn zurück.

Keuchend lagen sie zwischen den Disteln, während vor ihnen der Felsen bröckelte. Sie robbten weiter zurück, weg von der Kante, von der sich weitere Gesteinsbrocken lösten und in die Tiefe stürzten.

»Bist du verrückt geworden?«, schrie Rizzi den Mann an. »Was hast du hier überhaupt verloren?«

Der Typ rang nach Atem. »Ich glaube«, keuchte er, »Sie haben mir gerade das Leben gerettet.«

Rizzi klopfte sich wütend den Schmutz von der Uniform. »Wer sind Sie? Haben Sie die Absperrung nicht gesehen?«

»Das gibt eine Anzeige«, erklärte Cirillo, die über ihnen auf einem Stein stand und wie auf einer Verkehrsinsel ihren Block zückte. »Landfriedensbruch, Behinderung der polizeilichen Ermittlungen …«

»Jetzt halt mal die Klappe, du blöde Nuss!«, schnauzte der Mann.

»… und Beamtenbeleidigung«, fügte Cirillo hinzu und ließ sich seinen Ausweis geben, den er ihr widerstrebend reichte.

»Gino Tamaro«, las sie laut. »Sie sind Journalist?«

»Ich habe ein paar Fotos gemacht«, verteidigte sich der Mann, »das ist alles.«

»Dann geben Sie mir mal Ihr Smartphone«, befahl Cirillo.

»Was soll das?« Der Mann schaute hilfesuchend zu Rizzi. »Ich verspreche, ich werde nie wieder« – er verstummte und händigte Cirillo frustriert den Apparat aus.

»Beine auseinander«, sagte Rizzi, während Cirillo begann, die Angaben zu notieren, die auf seinem Ausweis standen.

»Lassen Sie mich doch einfach gehen.«

»Sie sind wohl nicht von hier, was?« Rizzi klopfte den Mann ab.

»Aus Rom«, teilte Cirillo mit.

»Ist das ein Verbrechen?«, fragte der Mann.

»Umdrehen«, befahl Rizzi. »Taschen ausleeren.«

Der Mann gehorchte widerwillig und holte Münzen hervor, ein Notizbuch, Stift, Taschenmeser. »Hören Sie, Agente«, sagte er, »es ist alles ein Missverständnis. Ich bin auf Urlaub und will mich erholen.«

»Und was haben Sie dann hier verloren?«, fragte Rizzi, während er begann, das Notizbuch des Mannes durchzublättern.

»Ich höre eben das Gras wachsen.«

»Antworten Sie.«

»Mein Vermieter hat mir gesagt, als ich loswollte, um

mir auf dem Monte Solaro die Aussicht anzuschauen, hier unten sei etwas passiert. Da dachte ich, ich schau mal nach. Berufskrankheit.«

»Und was ist das?« Rizzi klopfte an die Vordertasche von Tamaros Lederjacke, die dick war wie ein Geschwür. »Ausziehen.«

»Wie bitte?«

»Zieh die Jacke aus!«

Der Mann gehorchte, und Rizzi holte neben einer Geldbörse etwas Gestricktes aus melierter Wolle hervor, ein kleiner Elefant mit gebogenem Rüssel und Knöpfen für die Augen.

»Wo kommt der her?«, fragte Rizzi.

»Gefunden.«

»Wo?«

Der Journalist seufzte. »In der Ape.«

»Das nennt man dann wohl investigativen Journalismus«, sagte Cirillo.

»Was wollen Sie mit dem Spielzeug?«, fragte Rizzi verständnislos. »Den Angehörigen unter die Nase halten?«

»Wir machen hier alle nur unseren Job«, verteidigte sich Tamaro.

Cirillo nahm den Elefanten, klopfte ihn ab und sagte: »Ihr Telefon können Sie sich abholen, wenn wir die Fotos ausgewertet und die Bilder vom Unfallort gelöscht haben.«

»Dazu haben Sie kein Recht«, blaffte Tamaro.

»Und vor übermorgen geht da leider gar nichts.«

»Das können Sie nicht machen«, rief Tamaro. »Ohne mein Smartphone kann ich nicht arbeiten. Sie entziehen mir meine Existenzgrundlage.«

»Und jetzt gehen Sie«, sagte Cirillo. »Hauen Sie ab.«

»Ich werde mich beschweren«, drohte Tamaro. »Sie überschreiten ganz gewaltig Ihre Kompetenzen.«

Während er wütend die Böschung hinaufstapfte und hinterm Schilf verschwand, berichtete Cirillo, sie habe das Kennzeichen bereits aufgenommen und die Angaben durchgegeben, damit Teresa Villa auf dem Polizeiposten die Fahrzeughalterermittlung in die Wege leiten könne.

Von der Ape war noch weniger übrig, als Rizzi bei seinem Einsatz am frühen Morgen in Erinnerung hatte. Das Vorderrad hatte die Plastikverkleidung gesprengt und sich bis unter das Lenkrad geschoben. Elisa musste praktisch auf dem Reifen gesessen und das Steuer ihren Brustkorb zerdrückt haben. Rizzi kämpfte gegen ein Gefühl der Übelkeit.

Er zog seine Jacke aus und beugte sich tiefer in die Kabine. Er war kein Fachmann, aber er hatte oft genug an der Ape seines Vaters herumgeschraubt, um zu sehen, dass es sich hier um ein etwas neueres Modell handelte. Die Fahrzeuge unterschieden sich in erster Linie durch die Nutzlast, die sie tragen konnten, manche hatten Fußheizung oder ein Radio, aber Fahrwerk, Radnaben und Antriebswellen waren immer gleich und im Prinzip unverwüstlich, für die Ewigkeit gemacht. Das Problem bei der Ape – egal, welches Modell – war der Rost, der sich vor allem an den Kanten der Radläufe bildete, im Bodenbereich und – eine echte Schwachstelle – hinter dem Hauptbremszylinder bei der Lenkstange. Und genau die Stelle interessierte Rizzi am meisten. Er beugte sich in die Fahrerkabine hinein.

»Kann ich dir helfen?«, kam es von Cirillo.

»Ich versuch's mal von der anderen Seite«, antwortete Rizzi.

Er kletterte zurück und ließ sich am Felsen hinuntergleiten. Die Taschenlampe seines Telefons eingeschaltet, sah er, dass der Kolben in Ordnung zu sein schien. Radbremszylinder und Federn sahen sogar aus, als hätte man sie vor nicht allzu langer Zeit erneuert. Er tastete den Behälter für die Bremsflüssigkeit ab, der zu drei Vierteln leer, aber – soweit er es beurteilen konnte – völlig unversehrt war. Die Kühlrippen an den Bremstrommeln waren zwar verbogen, aber fest verankert. Was ihm seltsam vorkam, war die Quetschmutter über der Pedalbrücke. Ob das Ding sich erst beim Aufprall gelockert hatte? Er schoss Fotos, auch mit Blitz, stieß sich den Kopf und kam wieder hervor.

»Was gefunden?«, fragte Cirillo.

Er nahm seine Jacke vom Ginster. »Die Quetschmutter ist locker«, sagte er.

»Und was heißt das?«

»Dass jemand daran herumgedreht hat.«

»Könnte die Schraube sich nicht auch durch den Aufprall gelockert haben?«

»Unwahrscheinlich.« Rizzi klopfte sich den Schmutz von den Händen. »Zumal zu wenig Bremsflüssigkeit im Tank ist. Eine Sache allein wäre möglicherweise nicht so schlimm, aber die Kombi ist lebensgefährlich.«

»Also hat jemand die Ape manipuliert?«, fragte Cirillo, während sie die Böschung hinaufstiegen.

»Wenn du mich fragst – ja.«

»Und wie sicher bist du dir?«

»Ziemlich sicher.«

Von den Leuten an der Straße hatte jemand Blumen neben der Leitplanke abgelegt und einen Zettel mit dem Foto von Elisa Constantini an den Baum geheftet.

»Weiß man schon, wie es passiert ist, Agente?«, fragte eine Frau in Pantoffeln und Strickjacke.

»Die Ermittlungen haben gerade erst angefangen«, sagte Rizzi.

»So schnell kann es gehen.« Der Mann neben ihr legte einen Arm um seine Frau. »Letzte Woche haben wir Elisa noch bei Lorenzo sitzen sehen, ganz gelöst und von einer Fröhlichkeit, die ansteckend war. Schau an, haben wir gesagt, die kleine Schwester von Raffaella ist wieder auf der Insel. Irgendwann kommen sie eben alle wieder zurück.«

»Unser Junge ist mit Elisa zur Schule gegangen«, fügte die Frau in der Strickjacke erklärend hinzu, »und hat früher als Schüler bei den Constantinis auf der Plantage gejobbt. Das ist lange her.« Sie seufzte, trat vor, bückte sich und ordnete Blumen in einer Vase.

Cirillo bat die Eheleute um ihre Namen und die Telefonnummer, während Rizzi sich an seine Mütze tippte und die Straße überquerte, wo sein Roller stand.

*

Als er gegen zwölf Uhr die Roxy Bar betrat, führte Marco Sasso vom Lebensmittelladen das große Wort. Umringt von Leuten, beschwor er den sintflutartigen Regen, der in der vergangenen Nacht niederging und nach seinem Dafürhalten das Unglück schon angekündigt hatte, und erinnerte mit dumpfer Stimme an die Eltern von Elisa und Raffaella,

Marcello und Luisa, die damals, als die Kinder noch klein waren, irgendwo in der Schweiz beinahe auf die gleiche tragische Weise ihr Leben verloren hätten, wie es jetzt Elisa passiert war, worauf Giuseppe Ruffini, der Blumenhändler, mit düsterer Miene einwarf, dass auf der Familie wohl ein Fluch liege. Als Rizzi seinen Helm abnahm, verstummte das Gespräch.

Er trat an die Bar und beugte sich zu Gina über die Theke.

»Ist es wirklich wahr, Liebling?«, flüsterte sie. »Savio war hier und hat von eurem Einsatz erzählt. Es tut mir so leid.«

Als hätten alle nur darauf gewartet, dass sie die Hand von seiner Wange nahm, begannen die Leute gleichzeitig zu reden und wollten von Rizzi wissen, ob es stimmte, dass er als Erster vor Ort gewesen war und Elisa gefunden hatte. Ob sie da noch lebte und was sie überhaupt mitten in der Nacht in Damecuta, auf der Via Grotta Azzurra, zu suchen hatte und ob man das Unglück hätte verhindern können, wenn die Straße beispielsweise nicht nur durch eine Leitplanke und Begrenzungspfosten, sondern auch durch eine Mauer gesichert gewesen wäre, wie Edoardo Caruso, pensionierter Finanzbeamter und notorischer Erbsenzähler, sie schon vor vielen Jahren gefordert hatte, als er noch Vorsitzender des Verkehrsausschusses gewesen war.

Gina legte zwei *tramezzini al tonno* auf einen Teller und stellte sie vor Rizzi hin. Die Männer hatten einen Halbkreis um ihn herum gebildet. Rizzi sah das gutmütige, runde Gesicht von Marco, sah Giuseppes Narbe auf der hohen Stirn und Edoardos Brille mit den dicken Gläsern und erklärte:

»Wir wissen noch nicht, wie es passiert ist, und haben keine Ahnung, wieso Elisa auf der Grotta Azzurra unterwegs war.« Er hängte seinen Helm an die Messingstange. »Aber wenn irgendjemand von euch etwas weiß, wenn jemandem etwas zu Ohren gekommen ist, dann muss er es mir sagen. Jede Information zu Elisa könnte wichtig sein und wird von mir selbstverständlich vertraulich behandelt.«

»Bitte, mein Freund.« Alberto servierte ihm eine *spremuta d'arancia*.

»Ich muss den Pflaumenbaum umpflanzen«, sagte Rizzi und riss ein Zuckertütchen auf. »Hilfst du mir?«

Bevor Alberto antworten konnte, trat Edoardo Caruso vor. »Elisa war doch ein anständiges Mädchen«, rief er durch den Raum. »Warum interessiert sich die Polizei dann für ihr Privatleben?«

»Mich interessieren die Umstände, die zu diesem Unglück geführt haben«, korrigierte Rizzi, »nicht mehr und nicht weniger.«

»Wieso sagst du plötzlich Unglück?«, fragte Edoardo. »War es nicht ein Unfall?«

»Nenn es, wie du willst, Edoardo, und dreh mir nicht die Worte im Mund herum.«

»Savio hat erzählt, dass es keine Bremsspuren gibt«, fuhr Edoardo unbeirrt fort, »und die Vermutung liegt doch nahe, wenn jemand, ohne zu bremsen, den Abhang runterrast, dass er seinem Leben ein Ende setzen will. Oder wie siehst du das?«

»Ich beteilige mich an keinen Spekulationen«, erklärte Rizzi, trank seinen Orangensaft in einem Zug aus und nahm den Helm.

»Aber warum sollte sie sich umbringen?«, rief jemand. »Sie hatte doch überhaupt keinen Grund.«

»Was wissen wir schon«, sinnierte Giuseppe.

»Ihre Ehe war im Eimer«, behauptete Marco, und nun begann das, was Rizzi hasste und was er leider nicht verhindern konnte: dass der ganze Klatsch und Tratsch anfangen würde hochzukochen und eine unangenehme Brühe entstand, in der jeder irgendetwas vermeintlich Brisantes oder Herzerweichendes fand oder glaubte, zu ihr beisteuern zu können. Aber nur das wenigste würde etwas mit Elisa Constantini zu tun haben oder etwas über sie aussagen. Es würde vor allem etwas von der Langeweile all dieser Leute erzählen, die hier herumstanden und sich an einer schaurigschönen Geschichte ergötzten, die wenigstens dazu taugte, ihnen den eintönigen November zu verkürzen.

»Wenn hier jemand etwas zu Elisa sagen kann«, rief Giuseppe plötzlich mit seiner hellen Stimme, »und weiß, was mit ihr los war – dann Alberto.«

Alberto wischte mit dem Lappen über die Messingtheke und schaute überrascht hoch. »Leute«, sagte er, »dass ich mit Elisa Constantini gesprochen habe, ist ewig her.«

»Ewig? Das war am Freitag«, erinnerte Giuseppe. »Ich habe es gesehen. Bis in die Puppen habt ihr da drüben in der Ecke zusammengesessen, und du hast ihr schöne Augen gemacht.«

»Stimmt das?«, fragte Rizzi.

»Hat sie dir ihr Herz ausgeschüttet?«, rief jemand höhnisch.

Alberto warf sich verärgert das Handtuch über die Schulter. »Wir haben uns einfach nur gut unterhalten. Wie man sich mit jemandem unterhält, der mal seinen Arsch hochgekriegt und sich in der Welt umgesehen hat – was man von den meisten von euch ja nicht gerade behaupten kann.«

»Dich eingeschlossen, Alberto!«

»Schnauze«, sagte Alberto. »Und im Übrigen beteilige ich mich nicht an eurem Getratsche.«

»Das ist ja mal etwas ganz Neues«, bemerkte Edoardo, als der Straßenkehrer Salvatore seine Nase zur Tür hereinstreckte und rief: »Habt ihr schon gehört? Elisa Constantini ist in Damecuta den Abhang runter? Stimmt das?«

Während alle anfingen, durcheinanderzureden, wandte Rizzi sich ab und sagte zu seinem besten Freund: »Ist zwischen dir und Elisa etwas gelaufen?«

Alberto schüttelte den Kopf. »Nein, vergiss es.«

»Gab es irgendetwas, was sie dir erzählt hat?«, fragte Rizzi. »Etwas, das dir rückblickend bedeutsam vorkommt?«

»Bedeutsam?« Alberto zuckte die Achseln. »Sie wollte nach Capri zurückkommen.«

»Wann?«, fragte Rizzi überrascht.

»Sobald wie möglich, wenn ich sie richtig verstanden habe.«

»Geht's vielleicht ein bisschen genauer?«

»Nein. Versteh das bitte! Ich wollte nicht mit ihr über die Zukunft reden.«

»Warum nicht?«

»Mir ging es mehr um die Gegenwart.«

»Du wolltest sie flachlegen«, stellte Rizzi fest und senkte die Stimme, ohne zu flüstern. »Ich muss dir etwas sagen«, erklärte er. »Als ich sie fand, hat sie noch gelebt.«

»Verdammte Scheiße«, entfuhr es Alberto.

»Und ihre letzten Worte waren: Es ist kein Unfall.«

»Kein Unfall? Aber was dann?«

»Schrei nicht so, und wiederhol nicht alles, was ich sage«, bat Rizzi. »Hast du eine Idee, was sie damit gemeint haben könnte? Bitte denk nach, Alberto.«

»Wir haben geflirtet, dummes Zeug geredet.« Alberto kratzte sich am Kinn. »Ich glaube, sie hatte noch eine Verabredung.«

»Mit wem?«

»Weiß ich nicht. Aber sie hat auf die Uhr gesehen und hatte es plötzlich entsetzlich eilig.«

»Und das war am Freitag?«

»Richtig.«

»Also vor drei Tagen.« Rizzi machte sich eine Notiz.

»Glaubst du, sie hatte schlimme Schmerzen?«, fragte Alberto.

»Nein«, log er und nahm seine Mütze.

»Sehen wir uns heute Abend?«, fragte Gina, und als Antwort gab Rizzi ihr einen Kuss.

*

Kurz darauf betrat er den Vorraum vom Polizeiposten, wo die Jungs hinter der Theke das Telefon bedienten. »Wir sind kein Auskunftsbüro«, lautete die stereotype Ansage, wie immer, wenn auf der Insel etwas passiert war und gewisse Schlaumeier (es waren immer dieselben) glaubten, sich hier Informationen abholen zu können.

Rizzi tippte den Zahlencode ein und öffnete die Tür

zum Büro. Seit die Temperaturen nachts teilweise unter zehn Grad fielen, hatte Savio die Gasöfen aus der hinteren Ecke der Abstellkammer geholt und neben den Schreibtischen in Position geschoben, und trotzdem konnte diese Maßnahme nicht verhindern, dass sie in diesem schlecht isolierten Zweckbau spätestens im Dezember alle wieder mit Handschuhen sitzen würden, die Sorte mit den abgeschnittenen Fingerspitzen, und niemand würde sich mehr vorstellen können, dass sie hier drinnen noch zwei Monate zuvor, im September, vor Hitze fast zerflossen waren.

»Ist Savio nicht da?«, fragte Rizzi.

»Auf Patrouille«, antwortete Teresa Villa, ohne ihren Blick vom Computerbildschirm zu nehmen.

»Er soll nicht überall klug rumquatschen, sondern lieber an der Unfallstelle Ausschau nach dem Telefon von Elisa Constantini halten. Sag ihm das.« Er warf seine Mütze auf den Tisch. »Hat Neapel schon verlauten lassen, wann die Ape geborgen wird?«

Teresa schüttelte den Kopf. »Du sollst raufkommen zum Chef«, sagte sie. »Cirillo ist schon oben.« Sie nahm ihre Brille ab, die an einer Kette um ihren Hals hing. »Ist es nicht alles furchtbar?«, fragte sie bekümmert. »Wie alt war Elisa? Fünfundzwanzig? Und zwei so reizende Kinder. Ich sehe sie noch vor mir, als sie zu Weihnachten zu Besuch war, auf der Piazzetta. Ihr Mann ist vor Stolz fast geplatzt. Und jetzt?« Teresa starrte ins Leere, und die heiße Luft vom Gasofen brachte die Blätter der Chrysanthemen auf ihrem Schreibtisch zum Zittern. »Ist es nicht seltsam? Ihre Eltern, Marcello und Luisa, sind damals doch auch von der Straße abgekommen. Irgendwo in der Schweiz. Erinnerst du dich?« Sie winkte ab. »Mein Gott, du warst damals ja selbst noch ein Kind.«

Rizzi ging wortlos die Treppe hinauf ins obere Stockwerk, wo der Chef des Polizeipostens, Ispettore Lombardi, residierte.

Cirillo stand am Fenster, eine schlanke Silhouette im Gegenlicht, während Lombardi wie ein Käfer hinter seinem Schreibtisch klemmte, den kahlen Kopf zwischen seine Schultern gezogen. Das milde Licht der Novembersonne schien auf breiter Front durch die große Scheibe und durch seine abstehenden Ohren und produzierte hier drinnen eine angenehme Wärme. Vom Sonnenlicht und dieser Wärme waren sie unten im Gemeinschaftsbüro genauso abgeschnitten wie von dem grandiosen Blick auf Marina Grande, den Golf von Neapel, den Vesuv und das Festland. Dieser Blick war allein dem Ispettore vorbehalten, während sie unten durch ein kleines vergittertes Fenster auf den Hof, den Streifenwagen und die Mauer der Arrestzelle gegenüber starrten, und das auch nur, wenn man sich auf einen Stuhl stellte.

»Setzen Sie sich«, sagte Lombardi.

Rizzi gehorchte, während Cirillo da stehen blieb, wo sie stand, als gehöre sie nicht richtig dazu.

»Zunächst etwas Erfreuliches«, begann Lombardi. »Das Bußgeldverfahren gegen diesen Journalisten, Gino Tamaro, ist bereits eröffnet. Ich habe es eben auf den Weg gebracht.« Er lehnte sich zurück und faltete zufrieden die Hände vor dem Bauch. »Ich wollte euch sagen: Gut gemacht. So sind wir erfolgreich. Zum richtigen Zeitpunkt am richtigen Ort, klug und entschlossen handeln. Man muss diesen Leuten ihre Grenzen aufzeigen. Die vom Festland glauben sonst, sie können sich bei uns alles erlauben.«

Rizzi schaute ratlos zu Cirillo, die fast unmerklich mit den Schultern zuckte.

»Das war das Erfreuliche.« Rizzi verschränkte die Arme vor der Brust. »Und das Unerfreuliche?«

Lombardi seufzte. »Elisas Unfall. Unsere fröhliche, lebenslustige Elisa. Was war sie für ein Wildfang, schon als Teenager. Ich weiß gar nicht, wie ich es sagen soll, da war immer so ein Sprühen um sie herum, so ein Funke.« Lombardi schaute wehmütig durch Rizzi hindurch, als würde er den Funken noch einmal sehen, bis er irgendwo verglühte, vielleicht an der Wand, wo das Wappen von Capri hing.

»Zu den nicht vorhandenen Bremsspuren«, begann Rizzi. »Ich habe da eine Entdeckung gemacht.«

»Genau«, erinnerte sich Lombardi. »Darüber wollte ich mit Ihnen sprechen.« Er hob den Zeigefinger. »Schafft mir diese Selbstmordtheorie aus der Welt. Das ist der größte Schwachsinn, den ich je gehört habe. Und ich will wissen: Wer hat dieses Gerücht in die Welt gesetzt?«

»Steht in der Inselzeitung«, sagte Cirillo. »Auf der Website. Verfasser: Michele Pellicano.«

»Dann werde ich mir Michele mal vorknöpfen.« Lombardi machte sich eine Notiz.

»Was ich sagen wollte«, begann Rizzi noch einmal. »Es gibt ein paar offene Fragen. Da ist zum einen der Fahrzeughalter. Die Ape, mit der Elisa Constantini unterwegs war, gehörte nicht den Constantinis.«

»Sondern?«, fragte Lombardi.

»Wir wissen es nicht, aber wir sind dran.«

»Weiter. Was haben wir noch?«

»Ich habe mir die Unfall-Ape genauer angesehen«, fuhr Rizzi fort. »Zwei Dinge sind mir aufgefallen. Da ist zum einen die Quetschmutter am Hauptbremszylinder, über der Pedalbrücke. Sie ist locker. Zum anderen ist der Behälter für die Bremsflüssigkeit praktisch leer.«

»Ich verstehe kein Wort«, sagte Lombardi.

»Ich kenne die Ape in- und auswendig«, fuhr Rizzi fort. »Ich weiß, wie sie gebaut ist, wie sie funktioniert und wo sie ihre Schwachstellen hat.«

»Was Agente Rizzi sagen will«, meldete sich Cirillo vom Fenster: »Er glaubt, jemand hat am Unfallwagen die Bremsen manipuliert.«

»Ich bin mir sicher«, sagte Rizzi. »An dieser Ape ist herumgeschraubt worden, und jetzt ist Elisa Constantini tot.«

»Wie kommen Sie dazu, den Experten vorzugreifen?«, rief Lombardi verärgert. »Erstens besteht dazu keine Notwendigkeit, zweitens überschreiten Sie Ihre Kompetenzen, und drittens: Pfuschen Sie gefälligst nicht der Spurensicherung ins Handwerk. Erweitern Sie nicht ständig Ihren Zuständigkeitsbereich, Agente! Oder habe ich angeordnet, dass Sie die Unfallstelle unter die Lupe nehmen sollen?«

»Ich bin kein Anfänger, Ispettore«, erklärte Rizzi.

»Noch mal zum Mitschreiben.« Lombardi beugte sich vor. »Es gibt keinen Einsatz, bis die Fachleute aus Neapel angerückt sind und an der Unfallstelle jeden Stein umgedreht haben. Danach sehen wir weiter. Haben Sie mich verstanden?«

»Ein Mensch ist ums Leben gekommen«, sagte Rizzi, »und Sie wollen auf Dienstanweisungen aus Neapel warten?«

Lombardi starrte ihn verblüfft an. »Natürlich nicht«, sagte er und legte die Hände flach auf den Tisch. »Wir sind eine eigenständige Truppe und agieren auch unabhängig von Neapel.« Er zog erschöpft ein Stofftaschentuch hervor. »Also«, sagte er. »Was schlagen Sie vor? Was sind die nächsten Schritte?«

»Die Halterin des Unfallwagens heißt Aurora Bellini«, kam es vom Fenster.

»Aurora Bellini«, wiederholte Rizzi überrascht.

»Wohnhaft in der Traversa Caposcuro.« Cirillo schaute von ihrem Telefon auf. »Kennt ihr die Signora?«

»Was denkst du denn?«, antwortete Rizzi. »Woher hast du die Info?«

»Ich habe mal eben meinen Ex-Kollegen in Bergamo kontaktiert.« Cirillo steckte ihr Telefon wieder ein.

»So geht das nicht, Agente Cirillo«, rief Lombardi erregt. »Wie kommen Sie dazu, Ihre ehemaligen Kollegen in Bergamo in unsere Arbeit einzubeziehen? Wie stehen wir denn da?«

»Bei allem Respekt«, erklärte Cirillo: »Wie kann es sein, dass Teresa Villa, die für die Koordination zuständige Office-Managerin, bei einer so läppischen Sache wie einer Kennzeichenabfrage so überfordert agiert und anscheinend nicht in der Lage ist, in Neapel die Information einzufordern?«

»Das ist ja völlig absurd«, murmelte Rizzi. »Wieso kurvt Elisa Constantini nachts mit der Ape von Signora Bellini über die Insel?« Er stand auf und ging zur Tür.

»Klären Sie die Sache mit dem Unfallwagen und warum Elisa Constantini damit unterwegs war.« Lombardi fuhr sich mit dem Taschentuch über die Stirn. »Aber mit Fingerspitzengefühl«, mahnte er. »Hört ihr? Macht mir nicht die Leute verrückt.«

Auf dem Weg die Treppe hinunter kam ihnen Teresa Villa entgegen. »Ich weiß nicht, ob da ein Versehen vorliegt«, sagte sie und rückte geschäftig ihre Brille auf der Nase zurecht. »Die Ape, mit der Elisa Constantini verunglückt ist, ist auf Signora Aurora Bellini zugelassen. Kann das sein?« Sie präsentierte Rizzi einen Auszug aus dem Zentralregister.

»Haben wir alles schon geklärt«, sagte Cirillo im Vorbeigehen. »Trotzdem: verbindlichen Dank.«

5

Sie nahmen den Streifenwagen, und Rizzi berichtete auf der Fahrt nach Anacapri, was Cirillo als neu Zugezogene nicht wissen konnte: dass Aurora Bellini das Oberhaupt einer alteingesessenen Capreser Familie war, die über Generationen zu immer mehr Wohlstand gekommen war. Begonnen hatten die Urgroßeltern in Anacapri mit Fischfang, ein paar Ziegen und Zitronenbäumen in einem kleinen Hain, und jetzt besaßen die Bellinis einen Betrieb in Sorrent mit hundert Angestellten und gehörten auf Capri und wahrscheinlich in der ganzen Region zu den reichsten Leuten – jedenfalls von den Alteingesessenen.

»Und womit sind sie so reich geworden?«, fragte Cirillo. »Mit Landwirtschaft?«

Rizzi berichtete, wie die Legende ging: Auroras Großmutter, eine sparsame Matriarchin, fand immer, es sei Sünde, die Zitronenschalen nach dem Auspressen ungenutzt wegzuschmeißen, und kam auf die Idee, sie in Alkohol einzulegen, mit Zucker zu versetzen und einfach mal eine Weile stehenzulassen. Das Ergebnis war ein aromatischer Zitronenschnaps, der zunächst nur zu besonderen familiären Anlässen auf den Tisch kam und irgendwann, weil der kuriose Tropfen so gut ankam, von Auroras geschäftstüchtiger Mutter auch an Nachbarn und auf dem

Rest der Insel verkauft wurde. Der Durchbruch passierte vor ungefähr vierzig Jahren, als Aurora erkannte, dass die Herstellung von Zitronenschnaps viel lukrativer sein könnte als die herkömmliche Landwirtschaft, und den entscheidenden Schritt wagte: Sie stieg im großen Stil in die Produktion ein. Heute vertrieben die Bellinis das Getränk in riesigen Mengen in der ganzen Welt und stellten es dabei immer noch nach dem alten Rezept her – das behauptete Aurora jedenfalls. Ob diese Geschichte stimmte, sei dahingestellt, aber sie wurde bis heute gepflegt und sehr erfolgreich vermarktet.

Rizzi parkte den Streifenwagen am Friedhof und ging mit Cirillo die letzten hundert Meter zu Fuß.

Das Haus der Bellinis lag am Ende der Traversa Caposcuro und gehörte zu den ältesten auf der Insel. Von außen deutete nichts auf Reichtum oder auch nur ein wenig gehobenen Wohlstand hin. Im Gegenteil: Es gab vier kleine Fenster im ersten Stock, geschlossene Läden, keine Verzierungen, kein Firlefanz und keine Klingel, jedenfalls konnte Rizzi keine entdecken. Er betätigte den altertümlichen eisernen Löwenkopf. Das Klopfen hallte durch die Gasse, aber im Haus rührte sich nichts.

Cirillo betrachtete die abweisende Fassade, den grauen Putz und die lavendelblaue Farbe, die von den Läden blätterte, und betätigte ihrerseits den Klopfer, aber viel zu zaghaft. Doch kurz darauf, genauso zaghaft, öffnete sich die Tür, ohne dass jemand zu sehen war.

»Hallo?«, fragte Rizzi.

Ein dunkelhäutiges Kindergesicht lugte um die Ecke, ein kleiner Junge in kurzen roten Hosen und einem Pullover mit Zopfmuster. Die Klinke über seinem Kopf festhaltend, schaute er zu ihnen herüber.

»Guten Tag«, sagte Cirillo.

»Ist deine Großmutter zu Hause, Nonna Aurora?« Rizzi trat näher.

Ohne ein Wort zu sagen, ließ der Junge die Tür los und verschwand. Kurz bevor das Tor zuknallte, stellte Rizzi seinen Fuß hinein.

Die Einfahrt war mit Granit gepflastert. An der weißgetünchten Mauer reihten sich Tontöpfe mit Zwergpalmen und weißem Oleander, dazwischen stand ein verschnörkelter, eiserner Hocker aus längst vergangenen Zeiten. Gegenüber hingen Knoblauch- und Zwiebelzöpfe von den dunklen Balken herab, und in der windgeschützten Ecke parkte eine Vespa, die ebenfalls aussah wie ein Museumsstück. Rundgetretene steinerne Stufen führten in die Cantina hinunter, den Keller, in dem früher der Zitronenschnaps abgefüllt wurde. Noch in den achtziger Jahren war hier eine Ape nach der anderen in den Hof geknattert, um die Flaschen zu laden – so erzählte es jedenfalls Rizzis Vater. Inzwischen hatte die Produktion ganz andere Dimensionen angenommen, der Betrieb war von Capri aufs Festland nach Sorrent verlegt und die Produktpalette längst um Zitronenkuchen, Zitronenkekse, Schokolade und andere Spezialitäten erweitert worden. Der kleine Zitronenhain am Haus war nur noch ein Überbleibsel von damals und deckte wahrscheinlich nicht viel mehr als den Eigenbedarf und den Bedarf der Nachbarn.

»Ja, bitte?«, rief eine Frauenstimme. »Wer ist da?«

»Hier ist Enrico.« Rizzi nahm seine Mütze ab, ohne genau zu wissen, woher die Stimme kam. »Vom Polizeiposten.«

»Das glaube ich nicht!«, rief die Stimme. »Enrico? Vitos Enrico?« Dann war zu hören, wie jemand die Treppe herunterkam oder einen schweren Gegenstand hinunterhievte.

Rizzi schaute hinter dem Mauervorsprung um die Ecke und sah Aurora Bellini im langen schwarzen Rock, die Haare zum Dutt gesteckt, wie sie sich langsam auf Krücken die Stufen herunterarbeitete.

»Signora«, rief Cirillo besorgt, »wir können doch auch zu Ihnen raufkommen.«

»Das könnte Ihnen so passen«, schnaufte die Alte. »Noch schaffe ich es. Ich gehe überallhin, wohin ich will. Damit das klar ist. Ich bin nicht gebrechlich. Es dauert eben alles nur seine Zeit. Nicht wahr, Enrico?« Auf der drittletzten Stufe angekommen, blieb sie stehen und schaute hoch. Rizzi und sie waren jetzt praktisch gleich groß und auf Augenhöhe.

»Lass dich anschauen«, sagte Signora Bellini, und ihr gebräuntes Gesicht mit den vielen Falten bekam einen freundlichen Ausdruck. »Wie kann es sein, dass dein Vater einen so hübschen Kerl wie dich zustande gebracht hat? Das verstehe ich nicht.« Sie streckte die Hand aus, und Rizzi half ihr die letzten Stufen herunter.

»Ich bin dienstlich hier, Aurora.«

»Natürlich bist du das. Aber bevor du mir erzählst, was dich herführt, musst du mir berichten, wie es Vito geht, dem alten Stinkstiefel. Macht er noch seinen eigenen Wein?«

»Na klar«, sagte Rizzi. »Was glaubst du denn? Und seinen eigenen Zitronenschnaps.«

»Jordan!« Sie drehte sich suchend um. »Sei nicht so schüchtern. Das sind freundliche, liebe Menschen.« Sie schob den Jungen, der sich hinter ihrem Rock verstecken wollte, nach vorne und forderte ihn auf, Rizzi die Hand zu geben und auch seiner Kollegin, die Rizzi bei der Gelegenheit vorstellte: Agente Cirillo, noch nicht lange am Polizeiposten und neu auf der Insel.

Der Junge gab ihnen gehorsam die Hand. Er war seiner Mutter wie aus dem Gesicht geschnitten, Auroras Tochter Anna, die bei seiner Geburt gestorben war. Nur die dunkle Hautfarbe hatte er von seinem Vater geerbt, Simon Mugele aus Ghana, der jetzt den Betrieb in Sorrent führte.

»Schau mal.« Cirillo machte ihre Tasche auf. »Ist das vielleicht deiner?« Sie präsentierte ihm den Elefanten aus melierter Wolle.

»Giacomo!«, rief Jordan überrascht, guckte fragend hoch zu seiner Nonna, griff dann schnell zu und drückte den Elefanten verlegen an sich.

»Das gibt's doch nicht!«, rief Signora Bellini gespielt entrüstet. »Dieser Herumtreiber! Geht einfach auf Wanderschaft. Wo habt ihr ihn denn aufgegabelt?«

»Wir haben ihn in Ihrer Ape gefunden«, sagte Cirillo.

»In meiner Ape?« Signora Bellini lächelte verständnislos.

»Mit der gestern Nacht in Damecuta ein Unfall verursacht worden ist.«

»Mit meiner Ape?« Ihr Lächeln erstarb und wich einem harten Zug um den Mund herum. »Ich glaube, da irren Sie sich, meine Liebe. Meine Ape steht unten am Weg.«

»Haben Sie zwei?«

»Nein.«

»Es besteht kein Zweifel«, erklärte Rizzi. »Der Unfallwagen ist auf deinen Namen zugelassen.«

Signora Bellini starrte Rizzi sekundenlang ausdruckslos an. Dann befahl sie: »Jordan, lass uns bitte allein.«

Als der Junge gegangen war, sagte Signora Bellini: »Habe ich richtig verstanden? Wir reden von dem Unfall auf der Via Grotta Azzurra, bei dem Elisa Constantini, die jüngste Tochter vom alten Marcello, ums Leben gekommen ist?« Ihre Stimme klang plötzlich ganz brüchig, als sie berichtete, Simon, ihr Schwiegersohn, habe sie vor etwa zwei Stunden aus Sorrent angerufen und ihr von dem tragischen Unfall erzählt. Er habe sofort alle Termine absagen und herkommen wollen, aber welchen Sinn hätte das? Er konnte jetzt ohnehin nichts für Raffaella tun. Sie verstummte, schüttelte den Kopf und fragte: »Und jetzt behauptest du, der Unfall, das war meine Ape?«

»So ist es«, bestätigte Cirillo. »Und daraus ergeben sich ein paar Fragen. Können wir uns irgendwo setzen?«

»Was für ein Alptraum«, murmelte Signora Bellini. »Es kann nicht sein. Da muss eine Verwechslung vorliegen.« Sie nahm ihren Stock. »Kommt mit. Alle beide.«

Rizzi und Cirillo folgten ihr in den Garten, um eine Magnolie herum, gingen an der Zisterne vorbei und unter einer mit Wein bewachsenen Pergola hindurch, an deren Ende eine schmiedeeiserne Pforte war.

Signora Bellini öffnete, und sie traten gemeinsam auf eine steinerne Treppe hinaus, die mit einem wackligen Holzgeländer versehen war und in den alten, angestammten Zitronenhain hinunterführte. Unten verlief entlang der Mauer ein schmaler Wirtschaftsweg, der in einen kleinen Wendekreis um einen knorrigen Zitronenbaum herum mündete und direkt vor der Treppe endete.

»Ich verstehe das nicht.« Signora Bellini schaute suchend den Weg hinunter. »Da stand sie, ganz sicher.«

Sie berichtete, der Stellplatz dort unten für die Ape sei deshalb so praktikabel, weil sie nur durch diese Tür zu gehen brauche, die Treppe hinunter, direkt einsteigen könne, den Weg hinauf zur Gasse fahre und später wieder denselben Weg zurück, einmal um den Zitronenbaum herum – und gleich würde die Ape wieder abfahrbereit dastehen. Kein Wenden, kein Rangieren.

»Wann waren Sie zuletzt mit der Ape unterwegs?«, fragte Cirillo.

»Vorgestern«, murmelte Signora Bellini. Sie sei mit Jordan auf den Friedhof nach Capri-Stadt gefahren, wie jeden Samstag, und nicht nur, weil Allerseelen gewesen war.

Das Bild war bekannt, und Rizzi hatte es genau vor Augen: Die alte Frau mit den weißen Haaren und neben ihr der kleine schwarze Junge, beide dicht zusammengedrängt in der engen Fahrerkabine. Gegen 16 Uhr, erklärte Aurora Bellini, seien sie wieder zurückgewesen, wie immer, und seitdem habe die Ape da unten an der Treppe auf ihrem Platz gestanden und sei nicht mehr benutzt worden.

»Sind Sie sicher?«, fragte Cirillo und holte ihren Notizblock hervor. »Sie behaupten also, Sie wussten nicht, dass Elisa Constantini am Sonntagabend mit Ihrem Fahrzeug unterwegs war?«

»Das behaupte ich nicht nur, das ist so. Ich hatte keine Ahnung.«

»Haben Sie eine Erklärung, warum sie mit Ihrer Ape fuhr?«

»Welche Erklärung?«, rief Signora Bellini erregt. »Es

gibt keine! Wenn Sie so wollen, konnte jeder die Ape benutzen.«

»Beruhigen Sie sich«, sagte Cirillo. »Es geht hier um die Klärung eines Sachverhalts. Nicht mehr und nicht weniger. Warum konnte jeder Ihre Ape benutzen?«

»Weil der Schlüssel immer steckt.«

Cirillo runzelte die Stirn. »Das könnte versicherungstechnisch ein Problem sein«, erklärte sie, »falls Sie wegen Diebstahl Anzeige erstatten wollen.«

»Alle Schlüssel stecken hier«, rief Signora Bellini und schlug mit ihrem Stock wütend gegen die Gittertür. »Das geht auch gar nicht anders.« Sie verstummte und bemühte sich jetzt um einen ruhigen Ton. »Wir haben so viele Schlüssel und Schlösser, wir würden verrückt werden, wenn wir anfangen, jeden Schlüssel einzeln zu verwalten.«

»Verstehe ich dich richtig?« Rizzi ließ seinen Blick über die Zitronenbäume schweifen, die in Reihen gepflanzt waren und voller grüner Früchte hingen. »Du wusstest nicht, dass Elisa hierherkam, und hast nicht mitbekommen, dass sie deine Ape nahm?« Er drehte sich zu Aurora Bellini herum. »Bitte denk noch einmal nach«, sagte er. »Es handelt sich um den Zeitraum gestern, Sonntag, zwischen 16.30 Uhr und dem frühen Morgen.«

»Nein.« Sie schüttelte den Kopf. »Da kann ich nachdenken, so viel ich will. Frag Simon, ob er eine Erklärung hat. Aber ich bezweifele es.«

»Ihr Schwiegersohn?«, fragte Cirillo.

»Mein Schwiegersohn, Simon Mugele.« Aurora Bellini sprach jetzt sehr laut. »Er ist heute, wie jeden Montag, rübergefahren nach Sorrent, wo er unseren Betrieb leitet.«

»Aber gestern war er hier?«

»Ja«, wiederholte Aurora Bellini, »gestern war er hier. Gestern war ja auch Sonntag.«

»In welchem Verhältnis steht er zu Elisa Constantini?«, fragte Cirillo.

»In welchem Verhältnis? In gar keinem. Elisa Constantini lebt ja auch gar nicht auf der Insel, sondern in Benevent, wenn ich richtig informiert bin. Aber sie ist die Schwester von Raffaella Constantini, die uns die Zitronen liefert, wie sie uns schon ihr Vater geliefert hat.« Aurora ächzte und schaute hilfesuchend zu Rizzi. »Was sollen all diese Fragen?«

Rizzi nahm sie am Arm. »Es gibt noch etwas, das wir besprechen müssen«, sagte er. »Wo können wir uns setzen?«

Als sie die Bank unter der Pergola von Laub befreit und Platz genommen hatten und Cirillo sich aus der Ecke einen Stuhl heranzog, legte Rizzi sein Notizbuch zurecht und beschloss, gleich zur Sache zu kommen. »Deine Ape war nicht verkehrssicher«, sagte er. »Es war lebensgefährlich, mit ihr zu fahren.«

Aurora Bellini starrte auf sein Notizbuch. »Was willst du damit sagen?«

»Ich habe mir die Sache genau angesehen«, erklärte er. »Die Bremsen haben nicht funktioniert. Und das Bremsversagen kann meiner Ansicht nach nicht durch den Aufprall verursacht worden sein.«

»Was redest du da?« Signora Bellini schüttelte eigensinnig den Kopf. »Als ich am Samstag mit der Ape gefahren bin, war alles bestens. Es gab überhaupt nichts zu beanstanden, nachzugucken oder zu reparieren. Das Ding lief wie geschmiert.«

»Haben Sie Feinde?«, fragte Cirillo.

»Feinde?«, fuhr Aurora Bellini sie an. »Was wollen Sie denn damit schon wieder sagen?« Sie stampfte energisch mit dem Stock auf. »Jetzt hört mal her. Ihr tischt mir eine unglaubliche Geschichte nach der anderen auf, aber jetzt ist Schluss damit. Das hat alles nichts mit mir zu tun.«

»Signora Bellini«, sagte Cirillo, »wir müssen davon ausgehen, dass jemand an Ihrer Ape herumgeschraubt hat. Dass jemand einen Anschlag auf Sie verüben will.«

Signora Bellini lachte auf – und saß im nächsten Moment wie versteinert da. »Wollen Sie damit sagen«, fragte sie »dass ich schuld bin an Elisas Tod?«

»Wer – außer dir – benutzt noch die Ape?«, fragte Rizzi. »Simon?«

»Er nimmt normalerweise die Vespa«, erklärte Signora Bellini. »Mit der ist er schneller, und Jordan liebt es, auf dem Trittbrett mitzufahren.«

»Meinst du die alte Vespa in der Einfahrt?«, fragte Rizzi.

Es sah aus, als hätte Aurora Bellini plötzlich Tränen in den Augen. »Er hat sie irgendwann mal ausgegraben und wieder flottgemacht. Aber natürlich, sie hat ihre Macken. Die hatte sie schon, als mein Alfonso mit ihr gefahren ist.«

»Das heißt, sie ist kaputt«, stellte Rizzi fest.

»Ja.«

»Und Simon nimmt die Ape.«

»Wenn er es eilig hat. Sonst geht er auch gerne zu Fuß.«

»Wie heute Morgen?«

»Anscheinend.«

»Wir müssen uns mit ihm unterhalten.« Rizzi schaute auf die Uhr. »Wann ist er wieder da?«

»Kann sein, dass er das 18-Uhr-*aliscafo* nimmt. Aber meistens wird es knapp. Doch um 21 Uhr ist er spätestens auf der Insel.«

»Er soll sich morgen früh bereithalten. Sag ihm das.« Rizzi machte sich eine Notiz. »Was ist mit dem Mädchen, das dir im Haushalt hilft?«, fragte er.

»Xenia?« Aurora Bellini winkte ab. »Sie hasst es, mit der Ape zu fahren, und – ehrlich gesagt – sie kann es auch nicht.«

»Dann sind Sie also diejenige, die die Ape regelmäßig und am meisten nutzt«, stellte Cirillo fest.

»Hör zu, Enrico.« Aurora Bellini beugte sich vor und schaute ihm fest in die Augen. »Die Vorstellung, dass jemand an meiner Ape herumschraubt, ist absurd.«

»Haben Sie in der letzten Zeit mit jemandem Streit gehabt?«, fragte Cirillo.

»Natürlich hatte ich Streit.« Aurora Bellini lehnte sich zurück.

»Mit wem?«

»Mit Paolo Moretti, zum Beispiel.«

»Immer noch die alte Geschichte?«, fragte Rizzi.

»Ich bin es nicht, die die Sache immer wieder aufs Tapet bringt«, verteidigte sich Aurora. »Er war an Erntedank auf der Piazzetta und kam wieder angeschoben mit seinem dicken Wanst. Ich habe sofort gesagt: Paolo, hau ab, ich will dich nicht sehen. Er hat sich natürlich trotzdem dazugesellt und mir ungefragt berichtet, wie gut sein Leben verlaufen ist, wie brillant all seine Ideen waren und die brillanteste sei die mit dem Limoncello gewesen. Da habe ich ihn stehengelassen und bin gegangen.«

»Worum geht es?«, fragte Cirillo.

Aurora Bellini winkte müde ab.

»Er hat ihr den Namen für den Zitronenschnaps geklaut«, erklärte Rizzi.

»Der Name *Limoncello* war meine Erfindung!«, rief Aurora Bellini mit geballter Faust. »Aber das hat Paolo Moretti inzwischen komplett verdrängt. Er glaubt diesen Blödsinn selbst und will partout, dass ich ihm seine Lügengeschichten bestätige, damit er dann in Ruhe sterben kann, weil ihn jede Nacht hoffentlich sein schlechtes Gewissen plagt. Aber diesen Gefallen werde ich ihm nicht tun.« Sie wischte mit der Hand einmal durch die Luft. »Aber ich will nicht immer wieder davon anfangen. Ich war naiv und unerfahren, hatte keine Anwälte und Berater, nur diesen einen Geistesblitz, diesen genialen Namen für unseren Zitronenschnaps. Ich hätte ihn mir schützen lassen müssen. Und das hat dann Paolo Moretti besorgt. Einmal im Leben war er schlauer und schneller als ich, und es hat sich, wie wir alle wissen, für ihn ausgezahlt.«

»Wie lange ist das her?«, fragte Rizzi. »Dreißig Jahre?«

»Zweiunddreißig«, korrigierte Aurora. »Aber was soll's? Früher hätte ich ihm ins Gesicht gespuckt, vor allen Leuten. Aber heute weiß ich: Es bringt alles nichts.« Sie beugte sich vor und fixierte Cirillo. »Wie Sie sehen, bin ich es, die Grund hätte, Leute umzubringen. Und ich sage Ihnen, es gibt da noch einige mehr: Leute, die mir Geld schulden, Leute, die versuchen, mir Land zu klauen, und andere, die sich auf meine Kosten bereichert haben und es immer noch tun. Aber schauen Sie mich an. Ich bin alt. Meine Kämpfe liegen hinter mir.«

»Und Ihre Beziehungen zu den Constantinis sind von solchen Kämpfen nicht betroffen?«, fragte Cirillo.

»Natürlich nicht.« Signora Bellini schaute Cirillo ungehalten an. »Die Constantinis sind ehrbare, verlässliche Leute, immer gewesen. Was nicht heißt, dass wir uns etwas geschenkt hätten. O nein! Marcellos Dickkopf war berühmt. Aber was er gesagt hat, galt. Und wenn es Differenzen gibt, was in den besten Familien vorkommt, setzt man sich an einen Tisch und regelt das. Basta. So hat es zu seinen Lebzeiten funktioniert, und so funktioniert es immer noch.«

»Es gibt sie also noch«, Rizzi klappte sein Notizbuch zu, »die guten alten Geschäftsbeziehungen.«

»Selbstverständlich.« Signora Bellini lächelte zufrieden. »Wir sind treue Abnehmer der Constantini-Zitronen und tüfteln ständig an neuen Produkten. Ganz neu ist übrigens der Babà mit Limoncello. Wir haben jahrelang daran herumgedoktort, aber jetzt ist er da. Du musst ihn unbedingt probieren.«

In der Einfahrt, bei der Verabschiedung, betrachtete Rizzi die alte Vespa, strich mit der Hand über den speckigen, aus der Form geratenen Ledersattel und sagte: »Ab sofort wird regelmäßig jemand bei dir vorbeischauen, um sicherzugehen, dass alles in Ordnung ist.«

»Das hat mir gerade noch gefehlt.«

»Keine Widerrede.«

»Hau ab, Enrico. Verschwinde.« Signora Bellini öffnete die Tür.

»Bitte nimm die Sache ernst«, mahnte Rizzi, »und gib uns sofort Bescheid, wenn dir etwas merkwürdig vorkommt. Hast du verstanden?«

»Wenn Marcello das alles wüsste«, sagte Aurora Bellini und schaute wehmütig in den Himmel hinauf, »er würde sich im Grab herumdrehen.«

*

Die Nachbarschaftsbefragung, die Rizzi und Cirillo in der Traversa und der angrenzenden Via Caposcuro durchführten, war eine Routineangelegenheit, und die Frage, die sie stellten, bestand aus zwei Teilen. Erstens: Wer hatte am Wochenende, nachdem Aurora Bellini mit der Ape am Samstag gegen 16 Uhr vom Friedhof zurückgekommen war und auf ihrem angestammten Platz am Ende des Wirtschaftswegs parkte, eine Person beobachtet, die sich am Fahrzeug zu schaffen gemacht oder sich im Umkreis herumgetrieben hatte? Zweitens: Wer hatte Elisa Constantini gesehen, eine junge Frau mit braunem Haar – oder eine andere Person, die mit der Ape aus dem Wirtschaftsweg herausfuhr? Oder einfacher ausgedrückt: Wer hatte zwischen Samstag, 16 Uhr, und Sonntagnacht irgendeine Beobachtung gemacht, die der Polizei helfen könnte zu verstehen, warum Elisa Constantini ausgerechnet in der Ape von Aurora Bellini über die Insel gerast war.

Rizzi war sich sicher, in Capri-Stadt würde eine solche Befragung als Einladung aufgefasst werden, die Polizei mit Aussagen und Geschichten zu überschütten. Jedes Detail und jede Beobachtung würden die Leute zu einer riesigen Geschichte aufblasen, und auf der Dienststelle würden sie durchdrehen, weil sie tagelang nur noch damit beschäftigt wären, den bescheuertsten Hinweisen nachzugehen und herauszufinden, was die falschen und was die richtigen Perlen waren.

Aber hier in Anacapri tickten die Leute anders, auch wenn manche Menschen behaupteten, das sei ein Vorurteil. Oder die Anacapreser hatten tatsächlich nichts beobachtet. Die Leute jedenfalls, die Rizzi und Cirillo die Tür öffneten, gaben sich eher einsilbig. Während es mit Rizzis Geduld relativ schnell vorbei war und er das Bild, das er von den Anacapresern hatte, wieder einmal aufs Schönste bestätigt sah, war es wahrscheinlich Cirillos Verdienst, dass sie ihnen durch ihre überraschend einfühlsame Art überhaupt etwas aus der Nase zogen. Doch wie man es drehte und wendete, unterm Strich hatte niemand eine verdächtige Person gesehen, weder am Haus noch am Wirtschaftsweg, in den umliegenden Straßen oder im Zitronenhain. Nur die Haushälterin war gesichtet worden, wie sie das Spülwasser die Straße hinunterkippte, aber das war nichts Besonderes, das tat sie jeden Samstag gegen 15 Uhr, bevor sie nach Hause ging und sich in der darauffolgenden Woche, meistens am Dienstag, gegen elf Uhr, wieder blicken ließ.

Immerhin gab eine Anwohnerin in der Via Caposcuro Nummer fünf, Gaia Ferrara, zu Protokoll, dass in der Nacht von Sonntag auf Montag gegen 23 Uhr ihr Hund, ein Terrier-Mischling, der unter Arthrose litt, wie wild angeschlagen hatte und sich gar nicht mehr habe beruhigen können. Den Zeitpunkt könne sie deshalb so genau benennen, weil dann der Liebesfilm auf RAI UNO losging. Daher habe sie auch nicht nachgesehen, was draußen los war, zumal ihr Hund sich dann irgendwann auch wieder beruhigt hatte.

Ein anderer Nachbar in der Traversa Caposcuro Nummer acht, der Pullover und kurze Hose trug und sich als Diego Coppola vorstellte, erklärte: »Wissen Sie, die Bellinis leben sehr zurückgezogen, und das kleine schwarze Enkelkind tut mir aufrichtig leid.«

»Warum?«, fragte Cirillo.

»Ich habe nichts gegen Ausländer«, behauptete der Mann, »und der Vater des Jungen scheint ja ein fleißiger Arbeiter zu sein. Aber wenn Sie mich fragen: Die Leute passen nicht hierher.«

»Welche Leute?«, fragte Cirillo verständnislos.

»Na, der Schwarze und dieses Kind.«

»Wegen ihrer Hautfarbe?«, fragte Rizzi.

Der Mann hob beide Hände. »Das haben jetzt Sie gesagt.« Er trat näher. »Aber Sie müssen zugeben, es ist doch merkwürdig, dass ausgerechnet ein Schwarzer aus Afrika die Fabrik einer alteingesessenen Capreser Familie übernimmt. Oder finden Sie nicht?«

Als Rizzi und Cirillo danach die Befragung für beendet erklärten und schweigend die Gasse hinunter zum Streifenwagen gingen, hatte Cirillo ihre Hände in den Taschen ihres Anoraks vergraben und den Blick auf den Boden geheftet. Ein warmer Wind wehte vom Meer herüber, der Scirocco, der der halben Insel Kopfschmerzen bereiten würde, und die Sonnenstrahlen streiften nur noch die oberen Stockwerke. Über dem Monte Solaro hingen lilagraue Wolken, die an den Rändern zottelig ausfransten, als wären sie mit Pinsel und Aquarellfarbe auf nasses Papier gemalt.

»Signora Bellini verheimlicht uns etwas«, sagte Cirillo.

Rizzi kontrollierte auf seinem Telefon den Nachrichteneingang. »Ich kann dich beruhigen«, sagte er. »Aurora Bellini ist nicht unser Problem. Ich kenne sie, seit ich klein bin, und weiß, ob sie uns etwas verheimlicht oder nicht.«

»Sie nimmt dich nicht für voll, und du merkst es nicht einmal.«

»Tut mir leid, aber du hast wirklich keine Ahnung.«

»Wenn sie behauptet, sie hat nicht den Hauch einer Idee, warum Elisa Constantini ausgerechnet ihre Ape genommen hat, lügt sie.«

»Ich glaube, du kannst dir da kein Urteil anmaßen.«

»Warum?«

»Weil es Frauen vom Schlag einer Aurora Bellini in Norditalien gar nicht gibt.« Rizzi steckte sein Telefon wieder ein. »Weißt du eigentlich, was sie in ihrem Leben alles geleistet hat? Gegen wie viele Widerstände sie gekämpft und gegen wen sie sich alles durchgesetzt hat? Sie hat nach dem Tod ihrer Tochter den kleinen Jordan unter ihre Fittiche genommen und ihrem Schwiegersohn die Leitung der Geschäfte übertragen, und obwohl alle sie für verrückt erklärt haben, hatte sie den richtigen Instinkt. Die Firma ist erfolgreich wie nie.«

»Aurora Bellini ist knallhart. Ich würde wetten, wenn es für sie und ihr Geschäft von Vorteil ist, geht sie auch über Leichen.«

»Natürlich tut sie das.« Sie waren am Streifenwagen angekommen, und Rizzi holte den Autoschlüssel hervor. »Mein Vater hat vor vielen Jahren mal versucht, mit ihr ins Geschäft zu kommen, und ist dabei grandios gescheitert.«

»Warum?«

»Irgendwie war es kompliziert damals.« Er entriegelte und öffnete die Autotür. »Ich weiß nicht mehr genau, aber ich glaube, am Ende waren ihr unsere Zitronen einfach nicht gut genug.«

»Verstehe ich nicht.«

»Es sind bloß Allerweltszitronen.« Er stieg ein und ließ sich auf den Fahrersitz fallen. »Und eine Aurora Bellini will für ihre Produkte nur eine bestimmte Sorte. Das Ganze ist eine Wissenschaft für sich.«

»Was ist mit Simon Mugele?«, fragte sie.

»Den nehmen wir uns morgen als Erstes vor.« Rizzi zog die Autotür ran. »Geh nach Hause«, sagte er. »Du wohnst doch gleich um die Ecke. Ruh dich aus. Morgen brauchst du einen klaren Kopf.«

»Aber das Protokoll schreibst du«, rief sie ihm durchs Fenster zu. »Hast du gehört?«

6

In der Einfahrt standen die Gasflaschen für den Heizofen, die Lieferung für den Winter, zwölf Stück, aus Eisen. Rizzi parkte seinen Roller und pfiff Romeo zurück, der die Gasse runterstromern wollte und eilig ein paar Duftmarken setzte.

Sechs Flaschen wuchtete Rizzi die Treppe in die Cantina hinunter, dann befand er, dass es für heute reichte. Er stöberte in den Vorratsregalen, steckte ein Glas von den eingelegten Aprikosen ein und suchte aus den Flaschenbeständen die größte heraus, eine Eineinhalb-Liter-Flasche, setzte den Trichter drauf, schraubte den Kanister auf und schüttete den Wein um. Der erdige, herbe Tropfen ging langsam zur Neige, und wie der neue Wein war, würde sich noch zeigen. Vito rechnete, wie immer, mit einem Spitzenjahrgang. Er legte den Schlüssel zurück auf den Balken und ging über die Außentreppe hinauf in seine Wohnung.

Die Auberginen und Paprika waren fällig, außerdem lagen noch ein paar Tomaten im Kühlschrank, Knoblauch, Zwiebeln und Kartoffeln. Er würfelte die Aubergine, schnitt die Paprika in Streifen, während seine Gedanken zu Aurora Bellini wanderten, zu ihrem Enkel und Simon Mugele, diesem seltsamen Trio, das abgeschottet am Ende der Traversa Caposcuro lebte. Es fiel ihm schwer zu glauben, dass jemand von der Insel die Bremsen der Ape manipuliert hatte, um Aurora Bellini einen Denkzettel zu verpassen oder sogar vorsätzlich ins Jenseits zu befördern, aber er musste diese Möglichkeit ernsthaft in Betracht ziehen. Erwischt hatte es Elisa Constantini, eine völlig unschuldige, unbeteiligte Person, mutmaßlich Opfer einer Verkettung unglücklicher Umstände, die es noch zu entwirren galt.

Er gab Öl in die Pfanne, Zwiebeln und Knoblauch und nahm sich die Kartoffeln vor. Am wahrscheinlichsten war wohl, dass der Anschlag Simon Mugele gelten sollte, dem Mann, der als Chef bei den Bellinis in der Verantwortung stand und über mehr als hundert Angestellte bestimmte. Vielleicht hatte er einen Mitarbeiter gefeuert oder jemanden durch eine andere unternehmerische Entscheidung in die Ecke gedrängt. Es gab vermutlich viele Möglichkeiten, warum sich jemand zurückgesetzt oder benachteiligt fühlte, und tausend Gründe, warum jemand auf den Mann aus Ghana, der von ganz unten kam, neidisch sein könnte. Aber bevor sie Mugele morgen ausführlich befragen würden, war der erste Brocken Ispettore Lombardi. Sie würden ihn erst einmal auf den aktuellen Stand bringen und davon überzeugen müssen, dass er ihnen – wenigstens bei den Anfangsermittlungen – freie Hand ließ, ohne gleich beim Wort »Mordversuch« nach einem Beamten der Mordkommission in Neapel zu schreien.

Unten im Hof war das Geknatter einer Vespa zu hören, und Romeos Gebell ging in freudiges Winseln über. Francescas durchdringende Kinderstimme wurde von Ginas knappen Anweisungen unterbrochen. Kurz darauf:

schnelle Kinderschritte auf der Treppe, dann wurde die Haustür aufgerissen.

»Mamma sagt immer nein zu allem!« Schuhe wurden in die Ecke gepfeffert, eine Schranktür rumste. Francesca kam in die Küche gestapft. Sie hatte Tränen der Wut in den Augen. »Alles, was lustig ist und Spaß macht, ist verboten.«

»Sei nicht unfair«, rief Gina. Die Wohnungstür fiel ins Schloss. »Nur weil nicht alles nach deiner Pfeife tanzt.« Sie kam mit einer Einkaufstüte herein, sah erhitzt und gestresst aus und gab Rizzi im Vorbeigehen einen Kuss. »Dein Vater hat nichts davon mit mir abgesprochen.«

»Was kann ich denn dafür?«, schrie Francesca.

»Worum geht's?«, fragte Rizzi und goss Wein in zwei Gläser.

»Carlo hat unserer Signorina hier einen schönen Floh ins Ohr gesetzt.« Gina stellte die Tüte ab. »Er will mit ihr auf die Malediven. An Weihnachten! Aber das kommt überhaupt nicht in Frage.«

»Ich will aber zusammen mit Papà feiern!«, schrie Francesca.

»Du bist meine Tochter, das Liebste, was ich auf der Welt habe, und ich will Weihnachten nicht ohne dich sein. Und wenn Papà meint, er kann Weihnachten nicht auf Capri bleiben und muss auf die Malediven, dann ist das seine Sache. Du bleibst jedenfalls hier.«

»Das ist ungerecht!«

»Ende der Diskussion.« Gina begann scheinbar seelenruhig Milch, Ziegenkäse und Mozzarella in den Kühlschrank zu räumen, aber Rizzi spürte, wie sie bebte.

»Was haltet ihr davon, wenn ich uns zum Nachtisch Frittate mache?«, schlug er vor.

»Mit süßer Sahne?« Francescas Miene hellte sich auf.

»Und Aprikosen«, fügte er hinzu.

Am Ende aß das Mädchen drei Pfannkuchen und von seiner Cianfotta fast nichts.

Während Gina das Zähneputzen und Schultaschepacken überwachte und der Streit um die Weihnachtsreise wieder aufflammte, nahm Rizzi seinen Tabak und verzog sich auf die Terrasse. Die Luft duftete nach Herbst, nach Laub und Erde – und nach Ruß, weil wieder mal jemand Feuer gemacht hatte und Gartenabfälle verbrannte, wahrscheinlich Sandro Basile oder der unverbesserliche Pietro Silvestri. Jeder wusste, dass es verboten war, aber keiner kümmerte sich darum, nicht einmal Rizzis Vater.

Rizzi begann, sich eine Zigarette zu drehen, und das Klopfen und Hämmern in der Ferne erinnerte ihn daran, dass jetzt, wo die Saison vorbei war, die Zeit der Reparaturen begann. Überall wurden Dächer geflickt, Regenrinnen und Zäune, und auch Rizzi musste sich dringend um die Fenster kümmern. Sonne, Wind und Regen hatten dem Holz zugesetzt. Die alte Farbe musste heruntergeholt und die Rahmen mussten neu gestrichen werden. Alle drei Jahre die gleiche Prozedur. Marta wollte deshalb schon lange Kunststofffenster haben, aber Kunststoff atmete nicht, und das nächste Problem mit Feuchtigkeit und Schimmel wäre vorprogrammiert.

Er prüfte mit dem Fingernagel den Zustand des Holzes, als Gina in seine Strickjacke gehüllt, mit einer Sorgenfalte auf der Stirn, auf die Terrasse kam. Er legte wortlos einen

Arm um ihre Schultern, zog sie an sich und küsste diese Sorgenfalte, aber sie wollte einfach nicht verschwinden.

»Mach dir nicht so viele Gedanken«, sagte er, »und warte erst einmal ab. Am Ende fehlt Carlo das Geld, und das Problem mit den Malediven erledigt sich von selbst.«

Gina nahm ihm die Zigarette aus der Hand. »Du warst beim Abendessen so schweigsam«, sagte sie, paffte und gab ihm die Zigarette zurück. »Ist alles in Ordnung?«

Er winkte ab. »Das Übliche.«

»Hat es mit dem Unfall zu tun?«

Er nahm einen Granatapfel vom Tisch und begann, mit dem Taschenmesser einmal um den Äquator herum die Schale aufzuritzen. Dabei berichtete er, dass es gar kein Unfall gewesen war, sondern dass jemand an der Ape herumgefummelt und die Bremsen manipuliert hatte.

»Aber dann handelt es sich ja um einen Mordanschlag«, stellte Gina ungläubig fest. »Oder wie nennt man das? Fahrlässige Tötung?«

»Es ist nicht offiziell, und es gibt auch noch kein Gutachten. Aber ich weiß, was ich gesehen habe, und in dem Punkt ist der Fall für mich klar. Hinzu kommt außerdem noch etwas ganz anderes.« Er brach den Granatapfel in zwei Hälften und berichtete weiter, dass die Ape nicht Raffaella Constantini gehörte, sondern auf Aurora Bellini zugelassen war, Elisa war also in einem fremden Fahrzeug unterwegs gewesen, und man musste davon ausgehen, dass der Anschlag nicht ihr, sondern den Bellinis, vermutlich Simon Mugele, gelten sollte – wenn man in Betracht zog, dass er bei den Bellinis, was das Geschäftliche betraf, das Sagen und wahrscheinlich einige Feinde hatte.

Gina nickte grimmig und bediente sich von den Granatapfelkernen. »Ich glaube ja schon lange, dass viele auf der Insel ein Problem mit Ausländern haben. Was glaubst du, was mir in der Roxy Bar so alles zu Ohren kommt.«

»Das ist doch bloß Gerede«, winkte Rizzi ab.

»Ich würde es nicht so herunterspielen.«

»Aber es betrifft Ausländer allgemein«, erklärte Rizzi, »und zielt nicht auf eine konkrete Person und schon gar nicht auf Simon Mugele.«

»Er ist schwarz und verdammt erfolgreich.«

»Na und?«

»Sei nicht naiv.« Gina sammelte die letzten Kerne aus seiner Hand. »Er hält sich nicht an die Regeln.«

»Welche Regeln?«

»Ausländer sollen nicht erfolgreich sein, sondern für wenig Geld die Arbeiten machen, für die wir Italiener uns zu schade sind. Und wenn die Arbeit erledigt ist, soll der Ausländer wieder verschwinden. Und selbstverständlich soll er unsere Frauen in Ruhe lassen. Das gilt für alle Ausländer, und besonders für die Farbigen.«

Rizzi schwieg. Natürlich übertrieb Gina maßlos, aber im Kern war tatsächlich etwas dran. Und das Schlimmste: Dachte er insgeheim nicht ganz genauso?

»Die meisten Ausländer halten sich ja auch brav an die ungeschriebenen Gesetze«, fuhr Gina fort, »außer Mugele. Was tut er? Heiratet Anna Bellini, eine bildhübsche Frau, noch dazu millionenschwer, nach der sich jeder hier auf der Insel alle zehn Finger geleckt hat. Und ausgerechnet bei ihr macht der schwarze Zitronenpflücker aus Ghana das Rennen.«

»Der zu dem Zeitpunkt aber schon viele Jahre auf Capri gelebt hat«, gab Rizzi zu bedenken.

»Na und? Das macht es nicht besser. Ich gebe dir Brief und Siegel: Der Mann wird hier von vielen Leuten abgrundtief gehasst.«

»Aber warum gerade jetzt?« Rizzi schüttelte den Kopf. »Warum will ihn gerade jetzt jemand aus dem Weg räumen?«

Gina schaute ihn nachdenklich an. »Vielleicht gibt es da gar keine Logik«, sagte sie. »Vielleicht läuft da draußen schon ganz lange jemand herum und denkt, dem Mugele müsse man mal einen Denkzettel verpassen. Und weil bestimmte Politiker genauso denken und das auch laut aussprechen, fühlt sich so jemand ermutigt.«

Rizzi zog Gina an sich und vergrub sein Gesicht in ihren Haaren. »Heirate mich«, sagte er.

»Schatz.« Sie legte einen Finger auf das Grübchen in seinem Kinn und lächelte. »Es gibt im Moment wirklich ganz andere Probleme.«

»Die gibt es immer. Ich meine es ernst.«

Sie erwiderte seinen Kuss.

»Ich will ein Kind mit dir«, sagte er.

»Jetzt gleich?«, flüsterte sie.

Er nahm sie bei der Hand. »Sofort.«

*

Als irgendwo in der Wohnung das Telefon klingelte, hätte Rizzi weder sagen können, welcher Tag war noch welche Uhrzeit. Er tastete nach dem Schalter und knipste das kleine Licht an.

Es war kurz nach halb zwei Uhr morgens, und das Klingeln kam aus der Küche. Vorsichtig nahm er Ginas Arm von seiner Brust, rutschte darunter weg und legte ihn sachte wieder ab, während Gina schlaftrunken murmelte: »Nicht schon wieder Signora De Lulla, dieses Miststück.«

Das Telefon lag neben dem Herd. Am anderen Ende meldete sich der Kollege von der Nachtwache und sagte: »Ein Notruf aus der Via Castiglione.«

»Von Raffaella Constantini?« Rizzi war hellwach.

»Moment.« Der Kollege am anderen Ende schien zwischen seinen Zetteln zu suchen. »Josh Wilcox heißt der Mann. Sprach von einem Überfall, und irgendjemand sei abgehauen.«

Rizzi war bereits zurück im Schlafzimmer und dabei, in seine Unterhose zu steigen. »Ist jemand verletzt?«, fragte er, das Telefon zwischen Ohr und Schulter geklemmt.

»Der Notarzt ist schon verständigt.«

Rizzi zog den Reißverschluss seiner Uniformhose zu und schloss den Gürtel. »Ich bin unterwegs.«

7

In der Via Castiglione war schon von weitem das Blaulicht zu sehen, das im Halbsekundentakt die Bäume und Fassaden aufleuchten ließ und durch die geschlossenen Läden bis in die Schlafzimmer der angrenzenden Häuser drang. Die Leute waren in Bademänteln, Pyjamas und Jogginganzügen angerückt, neugierig und erschrocken, manche sensationslüstern, und wollten wissen, was denn da bei Raffaella Constantini schon wieder los war, bei diesem unverheirateten Sorgenkind, dessen kleine Schwester gerade tödlich verunglückt war, der Liebling und Sonnenschein einer Familie, auf der einfach kein Segen lag.

»Hat Raffaella sich etwas angetan?«, rief jemand, kaum dass Rizzi den Helm abgenommen hatte. »Hat sie sich die Pulsadern aufgeschnitten?«

»Bei all dem Leid!«, fügte ein Mann hinzu. »Wer würde es ihr verübeln?«

»Das ist Sünde. Das würde sie niemals tun!«, antwortete ein anderer empört.

Der Rettungswagen in der Auffahrt versperrte die Sicht, und Kollege Matteo Savio, der mit ausgebreiteten Armen die Menge zurückhielt, rief: »Geht nach Hause, Leute. Hier gibt es nichts zu sehen« – was ganz offensichtlich gelogen war, weshalb sich auch niemand von der Stelle rührte.

Rizzi schloss den Motorroller ab, setzte seine Polizeimütze auf und nahm Savio beiseite. »Was ist passiert?«, fragte er.

»Simon Mugele«, antwortete der Kollege mit gedämpfter Stimme. »Jemand hat ihn zusammengeschlagen.«

»Simon Mugele?«, wiederholte Rizzi ungläubig. »Aber er wohnt doch gar nicht hier.«

»War anscheinend zu Besuch«, sagte Savio, als eine Frau mit schriller Stimme dazwischenrief: »Falls es euch interessiert: Ein Kerl mit Buckel ist hier vor einer Stunde seelenruhig die Straße runtergegangen!«

»Blödsinn«, unterbrach jemand. »Er war genau in die entgegengesetzte Richtung unterwegs und ist längst über alle Berge.«

»Und hat dabei noch eine Zigarette geraucht!«

»Wie ein geölter Blitz. So schnell konnte man gar nicht gucken.«

»Nimm die Aussagen zu Protokoll«, sagte Rizzi zu Savio. »Jede noch so kleine Beobachtung.«

Während Savio gehorsam seinen Block hervorholte, »aber hübsch der Reihe nach« brummte und die Leute durcheinanderredeten, was sie alles gesehen und nicht gesehen hatten, bahnte Rizzi sich einen Weg zur Pforte.

Der Fiat von Raffaella Constantini stand noch genau so vor dem Haus wie am Morgen, als er mit Cirillo die Nachricht von Elisas Tod überbracht hatte. Hinter dem Wagen war zu sehen, wie sich die Sanitäter in ihren Jacken mit den Leuchtstreifen über eine Person auf dem Boden beugten. Die Arme waren zu beiden Seiten ausgestreckt und die Beine seltsam verdreht, wie bei einer Marionette, die mitten im Spiel fallen gelassen worden war. Das linke Hosenbein von Simon Mugele war hochgerutscht und auf der schwarzen Haut eine helle Narbe zu sehen, die sich in mehreren Windungen über das ganze Schienbein zog. Zwei Sanitäter waren dabei, den Mann zu verarzten, während ein dritter eine Infusion legte.

Der Sanitäter mit dem Zopf, der vor weniger als vierundzwanzig Stunden an der Via Grotta Azzurra den Tod von Elisa Constantini festgestellt hatte, gab Rizzi die Hand. »Sieht übel aus«, sagte er. »Gezielter Schlag ins Gesicht. Hat überhaupt keine Gegenwehr geleistet. Ist einfach nach hinten gekippt, wie ein nasser Sack.«

»Besteht Lebensgefahr?«, fragte Rizzi.

Der Mann ging über diese Frage hinweg. »Sorge macht mir vor allem die Wunde am Hinterkopf«, erklärte er. »Schädelfraktur nicht auszuschließen. Außerdem Prellungen im Bauchbereich. Verdacht auf innere Verletzungen. Vermutlich hat der Täter ein paarmal ordentlich nachgetreten.«

»Kreislauf stabil«, meldete der Sanitäter, der die Flasche mit der Infusion hielt. »Eins Komma sechs Promille. Bereit zum Abtransport.«

»Bringt ihr ihn nach Neapel?«, wollte Rizzi wissen.

»Erst mal ins Ospedale Capilupi zum Röntgen. Dann muss der Diensthabende entscheiden.«

Simon Mugele wurde auf die Trage gelegt und festgeschnallt. Aus seinem Haaransatz sickerte Blut, ein dünnes Rinnsal, das langsam die Schläfe hinunterlief.

»Können Sie mich hören?« Rizzi beugte sich über den Verletzten. »Ich bin's, Agente Enrico Rizzi.«

Die Trage wurde angehoben. Mugeles Augenlider flatterten. »Wer hat Sie überfallen?« Rizzi ging nebenher. »Haben Sie jemanden erkannt?«

Mugele bewegte die Lippen, brachte aber keinen Laut heraus. Die Tür vom Krankenwagen wurde aufgerissen, die Trage mit dem Verletzten hineingeschoben und fixiert.

»Wir hätten ihn nicht aus den Augen lassen dürfen«, sagte eine Stimme hinter Rizzi. Es war Cirillo. Er hatte nicht bemerkt, wann sie hinzugekommen war, und gar nicht gewusst, dass man sie überhaupt benachrichtigt hatte.

Die Türen klappten zu, und Cirillo sagte: »Wir hätten ihn auf Schritt und Tritt begleiten müssen. Von Anfang an. Sofort, als er am Hafen ankam, hätten wir ihm nicht mehr von der Seite weichen dürfen. Dann wäre das alles hier nicht passiert. Doch, Kollege, da kannst du sagen, was du willst. So einfach ist das.«

Der Rettungswagen rollte die Auffahrt hinunter, und Rizzi befahl: »Ruf den Kollegen Gatti an. Tiziano soll sich sofort auf den Weg ins Capilupi machen. Irgendjemand dreht hier durch. Er soll sich bei Mugele vor die Tür setzen oder – noch besser – direkt an sein Bett und jeden überprüfen, der in seine Nähe will. Sag ihm das.«

Cirillo holte ihr Telefon hervor.

»Und schau, ob sich aus den Informationen, die Savio unten an der Pforte einsammelt, eine Täterbeschreibung basteln lässt. Dann kontrolliert ihr die Anlegestellen.«

»Das erste *aliscafo* legt wann ab?«, fragte Cirillo. »Um 7.15 Uhr, oder irre ich mich da?«

»Was ist mit Marina Piccola, Punta Carena?«, sagte Rizzi. »Vielleicht macht der Täter sich in diesen Minuten mit einem Privatboot davon. Die Wahrscheinlichkeit, ihn jetzt noch zu erwischen, ist nicht besonders groß, aber einen Versuch ist es wert. Also, an die Arbeit.« Rizzi drehte sich um und ging hinauf zum Haus.

*

Als er um die Ecke bog, sah er das Lampenlicht, das aus der Küche auf die Terrasse fiel und den Gartentisch, die Töpfe mit den vertrockneten Stockrosen, Zigarettenkippen und zwei Müllsäcke beleuchtete, die, in sich zusammengesackt wie griesgrämige Gestalten, auf den Klappstühlen hockten.

Drinnen am Tisch saß Josh Wilcox, starrte ins Leere und sah aus, als ob er diesen Tag, der in den frühen Morgenstunden mit einer Todesnachricht begann und spät in der Nacht mit einer Schlägerei geendet hatte, wohl nicht so schnell wieder vergessen würde.

Rizzi schob die Glastür auf, und Wilcox sagte, ohne den Kopf zu heben: »Wissen Sie, was ich die ganze Zeit denke?«

Rizzis erster Gedanke beim Anblick der leeren und halbleeren Flaschen, Gläser und Pizzakartons war, dass hier eine Party stattgefunden hatte.

»Wenn es in meinem Zimmer nicht so stickig gewesen wäre«, sagte Wilcox, »wäre ich vor dem Schlafengehen vermutlich nicht auf die Idee gekommen, mein Fenster aufzumachen. Dann hätte ich wahrscheinlich nicht gehört, wie er da unten gewinselt hat.« Wilcox war ganz blass, aber vielleicht lag es auch am Deckenlicht. »Wer weiß, vielleicht wäre er hier vor unserer Tür verblutet, wäre krepiert, und wir hätten es nicht einmal mitbekommen.«

»Als du Mugele gefunden hast«, begann Rizzi und trat näher, »war er da noch ansprechbar? Hat er vielleicht eine Aussage zum Täter oder zum Tathergang gemacht oder etwas gesagt, das uns weiterhelfen könnte?«

»Er hat gar nichts gesagt. Er war halbtot. Überall Blut. Raffaella hat geschrien. Ich bin froh, dass mir in dem Chaos überhaupt die Nummer vom Notarzt eingefallen ist.«

»Sag Raffaella, dass ich hier bin.« Rizzi legte seine Mütze auf den Tisch. »Ich muss sie sprechen.«

»Der Dottore ist bei ihr.« Wilcox schaute auf sein Smartphone, bevor er sich wieder Rizzi zuwandte. »Aber sie weiß Bescheid. Sie kommt gleich.«

Rizzi zog sich einen Stuhl heran. »Dann erzähl mal«, sagte er. »Alles, was du weißt. Wie hat sich die Sache heute Abend abgespielt? Wann kam Mugele?«

»Um kurz vor neun stand er unten an der Pforte«, berichtete Wilcox. »Ich wollte ihn noch abwimmeln, wie ich den ganzen Tag eigentlich nur an der Gegensprechanlage gestanden und Leute abgewimmelt habe.« Wilcox begann abzuzählen. »Alle waren hier: Nachbarn, der Bürgermeister, der Pfarrer. Manche kamen sogar mehrmals, aber Raffaella wollte niemanden sehen. Einen nach dem anderen habe ich weggeschickt. Und dann, wie gesagt, gegen neun, kam Mugele. Ich sage: Tut mir leid, vielleicht morgen. Und was sagt er? Lass mich rein – und springt einfach übers Tor.«

»Ist ihm jemand gefolgt?«

Wilcox hob die Schultern und schüttelte hilflos den Kopf. »Ich hatte ja nur den Bildschirm, also einen ganz kleinen, verzerrten Ausschnitt.«

»Wie ging es weiter?«, fragte Rizzi.

»Mugele stand hier in der Küche, er war überhaupt nicht zu stoppen, und Raffaella sagte, es sei in Ordnung.« Wilcox hatte Tränen in den Augen. »Sie ist echt am Ende und … – keine Ahnung.«

»Was?«

»Ich glaube, sie hat sich sogar ein bisschen gefreut, ihn zu sehen.« Wilcox verstummte und hing einem Gedanken nach. Dann fuhr er fort: »Die beiden haben sich in den Armen gelegen und nur geheult. Es war wirklich krass. Ich meine, wegen der Emotionalität.« Er zupfte sich am Ohr. »Ich habe die beiden dann allein gelassen, bin rauf in mein Zimmer und habe den ganzen Abend Bewerbungsunterlagen gesichtet.«

»Noch einmal«, sagte Rizzi. »Dir ist nichts Verdächtiges aufgefallen? Kein Geräusch, kein Klopfen, Klingeln oder sonst was am Tor?«

»Ich hatte Kopfhörer an.« Wilcox lächelte entschuldigend. »Und wissen Sie: Irgendwie wollte ich auch nichts hören. Das ist hier alles so privat. Ich meine, so kenne ich Raffaella gar nicht.« Er überlegte. »Irgendwann bin ich zur Toilette, und als ich zurückkam, habe ich, wie gesagt, das Fenster aufgerissen und höre so einen seltsamen Ton, ein Winseln, so ganz kläglich. Ich habe kein anderes Wort dafür.«

»Um wie viel Uhr war das?«

»Keine Ahnung, kurz bevor ich den Krankenwagen und die Polizei angerufen habe. Halb eins? Ich dachte nur: Scheiße, was ist das? Bin sofort runtergelaufen, habe Raffaella Bescheid gesagt, bin raus und fast über ihn gestolpert.« Wilcox knetete seine Hände.

»Noch mal: Hast du jemanden gesehen?«, fragte Rizzi.

Wilcox schüttelte den Kopf. »Zu dem Zeitpunkt war alles schon vorbei.«

Auf der Treppe waren Schritte zu hören. Der Dottore trat ein, erklärte, Raffaella käme gleich, es gehe ihr den Umständen entsprechend. Er berichtete: Eine Beruhigungsspritze habe sie nicht gewollt, und ein Krankenhausaufenthalt sei nicht notwendig. Aber sie sei nach allem, was in den vergangenen vierundzwanzig Stunden passiert war, in einem deutlichen Schockzustand. Für alle Fälle habe er ein Rezept für ein stärkeres Beruhigungsmittel ausgestellt, das Wilcox bei Bedarf in der Apotheke holen möge, mehr könne er im Augenblick nicht tun.

Wilcox stand auf. »Danke, dass Sie so schnell gekommen sind, Dottore. Ich bringe Sie zum Auto.«

»Was sind das bloß für Sitten?«, fragte der Dottore, als er sich von Rizzi verabschiedete. »Hier bei uns. Wo sind wir denn? Wir sind doch nicht in Neapel!«

Die Männer entfernten sich über die Terrasse, und Rizzi blieb in der Küche zurück. Es ging inzwischen auf halb drei Uhr zu. Er schaute auf die dunkle Terrasse hinaus, an deren Rand kaum Tisch und Stühle zu erkennen waren. Vielleicht hatte der Täter seelenruhig da draußen gewartet. Ein Überfall auf dem Grundstück war wahrscheinlich weniger riskant als auf der Straße, wo es immer jemanden geben könnte, der etwas beobachtet. Aber hatte der Täter überhaupt nachgedacht? Wollte er Mugele töten oder ihm bloß einen Denkzettel verpassen, ihn einschüchtern? Hatte er eine Strumpfmaske getragen oder jemanden für die Tat angeheuert? Und war es derselbe, der auch die Ape manipuliert hatte? Oder brachen hier gerade alle Dämme, krochen die Leute jetzt aus ihren Löchern, die es Mugele endlich mal zeigen wollten, dem hergelaufenen Zitronenpflücker, der alle auf der Insel links überholt hatte und ihnen als Unternehmer sagte, wo es langging? Bestimmt traf er auch unliebsame Entscheidungen, machte Ansagen, schmiss Leute raus und stellte neue ein. Ein Mann aus Ghana entschied über das Schicksal ganzer Familien. Und bei irgendjemandem brannten die Sicherungen durch.

Rizzi schob seinen Stuhl zurück und trat in die Diele. Im Haus war alles still. Er lauschte in den ersten Stock hinauf. Hatte Raffaella vergessen, dass die Polizei im Haus war und er sie noch vernehmen wollte?

»Raffaella?«, rief er.

Er stieg die Treppe hinauf. Geradeaus stand die Tür zum Badezimmer offen, das Licht war an. Kosmetika standen auf der Konsole unter dem Spiegel, mehrere Zahnbürsten im Glas, und Padre Pio wachte als bemalte Kachel über der Seifenschale. Auf dem Badewannenrand lagen nasse Handtücher. Im Flur waren alle Türen zu.

»Raffaella?«, rief er noch einmal, klopfte aufs Geratewohl an die nächste Tür und öffnete.

Der quadratische Raum bestand fast nur aus einem Bett. Auf der Matratze lagen ein Laptop, Kopfhörer und verschiedene Unterlagen, Arbeitsutensilien von Josh Wilcox. Die Decke am Kopfende seines Bettes war zusammengerollt, und vor dem Kleiderschrank stand ein Koffer, auf dem sich schmutziges Geschirr stapelte.

Rizzi stieg über Koffer und Geschirr hinweg ans Fenster. Die Straßenbeleuchtung auf der Via Castiglione tauchte den Bereich an der Pforte in ein diffuses Licht, und Bäume schränkten die Sicht auf die Stelle ein, wo Mugele zusammengeschlagen worden war. Direkt unterm Fenster befand sich das Wellblechdach, unter dem die alte Ape parkte, das Museumsstück vom alten Marcello. Bierflaschen lagen auf dem Wellblechdach herum, als würde Wilcox die Fläche ab und zu als Terrasse benutzen. Von dort war es nur ein kleiner Sprung auf den Vorplatz.

»Hat Josh dich reingelassen?« Raffaella stand in der Tür. Sie trug ihren türkisfarbenen Kimono und eine Brille, die Rizzi noch nie zuvor an ihr gesehen hatte. »Auch wenn du von der Polizei bist – er mag es nicht, wenn man einfach so zu ihm reinkommt. Er ist da ein bisschen eigen.«

Rizzi stieg wieder über den Koffer. »Ich habe ein paar Fragen«, sagte er.

Raffaella bewegte sich nicht von der Stelle und starrte auf seine Uniformknöpfe. Die Wimperntusche unter ihren Augen war verlaufen. »Weißt du, was mir klargeworden ist?«, sagte sie. »Elisa hat uns alle verarscht, und zwar von vorne bis hinten.« Sie schaute ihn an, und der Ausdruck in ihren Augen war angriffslustig. »Willst du wissen, warum sie ständig hier antanzte und mir bald jedes Wochenende den Kühlschrank leergefressen hat? Angeblich, weil sie nachdenken musste und Ruhe brauchte. Auszeit von der Ehe hat sie es genannt. Aber in Wirklichkeit …« Raffaella legte den Kopf in den Nacken, und für einen Moment sah es aus, als würde sie gleich schreien. Stattdessen atmete sie tief durch und sagte: »Sie hatte ein Verhältnis mit Simon Mugele. Jawohl, du hast richtig gehört. Meine kleine Schwester hat mit dem Zitronenpflücker rumgemacht.«

Während Rizzi überrascht den Kopf schüttelte, zog Raffaella den Gürtel um ihren Kimono fester. »Er hat mir alles erzählt. Elisa wollte ihren Mann verlassen und mit den Kindern nach Capri kommen.« Ächzend sank sie auf die Bettkante und wischte mit dem Finger unter ihrer Brille entlang. »Was hat sie sich bloß dabei gedacht? Dass sie hier neu anfängt? Mal eben in ein neues Leben startet, und das ist dann das Paradies?«

Rizzi lehnte sich mit dem Rücken an die Wand und ließ Raffaella reden. Es sprudelte aus ihr heraus, dass sie nie ein großer Fan von Elisas Ehemann gewesen war. Mario Pinta sei schlicht, kreuzbrav und entsetzlich langweilig, aber er habe Elisa abgöttisch geliebt und Elisa sich nun mal für ihn entschieden, als sie jemanden brauchte, der sie anhimmelt und auf Händen trägt. Und jetzt, nach fünf Jahren Ehe, sei er plötzlich nicht mehr gut genug?

Raffaella redete sich in Rage: »Weißt du, was ich ihr echt übelnehme?« Sie starrte grimmig zum Fenster. »Dass sie nichts gesagt hat. Kein Sterbenswort. Wie oft bin ich mit ihr auf den Monte Cappello gerannt, weil ich gemerkt habe, dass sie etwas ausbrütet, und dachte, da oben, am Gipfelkreuz, wo wir immer hingegangen sind, wenn wir Mamma und Papà nahe sein wollten, findet sie am ehesten den Mut zu sagen, was los ist. Aber nichts hat sie gesagt. Hat die Zähne nicht auseinanderbekommen und nur belangloses Zeug gequatscht. Weil sie in Wirklichkeit nur auf Abwechslung aus war und Bestätigung brauchte, ein Abenteuer. Und große Überraschung: Simon Mugele steht mit weit ausgebreiteten Armen bereit, um ihr all das zu liefern. Weißt du was, Enrico?« Wütend schaute sie Rizzi an. »Von mir aus. Soll sie es mit ihm treiben, soll sie ihren Spaß haben. Aber deshalb verlässt man doch nicht seine Familie! Mit Mugele neu anfangen, das bringt doch alles durcheinander. Wie stellt sie sich das überhaupt vor?« Empört rang sie die Hände. »Weißt du was? Diese Ego-Trips von Elisa – sie stehen mir bis hier. Sie kotzen mich an.«

»Raffaella«, unterbrach Rizzi. »Elisa ist tot. Sie lebt nicht mehr.«

Raffaella verstummte, und ihre Schultern fielen nach vorne.

Rizzi setzte sich neben sie auf die Bettkante. »Was hat Mugele dir noch erzählt?«, fragte er. »Hat er dir gesagt, dass es seine Ape war, mit der Elisa verunfallt ist?« Er reichte Raffaella ein Taschentuch. »Hör mir zu«, sagte er. »Es liegt noch kein offizielles Gutachten vor, aber ich gehe davon aus, dass es keine Materialermüdung war, keine Verkettung unglücklicher Umstände oder menschliches Versagen, was zum akuten Bremsversagen führte. Nein. Jemand hat an der Quetschmutter gedreht und Bremsflüssigkeit abgelassen. Und was heute Nacht hier bei dir passiert ist, bestätigt meine Vermutung. Es war mutwillige Manipulation, ein Mordanschlag, und Zielscheibe des Anschlags ist Simon Mugele.«

Raffaella war bleich. »Was willst du damit sagen?«, presste sie hervor.

»Raffaella, bitte denk nach«, sagte Rizzi. »Wo ist der Ehemann von Elisa, dieser Mario? Ist er auf der Insel?«

»Mario Pinta?« Raffaella starrte ins Leere und schlug die Hände vors Gesicht. »Mario«, flüsterte sie. »Was hast du getan?«

»Er war hier.« Josh Wilcox stand in der Tür. »Hat unten am Tor Sturm geklingelt. Ich habe ihn abgewimmelt, wie alle anderen auch.«

»Wann?«, fragte Raffaella überrascht.

»Später Nachmittag. Ich schätze, so gegen fünf. Es tut mir leid, aber du hast gesagt, du willst niemanden sehen, keine Ausnahme, und da dachte ich …«

»Weißt du, wohin er dann gegangen ist?«, unterbrach Rizzi und stand auf. »Oder wo auf der Insel er wohnt, wenn er nicht bei euch untergekommen ist?«

»Keine Ahnung«, sagte Wilcox. »Meine Kommunikation mit ihm verlief ja über die Gegensprechanlage. Und ich kann mich nicht erinnern, dass er überhaupt irgendetwas anderes gesagt hat als: ›Lass mich rein, du Arsch. Ich bin der Schwager.‹« Verunsichert wandte er sich an Raffaella: »Ich habe ihn gebeten, er soll es nicht persönlich nehmen. Du seist einfach nicht in der Verfassung.« Er drehte sich zu Rizzi herum und sagte: »Was er dann gemacht hat oder wohin er gegangen ist – keine Ahnung. Ich habe ihn auch nicht gefragt.«

»Ich brauche ein Foto von Mario Pinta«, sagte Rizzi zu Raffaella.

»Natürlich.« Raffaella stand auf. In der Tür legte sie eine Hand auf Wilcox' Schulter und sagte: »Du hast alles richtig gemacht.« Sie lächelte. »Danke.«

8

7.15 Uhr Marina Grande, hieß es in Rizzis Textmitteilung. *Der Mann heißt Mario Pinta.* Darunter erschien das Bild eines Typen mit Halbglatze, der den Arm besitzergreifend um Elisa Constantini gelegt hatte. *Bitte sei pünktlich.*

Das war's. Kein Wort darüber, wer Mario Pinta war und worin der Einsatz überhaupt bestehen sollte. Vermutlich in einer vorläufigen Festnahme, woraus Cirillo schloss, dass es sich bei Pinta wohl um einen Mann handelte, der verdächtig war, Simon Mugele zusammengeschlagen und vielleicht auch die Ape manipuliert zu haben. Rizzis Art zu kommunizieren und überhaupt die Zusammenarbeit mit ihm waren eine Zumutung.

Es war kurz vor sieben Uhr, als Cirillo auf ihrer Vespa über die Via Provinciale Anacapri fuhr und in den Kurven, zwischen Palmen und Pinien, das dunkle Meer und kleine Schaumkronen glitzern sah. Kein Tintoretto, kein Raffael und kein anderer Künstler der Welt hatte es geschafft oder würde es jemals schaffen, ein Blau von einer solchen Tiefe und Intensität auf die Leinwand zu bekommen. In Momenten wie diesen spürte sie eine Gelassenheit, wie sie sie vielleicht noch nie in ihrem Leben empfunden hatte, und fand, dass sie es vielleicht doch nicht so schlecht getroffen hatte. Ein Jahr musste sie die Zähne zusammenbeißen und durfte sich nichts zuschulden kommen lassen. Dann würde langsam Gras über die Sache gewachsen sein, den Schlamassel inklusive Degradierung und Zwangsversetzung. Bis dahin musste sie versuchen, die Sache pragmatisch zu sehen, Rizzis Anweisungen folgen und am Ende eben auch das Protokoll schreiben, als wäre sie seine Assistentin. Und sich nicht ärgern, dass Teresa Villa das Dokument erst dann weitersandte, wenn Rizzi es abgesegnet hatte.

Am Hafen hasteten Leute, von der *funicolare* kommend, die Mole hinunter zum *aliscafo*, das an Position vier zum Einstieg bereit war. Dem Ticketschalter gegenüber, vor der Espresso-Bar, wimmelte es von Pendlern, die sich noch rasch stärkten, bevor sie rüber nach Neapel fuhren. Ein Taxi hielt, und der Fahrer half einer alten Dame im Pelzmantel beim Aussteigen, winkte ein *carrello* heran, einen dieser kleinen, elektrisch betriebenen Transportwagen, wie es sie auf dem Festland auf Bahnhöfen und Flughäfen gab und wie sie hier überall auf der Insel herumsausten, vor allem durch die engen Gassen. Die alte Dame raffte ihren Pelz und kletterte vorne zum Fahrer auf die schmale Sitzbank, während der Taxifahrer ein Gepäckstück nach dem anderen vom Kofferraum auf die Ladefläche des Transporters hievte. Sie reichte ihm einen Geldschein, winkte huldvoll, und der *carrello* mit dem gelben Blinklicht auf dem Dach setzte sich in Bewegung, glitt surrend die Mole hinunter und hupte die Leute aus dem Weg.

Cirillo stellte ihren Motorroller ab, zückte ihr Telefon, als der Apparat den Eingang einer Nachricht meldete.

Bin gleich da, textete Rizzi. Sie solle schon mal vorgehen und dafür sorgen, dass das Schiff auf keinen Fall ablegte.

Es stank nach Diesel, und über den Kaimauern kreisten Möwen. Der Mann im Anorak mit dem aufgestickten Logo der Reederei und einem Nasenpiercing kontrollierte an der Gangway die Tickets und taxierte Cirillo mit einem Seitenblick, wie ihn mit dieser interesselosen Leere nur Männer draufhatten, wenn sie Frauen über vierzig anschauten.

Sie grüßte und erklärte, sie müsse den Kapitän sprechen und an Bord eine Personenkontrolle durchführen. Die Abfahrt würde sich daher voraussichtlich um zwanzig bis dreißig Minuten verzögern.

»Davon weiß ich nichts«, antwortete der Mann und kontrollierte seelenruhig weiter.

»Das war auch nicht meine Frage«, erklärte sie und spürte, wie ihr Blutdruck stieg. »Es handelt sich hier um eine polizeiliche Maßnahme, von der können Sie auch gar nichts wissen.« Sie stemmte autoritär eine Hand in die Hüfte. »Wo ist der Kapitän?«

»Fabrizio!«, schrie der Mann zur Brücke hinauf und spuckte zur Seite ins Wasser. »Wen suchen Sie denn überhaupt?«, fragte er. »Wenn Sie mir den Namen verraten, kann ich Ihnen vielleicht helfen, die Sache ein bisschen abzukürzen.« Er wischte sich mit dem Handrücken über die Nase. »Aber wenn Sie Lello suchen, sage ich Ihnen gleich: Der ist gestern nach Bologna, und mit der Schmiererei an der Certosa di San Giacomo hat er nichts zu tun.«

»Was gibt's?«, rief ein Mann im kurzärmeligen weißen Hemd mit Epauletten von der Brücke herunter.

»Polizeikontrolle«, schrie der Typ mit dem Nasenring. »Sie sucht jemanden.«

»Wen denn?«

»Will sie nicht sagen.«

Cirillo bemerkte, wie Passagiere im *aliscafo* anfingen, sich die Nase am Fenster plattzudrücken, und wenn sie die Situation nicht gleich in den Griff bekam, drohte genau das zu passieren, was sie unbedingt verhindern wollte: dass im Vorfeld der Kontrolle Aufregung entstand und dieser Mario Pinta, sollte er an Bord sein, vorgewarnt war. Wobei sie ja nicht einmal die Faktenlage kannte, weil Rizzi es nicht für nötig hielt, sie ausreichend zu instruieren – und sie dann auch noch hängenließ.

Der Typ mit dem Nasenring löste jetzt mit dem Stiefel die Rollen der Gangway, die Motoren fuhren hoch, und das Wasser im Hafenbecken begann zu schäumen, als ein Hupen ertönte und ein Motorroller über die Mole geprescht kam.

Rizzi bremste an der Gangway und nahm den Helm ab. »Ciao, Dario«, begrüßte er den Gepiercten. Das schneeweiße *aliscafo* spiegelte sich in den blauen Gläsern von Rizzis Sonnenbrille. Er hob die Hand, spreizte alle fünf Finger und rief zur Brücke hinauf: »Fünf Minuten!«

Der Kapitän antwortete mit Daumen hoch, und die Motoren liefen nun ruhiger, das Wasser sprudelte und schäumte nicht mehr.

Rizzi eilte über die Gangway, Cirillo lief einen halben Schritt hinterher, während er ihr Instruktionen erteilte. Sie solle die Tür sichern und jeden kontrollieren, der rauf oder runter wolle.

Er betrat die Kabine und blieb gerade so lange stehen, bis die Leute anfingen, ihre Hälse zu recken, dann wandte er sich nach rechts und begann, durch die Sitzreihen zu gehen, wobei er mehr grüßte als kontrollierte, denn natürlich kannte er die meisten Passagiere.

Cirillo bezog gehorsam Position, und wischte den Verdacht beiseite, Rizzi könnte extra auf den allerletzten Drücker gekommen sein, um mit seinem Auftritt die größtmögliche Wirkung zu erzielen, und fragte sich, warum sie es einfach nicht schaffte, hier bei den Leuten den richtigen Ton zu treffen. Nicht auszudenken, wie sie dagestanden hätte, wenn das Schiff einfach abgelegt hätte.

»Agente«, sagte eine bebende Stimme neben ihr. »Was geht hier eigentlich vor?« Die alte Dame im Pelzmantel, links von Cirillo auf dem Gangplatz, fragte: »Sind Terroristen an Bord? Muss ich mir Sorgen machen?«

»Kein Grund zur Beunruhigung«, antwortete Cirillo. »Es handelt sich lediglich um eine Personenkontrolle.«

Am anderen Ende der Sitzreihen erhob sich ein Mann, holte seine Tasche aus der Gepäckablage und begann, hektisch darin herumzuwühlen. Cirillo fasste reflexartig an ihre Pistole. Vom Alter her, Mitte dreißig, mit Bauch und Halbglatze, könnte es hinkommen. Und Rizzi? Stand mit seiner Sonnenbrille, die Arme abwartend vor der Brust verschränkt, breitbeinig da, und wegen seiner dämlich verspiegelten Gläser war es unmöglich, Blickkontakt zu ihm aufzunehmen.

Cirillo überlegte nervös, was sie tun könnte und ob sie nicht einschreiten sollte, als die alte Dame neben ihr sagte: »Wir kennen uns noch gar nicht. Ludovica De Lulla ist mein Name. Früher Ludovica Ferretti. *Ci sposeremo a Capri* – sagt Ihnen das was? Na ja, ich gebe zu: Ist ein paar Jährchen her.«

Cirillo nickte, murmelte etwas Belangloses und beobachtete, wie der Mann mit der Tasche endlich seinen Ausweis präsentierte und Rizzi weiter durch die Reihen ging.

»Ich war damals noch ganz jung.« Signora De Lulla schwärmte. »Hatte mein Leben noch vor mir, wie man so schön sagt. War für die Dreharbeiten zum ersten Mal in meinem Leben auf Capri, und danach hat mich die Insel nicht mehr losgelassen.« Sie beugte sich vor und schaute prüfend aus ihrem Sessel zu Cirillo herauf. »Sie sind nicht von hier, oder? Nein, das sehe ich doch. Passen Sie auf, meine Liebe, so wie mir wird es Ihnen auch noch ergehen.«

Rizzi scherzte mit einem kleinen Jungen, der skeptisch zu ihm aufschaute, während die Leute drumherum vergnügt auflachten, und beendete seinen Rundgang mit einem Händeschütteln. Im Vorbeigehen sagte er zu Signora De Lulla: »Kommen Sie gut nach Rom, und lassen Sie uns nicht zu lange auf Ihre Rückkehr warten, versprochen?«

Als sie von Bord waren und das *aliscafo* ablegte, nahm Rizzi seine Mütze ab und fuhr sich durch seine Locken, ohne dass Cirillo sagen konnte, ob er verlegen oder verärgert war.

»Pech gehabt«, sagte er. »Dabei war ich mir so sicher.«

»Darf ich fragen, um wen es sich bei diesem Mario Pinta handelt?«, platzte es aus Cirillo heraus. »Und hast du eigentlich irgendeine Vorstellung, in was für eine beschissene Situation du mich gebracht hast, als ich hier auf dich warten musste und die beinahe abgelegt hätten?«

»Beruhig dich«, sagte Rizzi. »Mario Pinta ist der Mann von Elisa Constantini. Und Dario, mit dem du es an der Gangway zu tun hattest, ist eigentlich völlig in Ordnung.

Er hat gerade eine harte Zeit, weil seine Mamma schon seit einem halben Jahr gegen den Krebs kämpft.« Rizzi rückte die Mütze auf seinem Kopf zurecht. »Und jetzt halt dich fest: Elisa Constantini hatte anscheinend mit Simon Mugele ein Verhältnis. Meine Theorie ist: Mario Pinta hat Wind von der Affäre bekommen und rotgesehen. Hat sich auf den Weg gemacht und mal ein bisschen an der Ape herumgeschraubt, ohne zu ahnen, dass sich nicht sein Rivale, sondern seine Frau da reinsetzt und damit losfährt.« Rizzi verstummte und schaute Cirillo prüfend an. »Ich glaube«, sagte er, »du brauchst jetzt erst einmal einen Kaffee.«

In der Hafenbar war Ruhe eingekehrt. Die Frau vom Fahrkartenschalter unterhielt sich mit dem Taxifahrer, Tauben pickten vor der Tür nach Krümeln, und Rizzi bestellte zwei Espressi.

»Für mich einen Cappuccino«, korrigierte Cirillo.

»Pass auf«, sagte Rizzi und berichtete, Elisa Constantini habe möglicherweise vorgehabt, ihren Mann zu verlassen, mit den Kindern nach Capri zurückzukommen und hier neu anzufangen. Ihr Mann, Mario Pinta, habe das vermutlich verhindern wollen. »Aber wir kriegen den Kerl«, sagte Rizzi, trank seinen Espresso aus und legte ein paar Münzen auf den Tresen. »Ich schlage vor, du kontrollierst das 9.15-Uhr-*aliscafo* und gegebenenfalls jedes weitere Schiff, das heute noch ablegt. Keine Sorge, ich stelle dir Savio an die Seite, er hilft dir. Und sobald Mugele vernehmungsfähig ist, nehme ich ihn mir vor.« Er überlegte. »Ich muss Ispettore Lombardi auf den neuesten Stand bringen.« Er setzte seinen Helm auf und schaute Cirillo fragend an: »Alles in Ordnung?«

»Ich glaube, ich weiß, wo Mario Pinta ist«, sagte Cirillo. »Warum bin ich nicht gleich daraufgekommen?« Sie ging an Rizzi vorbei und drehte sich in der Tür zu ihm um. »Er wird da sein, wo seine Frau gestorben ist«, sagte sie. »Also los, hopp. Abmarsch.«

*

Sie hielten nebeneinander dort, wo die Leitplanke endete und der Begrenzungspfosten fehlte, aber von einem PKW, einem Motorrad oder einem sonstigen Fortbewegungsmittel war nichts zu sehen. Wenn Mario Pinta hier war, vermutete Cirillo, war er vielleicht einfach zu Fuß gekommen, möglicherweise hatte er sich gleich auf den Weg gemacht, nachdem er Mugele zusammengeschlagen hatte.

Sie stiegen von ihren Motorrollern ab, legten fast synchron ihre Helme auf den Sattel, und Rizzi hob das Flatterband, damit Cirillo besser darunter hindurchschlüpfen konnte.

Er ging voran und machte Cirillo darauf aufmerksam, wo sie besonders vorsichtig sein musste, weil es mit den kleinen Kieseln und dem Geröll keinen festen Boden unter den Füßen gab. Wo es besonders steil bergab ging oder ein großer Schritt notwendig war, reichte er ihr die Hand, die sie jedoch hartnäckig ignorierte, und irgendwann beließ er es dabei und sagte nur noch: »Pass auf, wo du hintrittst.«

Der Anblick der Ape da unten mit den Hinterreifen und der Ladefläche in der Luft war immer noch absurd und gleichzeitig schon fast vertraut. Bis Neapel die Logistik organisiert hatte und die Bergung über die Bühne ging, würden wohl noch Tage vergehen. Kein Laut war zu hören, nicht mal ein Zwitschern oder ein Rascheln, und niemand zu sehen. Als wäre, seit hier vor etwas mehr als vierundzwanzig Stunden ein Mensch gestorben war, alles wie tot.

Es war nur eine Idee, aber wenn Cirillo recht hatte und Pinta wirklich zur Unfallstelle gekommen war, hielt Rizzi es für möglich, dass der Mann unter dem Felsvorsprung ausharrte, unter dem auch Rizzi in der Nacht Schutz gesucht hatte, bis die Rettungssanitäter und die Männer vom Bergungsdienst kamen. Die Stelle war gar nicht so leicht wiederzufinden und anscheinend doch weiter von der Ape entfernt, als er es in Erinnerung gehabt hatte. Hier versperrte Schilf den Weg, dort mussten sie umdrehen und einen größeren Bogen um eine Kakteenfamilie machen, die sich mitten in der Macchia wie zum Gruppenfoto aufgestellt hatte. Doch dann konnten sie abkürzen und eine Reihe von Steinen wie bequeme Treppenstufen benutzen, die sie dann jedoch in eine Kurve lenkten, so dass sie sich plötzlich von der Unfallstelle entfernten.

Rizzi schaute über seine Schulter. Cirillo war verschwunden. Von einer Sekunde auf die andere, wie vom Erdboden verschluckt. Nur über ihm baumelte etwas, ein Gegenstand, Sneakers aus grünem Stoff. Rizzi schaute hoch, sah kräftige Waden und behaarte Männerbeine.

Der Typ auf dem Felsvorsprung schaute reglos, mit hängenden Schultern, auf das Wrack, die Ape, als versuchte er sich vorzustellen und nachzuvollziehen, was hier passiert war. Aber dass dort, in dem zusammengeknautschten Stück Blech, ein Mensch, genauer gesagt seine Frau, gesessen haben könnte, schien undenkbar. Nur das Dach der Fahrerkabine, das wie bei einer Konservenbüchse aufgeschnitten und nach hinten gerollt worden war, ließ darauf schließen, dass dort jemand herausgeholt worden war.

»Sind Sie Mario Pinta?«, fragte Rizzi. »Sie sind vorläufig festgenommen.«

Es dauerte, bis der Mann reagierte, seinen Kopf drehte und Rizzi anschaute. Er hatte tiefe schwarze Ringe unter den Augen, als hätte er nächtelang nicht geschlafen, aber sein Blick war klar, fast freundlich, und er schien nicht überrascht.

»In Ordnung«, sagte er. »Gehen wir.«

9

Teresa Villa und Matteo Savio hatten die Arrestzelle mit ein paar Handgriffen zum Verhörraum umfunktioniert, hatten die Tür weit aufgemacht, damit frische Luft reinkam, die Böcke mit der dazugehörigen Platte aus dem Abstellraum geholt und aufgebaut. Es war ein elendes Provisorium, und es roch säuerlich, weil auf der Pritsche an der Stirnwand die Besoffenen – vor allem die Touristen in der Hauptsaison – nicht nur ihren Rausch ausschliefen, sondern sich auch regelmäßig auskotzten, und zwar meistens nicht in den bereitstehenden Eimer.

Savio führte Mario Pinta vom Streifenwagen über den Hof, um die große Pfütze herum, in der sich der Himmel und weiße Wolken spiegelten, zum Anbau hinter dem Polizeiposten. Der Mann war kräftig, hatte breite Schultern und einen Bauch. In den kurzen Hosen und wie er sich umschaute, wirkte er eher wie ein harmloser Tourist aus der Provinz als wie ein gefährlicher Schläger.

In der Arrestzelle, die nun ein Verhörraum war, rückte Rizzi einen der Stühle zurecht und forderte Pinta auf, sich zu setzen.

Der Mann gehorchte und schaute interessiert auf das Smartphone, das Rizzi auf die Tischplatte legte und das auch nicht mehr das allerneueste Modell war, ließ spöttisch seinen Blick schweifen, folgte der Stromleitung über Putz zur nackten Glühbirne, die unter der Decke mit den Wasserflecken hing, und betrachtete nachdenklich das verrostete Gitter vor dem kleinen Fenster, das er wahrscheinlich mit einem Handgriff aus der Verankerung reißen könnte.

Rizzi schaltete die Aufnahmefunktion an seinem Telefon ein, referierte fürs Protokoll Datum und Uhrzeit und die Angaben auf Pintas Ausweis. »Vollständiger Name: Mario Gabriele Pinta, wohnhaft in Benevent, Via Verde. 32 Jahre alt. Mitgeführte Gegenstände: eine Brieftasche mit knapp einhundertachtzig Euro, Ausweis und Kreditkarte. Ein Bahnticket für den Zug von Benevent nach Neapel, Ankunft Stazione Centrale gestern um 16.20 Uhr, und ein Ticket für das *aliscafo* von Neapel nach Capri, Ankunft Marina Grande um 18.15 Uhr. Des Weiteren befanden sich in einem Umhängebeutel aus Stoff ein sauberes T-Shirt, zwei Lagen Unterwäsche, eine Wanderkarte für Capri, ein Smartphone, Ladekabel sowie eine angebrochene Tafel Schokolade. Rizzi ergänzte, Pinta sei mit Elisa Constantini verheiratet gewesen, jetzt verwitwet.«

»Beruf?«, fragte er.

»Elektriker«, antwortete Pinta und ergänzte: »Seit vier Jahren selbständig.«

»Kinder?«

»Zwei. – Die Große ist jetzt fünf, die Kleine drei Jahre alt.« In seinen Augenwinkeln begann es verdächtig zu schimmern. Rizzi betrachtete Pintas Hände, seine feingliedrigen Finger, die weichen Gesichtszüge mit den vollen Lippen, und kam erneut zu dem Schluss, dass er ihn unter normalen Umständen, trotz seines massigen, schweren Körpers, in die Kategorie eingeordnet hätte: Tut keiner Fliege etwas zuleide.

»Jetzt mal raus mit der Sprache, Signor Pinta.« Rizzi legte Notizbuch und Stift bereit. »Haben Sie in der vergangenen Nacht Simon Mugele in der Via Castiglione, am Haus Ihrer Schwägerin Raffaella Constantini, aufgelauert? Haben Sie ihn überfallen und zusammengeschlagen?«

»Ja«, erklärte Pinta feierlich und lehnte sich zufrieden zurück. »Ich habe dem Kerl die Fresse poliert, und ich würde es jederzeit wieder tun. Ich bin überzeugt, Agente« – Pinta legte seine Hand auf die linke Brust, dort, wo sein Herz schlug – »Sie hätten an meiner Stelle genauso gehandelt.«

»Ihre Überzeugungen behalten Sie besser für sich«, sagte Rizzi. »Sie haben ihn halbtot geprügelt.«

»Der Typ war sternhagelvoll.« Pinta hob beide Hände. »Der ist umgekippt wie ein nasser Sack.«

»Und als er schon am Boden lag, haben Sie noch ein paarmal nachgetreten.« Rizzi wurde laut. »Niemand weiß, ob der Mann durchkommt. Und wenn er durchkommt, welche Schäden er davonträgt.«

Pinta winkte ab. »Der Mann ist robust, glauben Sie mir.«

»Dann erklären Sie uns doch mal«, meldete sich Cirillo, »warum Sie ihn verprügelt haben?« Sie lehnte an der Wand, die Arme vor der Brust verschränkt.

»Er hat mir die Frau weggenommen«, sagte Pinta, ohne Cirillo anzuschauen. »Er hat mein Leben zerstört.«

»Wollte Ihre Frau die Scheidung?«, fragte Cirillo.

Er schüttelte den Kopf. »Davon war nie die Rede. Aber bevor wir mit den Formalitäten weitermachen« – Pinta legte beide Hände auf seine Oberschenkel und machte Anstalten aufzustehen – »möchte ich zu ihr. Ich kriege es sonst nicht in meinen Kopf«, wandte er sich an Rizzi. »Verstehen Sie das?«

»Das verstehe ich sehr gut«, sagte Rizzi, »aber was wir hier zu erledigen haben, hat mit Formalitäten nichts zu tun. Wir müssen klären, was in den letzten beiden Nächten passiert ist.«

»Wann haben Sie Ihre Frau zuletzt gesehen?«, fragte Cirillo.

Pinta schaute traurig zu den Wasserflecken an der Decke. »Letzten Donnerstag. Als sie ihre Sachen genommen hat und nach Capri gefahren ist.«

»Hatten Sie danach noch Kontakt mit ihr?«

Pinta schüttelte den Kopf. »Was sollen all diese Fragen? Meine Frau ist tot, ich habe zugegeben, Mugele eine verpasst zu haben. Also, wo ist das Problem? Verhaften Sie mich, sperren Sie mich ein, oder lassen Sie mich jetzt gehen.«

»Wann haben Sie Ihre Frau zurückerwartet?«, fragte Rizzi.

»Normalerweise kam sie immer am Sonntagabend zum Abendbrot und hat die Kinder ins Bett gebracht.«

»Haben Sie sich nicht gewundert, dass sie vorgestern nicht heimkam?«

»Gewundert ist der falsche Ausdruck.« Pinta runzelte die Stirn. »Ich habe mir natürlich Sorgen gemacht.«

»Warum haben Sie sie dann nicht angerufen?«, fragte Cirillo.

Pinta schaute sie abschätzig an. »Sind Sie verheiratet?«, fragte er.

»Was soll das?« Cirillo schien irritiert. Aber nur einen kurzen Moment später hatte sie sich wieder gefangen und sagte: »Beantworten Sie einfach meine Frage.«

»Also gut.« Er betrachtete seine Fingernägel. »Ich wusste, dass sie bei ihm ist, das war schlimm genug. Aber ihr dann noch wie der letzte Heuler hinterherzutelefonieren – Entschuldigung, das tue ich nicht.«

»Seit wann wussten Sie, dass Ihre Frau und Simon Mugele ein Verhältnis haben?«, fragte Rizzi.

»Seit Mitte September. Ich werde diesen Tag nie vergessen.« Pinta senkte den Kopf. »Aus irgendeinem Grund hatte ich ihr Telefon in die Hände bekommen, ich weiß gar nicht mehr, warum. Ich glaube, die Mädchen hatten darauf ein Spiel gespielt und sich in die Haare gekriegt. Ich habe ihnen das Telefon weggenommen und sehe im Nachrichteneingang diesen Namen, Simon Mugele, mehrmals hintereinander.«

»Kannten Sie den Namen?«, fragte Rizzi.

»Mugele? Vom Hörensagen. Der Kerl hat ja beruflich mit der Familie meiner Frau zu tun. Da ist der Name schon mal gefallen. Aber ich hatte kein Bild vor Augen.«

»Haben Sie Ihre Frau zur Rede gestellt?«

Pinta schüttelte den Kopf. »Was hätte das gebracht? Nur Streit und böses Blut. Stattdessen habe ich ihn im Internet gesucht.« Er beugte sich etwas vor. »Wenn ich Ihnen einen Rat geben darf, Agente, sollte Ihre Frau Sie jemals betrügen, was ich Ihnen nicht wünsche, googeln Sie ihn nicht. Lassen Sie es einfach. Das regt nur die Phantasie an.« Pinta räusperte sich. »Damit kein falscher Eindruck entsteht, wir waren glücklich, Elisa und ich, wir haben uns geliebt. Zwischen uns war alles in Ordnung, auch sexuell.« Er warf Cirillo einen scheuen Blick zu. »Ich meine, dass sie in dem Bereich unterversorgt war, kann man wirklich nicht behaupten, wenn ich das so sagen darf. Aber sie brauchte anscheinend Abwechslung.«

»Sie wollen uns erzählen, dass Sie seit Mitte September wussten, dass Ihre Frau regelmäßig auf Capri einen anderen Mann trifft und Sie die ganze Zeit seelenruhig zugeschaut haben?«, fragte Cirillo. »Wie oft haben die beiden sich denn getroffen? Jedes zweite Wochenende?«

»Was hätte ich denn tun sollen?«, antwortete Pinta erregt und fuhr mit zitternder Stimme fort: »Außerdem wusste ich: Früher oder später würde sie genug von dem Kerl haben. Ich kenne Elisa. Ich kenne sie in- und auswendig. Sie wusste, wohin sie gehört und wo ihr Platz ist.«

»Haben Sie sich jemandem anvertraut?«, fragte Cirillo, und als Pinta nicht antwortete, fügte sie hinzu: »Ihrer Schwägerin Raffaella vielleicht?«

»Wir haben kein besonders gutes Verhältnis«, entgegnete Pinta unwirsch. »Oder, um es mal ganz klar zu sagen: Wir mögen uns nicht. Sie findet mich primitiv und ich sie hochnäsig. Davon abgesehen, hatte ich gar kein Bedürfnis, mich jemandem anzuvertrauen. Denn man kann sagen, was man will: Es war eine Niederlage, das gebe ich offen zu, und ich weiß nicht, wie es Ihnen geht, aber ich erzähle nicht so gerne von Niederlagen.«

»Was ich nicht verstehe« – Cirillo stieß sich von der Wand ab und machte einen Schritt auf den Tisch zu – »warum schauen Sie monatelang tatenlos zu, wie Ihre Frau Sie mit einem anderen Mann betrügt? Ich versuche nur, mir vorzustellen, wie sie zurückkommt von ihren Ausflügen, wie sie innerlich noch glüht, wenn sie sich zu Ihnen an den Tisch setzt oder ins Bett legt. Und dann, plötzlich, als sie tot ist, werden Sie aktiv, kommen auf die Insel, lauern Ihrem Rivalen auf und schlagen ihn halbtot.« Cirillo blieb vor Pinta stehen. »Warum erst jetzt?«, fragte sie.

»Weil es seine verdammte Pflicht gewesen wäre, auf Elisa aufzupassen!«, stieß Pinta heiser hervor. »Er hätte ihr nicht erlauben dürfen, nachts bei strömendem Regen über die Insel zu fahren, bei diesen Straßenverhältnissen, überall enge Kurven und alles so unübersichtlich. Dafür habe ich ihm die Abreibung verpasst.« Und leise fügte er hinzu: »Und für alles andere natürlich auch.«

»Wo waren Sie, als Sie vom Tod Ihrer Frau erfahren haben?«, fragte Rizzi.

Pinta schaute ihn überrascht an. »Zu Hause. Bei den Kindern.«

»Was haben Sie gemacht?«

»Geschlafen.«

»Aber Sie sagten doch, Sie hätten sich Sorgen gemacht. Ihre Frau kam und kam nicht. Wie konnten Sie dann schlafen?«

Pinta zuckte die Achseln. »Irgendwann bin ich halt eingeschlafen.«

»Wer hat Sie angerufen und informiert, dass Elisa tot ist?«, fragte Rizzi.

»Raffaella.«

»Was hat sie Ihnen gesagt?«

Pinta starrte auf das Smartphone vor ihm auf dem Tisch. »Dass sie in der Nacht von der Straße abkam und dass sie tot ist.«

»Und außerdem?«

»Nichts.«

»Keine weiteren Informationen?«

»Nein.«

»Und dann?«

»Hat sie aufgelegt.«

»Und Sie? Was haben Sie gemacht?«

»Ist das so wichtig?«, brauste Pinta auf. »Elisa ist tot, und sie wird nicht wieder lebendig, indem wir das hier alles durchhecheln. Ich weiß nicht, was ich gemacht habe. Ich war im Schock. Wusste nicht, was ich denken sollte. Habe gehofft, bald aus einem schrecklichen Alptraum aufzuwachen, und gedacht: Warum bumst er meine Elisa und passt nicht auf sie auf?«

»Woher wussten Sie, dass es in Strömen geregnet hat?«, fragte Cirillo.

»Es hat doch überall geregnet, oder?«, rief Pinta erregt. »Was soll das? Wollen Sie mich fertigmachen?«

»Also gut«, erklärte Rizzi in sachlichem Ton. »Als Sie gestern um 18.15 Uhr auf die Insel kamen, was haben Sie gemacht?«

»Ich bin in die Via Castiglione gegangen. Zu Fuß.«

»Und dann? Bitte erzählen Sie weiter.«

»Ich hatte es nicht eilig. Ich glaube, ich werde es nie mehr in meinem Leben eilig haben. Es wartet ja niemand auf mich.« Er streckte seine Hände zur Decke und deklamierte: »Keine Elisa, die sich freut, dass ich ihr einen Dimmer in den Schalter eingebaut habe und sie jetzt das Licht dimmen kann, was sie so gerne getan hat, oder die mit mir schimpft, weil ich so spät von der Arbeit komme, vor dem Fernseher einschlafe oder ihren Namenstag vergesse.« Pinta zwinkerte und nestelte nach einem Taschentuch.

Rizzi gab ihm Zeit, sich zu schneuzen und zu sammeln. Dann sagte er: »Also gut. Sie kamen zum Haus Ihrer Schwägerin in der Via Castiglione, und ich nehme an, Sie haben geklingelt.«

»Und irgendein Typ hat mir über die Gegensprechanlage gesagt, Raffaella wolle niemanden sehen. Aber ich dürfe es morgen noch einmal versuchen. Er könne mir aber nichts versprechen.« Fassungslos schaute Pinta hoch. »So geht man doch nicht mit seinem Schwager um. In der Trauer – da rückt man doch zusammen. Oder wie sehen Sie das?«

»Sicher. Da haben Sie recht«, stimmte Rizzi zu. »Was geschah dann?«

»Ich wusste nicht, wohin.« Pintas Stimme wurde brüchig. »Hatte kein Hotel, habe mich irgendwo hingesetzt, auf einen Stein oder einen Mauervorsprung, ich weiß es nicht mehr, und wusste keine andere Möglichkeit, als noch einmal zu klingeln, bis die mich reinlassen, als ich sehe, wie er die Straße entlangkommt.«

»Simon Mugele?«

Pinta nickte verbittert. »War in der Dunkelheit gar nicht so leicht zu erkennen. Klingelt, hält sich aber nicht lange auf und springt einfach übers Tor. Schau an, dachte ich, so muss man das machen. Bin auch übers Tor, ihm hinterher, gehe ums Haus und sehe durch die Scheibe, wie sie sich in den Armen liegen, Mugele und Raffaella. Ganz einträchtig, als wären sie eine Familie. Und da erst wurde mir klar, dass hier alle Bescheid wissen, meine Schwägerin, ihr Türsteher an der Gegensprechanlage, dass hier alle zusammenhalten, die feinen Capreser, und sich insgeheim totlachen über mich, den Deppen aus der Provinz, der sich von seiner Frau Hörner aufsetzen lässt, und dass mich hier alle verarschen.«

»Und dann?«, fragte Cirillo. »Haben Sie sich versteckt und Mugele aufgelauert?«

»Ich habe mich nicht versteckt«, korrigierte Pinta. »Ich habe von draußen zugesehen, wie sie geredet und gebechert haben, und als er dann rauskam – oder soll ich besser sagen: rauswankte? –, habe ich zugeschlagen.« Pinta verschränkte die Arme vor der Brust. »Das war's.«

»Und dann?«

»Nichts«, stieß er hervor. »Mit Raffaella rede ich kein Wort mehr, und der Neger soll mir noch einmal in die Quere kommen. Ich bin dann in die Via Grotta Azzurra, immer die Straße runter. Wusste nicht, wo die Stelle ist, wo sie von der Fahrbahn abkam, aber dachte, dass sie mir von da oben schon irgendwie ein Zeichen geben würde. Und dann waren da Blumen und ihr Foto. Ich bin runter, habe alles gesehen, das Wrack und was von der Ape übrig ist. Nicht, dass ich es deshalb besser begreifen kann, aber vielleicht hilft es mir später einmal, dass ich gesehen habe, wo sie gestorben ist. Dann seid ihr gekommen, und der Rest ist bekannt.«

In der Stille, die sich ausbreitete, klappte Rizzi sein Notizbuch zu. Er stand auf, ging um den Tisch herum, auf Pintas Seite, und lehnte sich an die Platte. »Wo waren Sie zwischen Samstag, sechzehn Uhr, und Sonntagnacht?«, fragte er.

»Das habe ich Ihnen doch gerade alles erzählt«, erklärte Pinta erschöpft.

»Dann sagen Sie es mir noch einmal: Wo waren Sie?«

»In Benevent.« Pinta legte den Kopf in den Nacken. »Bei meiner Familie.«

»Haben Sie dafür Zeugen?«

»Alle können es bezeugen. Die Kinder. Meine Schwester. Die Nachbarn. Warum?« Pinta hatte seine Hände auf den Schenkeln und starrte reglos vor sich hin.

»Als Elektriker kennen Sie sich wahrscheinlich aus«, sagte Rizzi, »und wissen, wie man an der Ape die Bremsen manipuliert.«

»Ich verstehe nicht«, stammelte Pinta. »Worauf wollen Sie hinaus?«

»Ich glaube, Sie verstehen sehr gut.« Rizzi wechselte mit Cirillo einen Blick und erklärte: »Dass Ihre Frau von der Straße abgekommen ist, war kein Unfall. Hören Sie endlich auf, uns Ihre Märchen aufzutischen, und schauen Sie mich nicht so entgeistert an. Soll ich Ihnen sagen, wie sich die Sache abgespielt hat?« Rizzi schob sich die Mütze aus der Stirn und begann auf und ab zu wandern. »Sie haben Wochen und Monate tatenlos zugesehen, wie Ihre Frau am Wochenende ihre Sachen packt und nach Capri zu ihrem Liebhaber fährt, ohne dass Sie – wenn ich Sie richtig verstanden habe – jemals mit ihr darüber gesprochen haben. Was für eine Folter.«

Pinta war hochrot im Gesicht und hatte Tränen in den Augen.

»Ich verstehe nicht«, fuhr Rizzi fort, »warum Sie nicht mit Ihrer Frau über ihre Affäre mit Simon Mugele geredet haben. War es zu ungeheuerlich? Oder hatten Sie Angst vor der Wahrheit? Was haben Sie Ihren Kindern erzählt, wenn sie am Wochenende wieder mit ihnen allein dasaßen und die Kleinen nach ihrer Mamma gefragt haben?«

»Was soll das?«, fragte Pinta. »Was spielen Sie sich so auf? Und was geht Sie das überhaupt an?«

»Kommen wir zum Punkt.« Rizzi nahm seinen Rundgang wieder auf. »Als es nicht aufhörte mit Elisas Ausflügen nach Capri, haben Sie geahnt, dass Ihre Rechnung, die Sache einfach auszusitzen, nicht aufgeht. Im Gegenteil: Die Affäre schien sich immer weiter auszuwachsen und zu etwas zu werden, von dem Sie ahnten, dass Sie es nicht mehr würden kontrollieren können. Deshalb wollten Sie den Befreiungsschlag und haben einen Plan geschmiedet. Kennen Sie sich auf Capri aus, oder sind Sie vorher hergekommen und haben die Lage ausgekundschaftet?«

Pinta antwortete nicht, saß da wie betäubt, und Rizzi fuhr fort: »Am vergangenen Sonntag wollten Sie die Sache dann durchziehen. Sie wussten, dass Elisa für gewöhnlich das 16.15-Uhr-*aliscafo* zurück nach Neapel nimmt und von dort den Zug nach Benevent. Sie sind rechtzeitig nach Capri gekommen, haben sich versteckt und beobachtet, wie der Fiat Ihrer Schwägerin vorfuhr und Elisa und zwei weitere Personen ausstiegen und aufs Schiff gingen.«

Pinta ballte die Faust, öffnete sie und wiederholte diesen Vorgang mechanisch, ohne sich dessen anscheinend bewusst zu sein, und Cirillo signalisierte Rizzi mit einem Blick: Mach weiter.

»Was Sie nicht gesehen haben« – Rizzi wanderte wieder durch die Zelle – »dass Ihre Frau gar nicht raufging aufs Schiff, beziehungsweise gleich wieder runterging, während Sie sich mit Ihrer Wanderkarte auf den Weg nach Anacapri gemacht haben – nicht an der Straße entlang, wo jeder Sie im Vorbeifahren gesehen hätte, sondern über den Ziegenpfad, richtig? Eine nicht ganz ungefährliche Sache in der hereinbrechenden Dunkelheit, aber Sie hatten ja die Taschenlampe an Ihrem Smartphone.« Rizzi schaute zum Zellenfenster hinaus, wo Stare über den Himmel zogen. »Als Sie in der Traversa Caposcuro ankamen, sind Sie den Wirtschaftsweg am Haus der Bellinis hinuntergegangen, wo unten Mugeles Ape parkte, und haben die Sache mit ein paar Handgriffen erledigt. Und vermutlich waren Sie rechtzeitig zurück, um das 21-Uhr-*aliscafo* zurück nach Neapel zu nehmen und den Zug nach Benevent zu kriegen, so dass Sie sogar noch vor Mitternacht wieder zu Hause waren.« Rizzi drehte sich um. »War es so, Signor Pinta?«

Der Mann war in sich zusammengesackt.

»Vielleicht wollten Sie ja nur einen kleinen Unfall verursachen«, sagte Rizzi, »Ihrem Rivalen einen Denkzettel verpassen, und wenn er dabei draufgeht oder vielleicht ein paar Schäden zurückbehält – auch gut. War alles im Preis inbegriffen. Nur dass statt Mugele Ihre Frau in der Ape sitzen könnte, Ihre über alles geliebte Elisa, die Sie doch zurückhaben wollten, damit haben Sie nicht gerechnet. Statt Elisa in den Schoß der Familie zurückzuführen, haben Sie sie nun für immer verloren.«

»Hören Sie auf!«, flüsterte Pinta. »Das ist eine verdammte Lügengeschichte.« Seine Augen waren gerötet, und auf seiner Stirn standen Schweißperlen.

»Wie war es, als Sie nach Hause kamen und keine Elisa angetroffen haben?«, fragte Rizzi. »Machen Sie den Mund auf!«

»Ich kann es einfach nicht glauben«, murmelte Pinta und schüttelte immer wieder den Kopf. »Dass jemand mutwillig an Mugeles Ape herummacht, um ihn loszuwerden, und sie an seiner Stelle stirbt. Was für ein Irrsinn.« Er schaute hasserfüllt zu Rizzi auf. »Aber dafür wird er büßen«, stieß er hervor. »Weil er sich Feinde macht, musste Elisa sterben. Er ist schuld an ihrem Tod.«

»Jetzt hören Sie mir mal gut zu.« Rizzi beugte sich zu Pinta herunter, sah die einzelnen Poren in seinem übernächtigten Gesicht und rote Äderchen in den Augen. »Wir werden Ihr Foto veröffentlichen und jeden Einzelnen auf der Insel fragen, ob jemand Sie gesehen hat, und wenn sich herausstellt, dass Sie – entgegen Ihrer Beteuerung – am Wochenende auch nur einen Schritt auf die Insel gesetzt haben, sind Sie dran, das schwöre ich Ihnen.«

»Sie vergeuden Ihre Zeit«, sagte Pinta. »Ich habe mit der Geschichte nichts zu tun. Und ein Alibi habe ich außerdem.«

»Das wir überprüfen werden.«

»Ich bitte darum.«

»Sie können sich darauf verlassen.«

Pinta stand auf. »Kann ich gehen?«

Rizzi musterte den Mann, seine bullige Statur und die Schweißflecken unter den Achseln. »Verschwinden Sie«, sagte er. »Na los.«

Pinta nahm seine Sachen, steckte sie nacheinander zurück in den Stoffbeutel und verließ die Zelle, ohne ein weiteres Wort und ohne Rizzi und Cirillo eines Blickes zu würdigen.

»Halten Sie sich von Mugele fern«, rief Rizzi ihm hinterher. »Ist das klar? Und machen Sie sich auf eine Anzeige gefasst. Wegen Körperverletzung!« Wütend trat er gegen den Stuhl.

*

»Was hat dich jetzt geritten?«, sagte Cirillo, als sie die Tür zum Verhörraum hinter sich ins Schloss zog und zweimal den Schlüssel herumdrehte.

»Der verarscht uns doch«, sagte Rizzi, während sie über den Hof, am Streifenwagen und den Mülltonnen vorbei zum Hintereingang des Polizeipostens gingen. »Tut, als könne er keiner Fliege etwas zuleide tun, und dann –«

»Ich bin mir nicht so sicher, dass er es war.« Cirillo machte die Tür auf und hängte den Schlüssel in den Wandkasten. »Jemand, der heimlich Bremsen manipuliert, würde ich denken, scheut die direkte Konfrontation. Der geht nicht los und verprügelt sein Opfer.«

»Klar tut er das«, widersprach Rizzi. »Warum denn nicht?«

Cirillo schüttelte den Kopf. »Ein Saboteur ist feige.«

»Und ein Schläger mutig, oder was?«

»Nein, aber er schaut seinem Opfer in die Augen. Er packt ihn und fasst ihn an. Das hat Pinta getan. Ein Saboteur würde das niemals wagen.«

»Hast du jetzt neuerdings Psychologie studiert?«, fragte Rizzi und ließ sich an seinem Schreibtisch auf den Stuhl fallen. Teresa, im Zentrum des Büros, war dabei, ein Telefongespräch zu beenden.

»Hör zu.« Cirillo setzte sich gegenüber von Rizzi an ihren Tisch. »Wir sollten den Tatsachen ins Auge sehen. Wir haben uns verrannt. Mario Pinta hat zugegeben, Mugele zusammengeschlagen zu haben. Aber dass er sich auch in Anacapri an der Bellini-Ape zu schaffen gemacht hat – dafür haben wir keine Beweise.«

»Willst du damit sagen, die Sache ist vom Tisch?« Rizzi schüttelte den Kopf. »Tut mir leid, aber das geht mir ein bisschen zu schnell.«

»Eine gute Nachricht.« Teresa drehte sich auf ihrem Bürostuhl zu ihnen herum und berichtete, Simon Mugele sei nach der Visite, ab zirka zwölf Uhr, zu einer ersten Vernehmung bereit. Dann sei der diensthabende Arzt, Dottor Rossetti, auch in der Lage zu sagen, ob der Patient im Laufe des Tages nach Neapel verlegt werden müsse oder weiter auf der Insel behandelt werden könne.

»Wie geht es ihm?«, fragte Rizzi.

»Gaia sagt: den Umständen entsprechend.«

»Und was soll das heißen?«, fragte Cirillo.

»Ich bin keine Medizinerin«, gab Teresa zurück, »und kann nur wiederholen, was die diensthabende Stationsschwester vom Ospedale Capilupi mir am Telefon gesagt hat. Von Lebensgefahr war jedenfalls keine Rede.« Teresa berichtete weiter, sie habe außerdem Rücksprache mit Ispettore Lombardi gehalten, der heute wegen verschiedener Termine auf dem Festland sei und den sie eben telefonisch über die aktuellen Ereignisse auf den neuesten Stand gebracht habe. Er sei voll des Lobes gewesen, als er hörte, dass es nach dem nächtlichen Einsatz bei Raffaella Constantini bereits zu einer Festnahme gekommen war, und ließ ausrichten, er erwarte morgen Mittag um zwölf Uhr einen ausführlichen Rapport. Was die Bergung der Unfall-Ape angehe, fügte Teresa mit einem kurzen Seitenblick auf Cirillo abschließend hinzu, gebe es allerdings noch keine Rückmeldung.

»Wie kann das sein?«, fragte Cirillo prompt. »Kann man das nicht irgendwie beschleunigen?«

»Klar, kann man«, entgegnete Teresa und nahm pikiert ihre Brille ab. »Aber wie und wann das geschieht, lass bitte meine Sorge sein. Der Umgang mit den Kollegen in Neapel erfordert nämlich ein bisschen Fingerspitzengefühl. Die schnappen sehr schnell ein, und dann geht gar nichts mehr.«

»Zwei Punkte müssen wir besprechen«, unterbrach Rizzi, richtete sich auf und rief: »Savio!«

Der Kollege kam vom Empfang herüber und klopfte sich Krümel und Puderzucker von der Uniform.

»Erstens.« Rizzi schaute auf die Uhr. »Ich will, dass wir das Alibi von Mario Pinta überprüfen, und ich will die Angelegenheit nicht den Kollegen in Benevent überlassen. Zur Erinnerung: Es geht um den Zeitraum von Samstagmittag, als Aurora Bellini, wie sie ausgesagt hat, mit der Ape vom Friedhof kam und das Fahrzeug gegen 15 Uhr unten am Zitronenhain abgestellt hat, bis Montagmorgen, als Elisa Constantini damit losfuhr. In diesem Zeitraum, zwischen Samstagnachmittag und Montagmorgen, 5 Uhr, war jemand an der Ape, und ich will genau wissen: Wo hat Pinta sich aufgehalten, was hat er gemacht und wie lange, und welche Zeugen gibt es dafür. Ich will ein lückenloses Protokoll.«

»Verstanden, Chef«, sagte Savio.

»Zweitens«, fuhr Rizzi fort: »Wir klappern mit dem Foto von Mario Pinta noch einmal die Nachbarn von Aurora Bellini in der Traversa Caposcuro und den umliegenden Straßen ab, aber auch die Leute am Hafen und auf der Piazzetta.« Rizzi setzte seine Mütze auf. »Einigt euch, wer was übernimmt.«

»Und was tust du?«, fragte Cirillo.

»Ich kümmere mich um Mugele.«

10

In der Roxy Bar war um kurz vor elf Uhr der große Ansturm vorbei. Nur Fortunata Parisi verschnaufte auf dem Stuhl in der Ecke, während Edoardo Caruso seiner Empörung über die Versäumnisse freien Lauf ließ, die die Pfeifen in der Gemeindeverwaltung zu verantworten hatten und die es zu seiner Zeit, als er noch im Amt war, nicht gegeben hätte: Selbst zwei Tage nach dem großen Unwetter war der Stromausfall an der Via Tragara nicht behoben; der Müll, den die Wellen in Marina Piccola angeschwemmt hatten, türmte sich immer noch am Strand, und der umgeknickte Laternenmast auf der Via Cristoforo, kurz vor der Piazza Vittoria, war zwar inzwischen durch eine abenteuerliche Konstruktion stabilisiert worden, aber besser wäre es, den Mast gleich ganz abzubauen, bevor er jemandem beim nächsten Windstoß auf den Kopf fiel.

»Ist doch so, oder?«, rief Edoardo, als Rizzi über die Schwelle trat, legte ihm einen Arm um die Schulter und begleitete ihn an die Theke. »Erzähl mal«, sagte er. »Was war denn letzte Nacht bei Raffaella los? Kann es sein, dass sich da oben bei ihr ein ziemliches Gesocks herumtreibt?«

»Wo ist Gina?«, fragte Rizzi.

Alberto schaute zerstreut von seinem Telefon auf. »Gerade raus. Vor fünf Minuten.«

»Wo wollte sie hin?«

»Sie macht Pause.«

»Ist Richtung Piazzetta gegangen«, vermeldete Fortunata aus ihrer Ecke. »Und hat sich vorher noch schön die Lippen angemalt.«

»Warte doch mal!«, rief Alberto. »Habt ihr den Kerl denn jetzt? Und was ist denn mit dem Pflaumenbaum? Brauchst du mich, oder brauchst du mich nicht?«

Rizzi lief die Via Roma hinunter und hielt nach Gina Ausschau, in Gedanken bei Elisa Constantini. Das hätte er ihr nicht zugetraut, dass sie so rücksichtslos und auch brutal ihr Ding durchziehen und regelmäßig Simon Mugele treffen würde – egal, wie trostlos es in ihrer Ehe und Beziehung mit Mario Pinta ausgesehen haben mochte. Pinta musste gelitten haben wie ein Hund, bis ihm dann, als er seinen Rivalen, Mugele, vor sich sah, die Sicherungen durchbrannten.

Auf Höhe der Post leuchtete Ginas rotblonder Schopf in der Sonne. Sie ging schnell, hatte es eilig, die Hände in den Taschen ihres Trenchcoats vergraben, den Kopf gesenkt, und schien gleichzeitig mit ihren Gedanken ganz weit weg zu sein.

»Gina!«, rief er, aber sie hörte ihn nicht.

Er ging schneller und überlegte, dass Cirillo in einem Punkt wahrscheinlich recht hatte: Der Überfall auf Simon Mugele war geklärt, und Mario Pinta würde eine Anzeige wegen gefährlicher Körperverletzung bekommen und angeklagt werden. Aber bei der Suche nach einem Motiv für den Anschlag, bei dem Elisa Constantini ums Leben gekommen war, mussten sie wahrscheinlich weggehen von der Dreiecksgeschichte um Mugele, Pinta und Elisa. Sie mussten die Perspektive weiten und in Betracht ziehen, dass es bei dem Fall auch um etwas ganz anderes gehen könnte. Um etwas, das sie bisher völlig außer Acht gelassen, oder um irgendeinen Aspekt, den sie bisher nur undeutlich wahrgenommen hatten.

»Gina!«, rief er noch einmal, aber sie verschwand, ohne zu gucken, hinter dem Bus, tauchte auf der anderen Straßenseite wieder auf und eilte die Treppe hinauf zur Via Madre Serafina.

Er folgte ihr, sprang in ein paar Sätzen die Stufen hoch und sah gerade noch, wie sie mit schnellem Schritt durch den Torbogen hastete und dass sie ihre hohen Schuhe anhatte, die sie normalerweise nur trug, wenn es darum ging, besonders gut auszusehen oder, wie Gina sagte, »noch das Letzte herauszuholen«. Aber warum wollte sie das tun, wen wollte sie an einem Dienstag, um 11.30 Uhr, in den Gassen von Capri beeindrucken?

Er ging ihr einfach hinterher, ohne es dabei darauf anzulegen, sich groß bemerkbar zu machen. Vielmehr achtete er nun darauf, unauffällig einen gewissen Abstand zu wahren, auch wenn er dabei kein gutes Gefühl hatte. Im Gegenteil: Er hasste es und hoffte, dass sich diese seltsame Geschichte als Lachnummer erwies und er anscheinend anfing, Gespenster zu sehen, weil ihn die Geschichte um Elisa, Mario Pinta und den Ehebetrug mehr mitnahm, als er zugeben wollte. Wenn herauskam, dass er die Frau, die er liebte, beschattete, würde er die Sache als romantisches Spiel darstellen müssen, wie im Kino die albernen Liebeskomödien, in die Gina ihn immer schleppen wollte. Aber mit jedem

Schritt, den er hier machte, hatte er weniger das Gefühl, dass es sich um eine harmlose Komödie handelte.

Gina verschwand am Ende der Gasse, kurz vor der Kurve, und wenn Rizzi nicht so nervenstark gewesen wäre und in seinen beinahe zehn Berufsjahren schon so einiges erlebt hätte, hätte ihn das, was er jetzt sah, umgehauen. Doch nach dem ersten Schreck stellte er fest: Es war gar nicht der Hoteleingang, in den Gina gehuscht war, sondern die Tür daneben zur Enoteca, die im Spätsommer aufgemacht hatte und deren Besitzer Rizzi nicht kannte.

Wie der hinterletzte Schnüffler stellte er sich schräg gegenüber in den Hauseingang und beobachtete durch die große Scheibe, wie Gina sich da drinnen aus dem Mantel helfen ließ, von einem Typ, der ein weißes Hemd trug und nicht der Kellner war. Mehr als eine breite Silhouette konnte Rizzi wegen der Spiegelungen auf der Scheibe nicht erkennen und dass der Kerl Gina galant einen Platz anbot, bevor er sich selbst setzte – allerdings in den Schatten, wo er nicht zu erkennen war, während Gina ihre Tasche auf die Fensterbank stellte und sich die Haare zurückstrich. Zu allem Überfluss trug sie, wenn Rizzi es richtig sah, ihre Bluse mit den bunten Stickereien und dem schönen Ausschnitt, und man brauchte nicht allzu viel Phantasie zu besitzen, um sich vorzustellen, wohin der Kerl jetzt wohl gerade starrte und wie ihm die Augen aus dem Kopf fallen mussten. Rizzi konnte nur sehen, wie der Mann sein Glas hob und Gina zuprostete.

Er war ratlos. Sollte er reingehen und eine Erklärung verlangen? Oder lieber verschwinden, bevor er etwas zu sehen bekam, das er nicht sehen wollte? Er tat weder das eine noch das andere, sondern blieb stehen und verfolgte gebannt, wie Gina mit beiden Händen ihr Glas umschloss, wie sie es immer tat, wenn sie verlegen war, nicht die richtigen Worte fand, während der Kerl seine Finger nicht auf seiner Seite behalten konnte. Immer wieder kamen sie wie Maden über den Tisch gekrochen, zogen sich dann wieder zurück, um es im nächsten Moment noch einmal zu versuchen. Was für eine Schmierenkomödie, die er hier von seinem billigen Stehplatz verfolgen musste.

Er rückte seine Mütze zurecht, statt über die Gasse zu gehen, rein in diesen Saftladen, ohne zu wissen, was genau er dann dort eigentlich tun sollte. Auf den Tisch hauen und erst einmal laut herumbrüllen? Nein, er würde Gina wortlos bei der Hand nehmen und da rausholen. Wo immer sie hineingeraten war und in was sie sich verstrickt hatte – es entsprach ihr nicht, und er würde sie daraus befreien. Doch gerade als er den ersten Schritt aus seinem Versteck machen wollte, hielt Marco Sasso mit dem Elektrotransporter vom Lebensmittelladen in der Gasse und versperrte Rizzi den Weg und die Sicht.

»Ciao, Erri«, sagte er. »Meinen Glückwunsch. Ihr habt gestern Nacht jemanden eingebuchtet? Hat es mit dem Unfall von Elisa Constantini zu tun?«

»Keine Zeit, Marco. Bin bei der Arbeit.« Rizzi sah durch den Spalt, zwischen den Getränkekisten auf der Ladefläche, wie Gina aufstand und sich zu dem Kerl hinüberbeugte.

»Wen habt ihr denn geschnappt?«, fragte Marco. »Ist es jemand von der Insel?«

Rizzi schob Marco beiseite, wollte um den *carrello* herumgehen, als Gina mit dem Mantel über dem Arm aus der

Enoteca gestürzt kam und, ohne Rizzi zu sehen, davoneilte und um die Ecke verschwand. Bevor er ihr hinterherrufen konnte, sah er den Mann hinter der Scheibe in seiner ganzen Größe. Warum war er nicht gleich darauf gekommen? Diese Visage war Rizzi bestens bekannt. Sie war ihm zum ersten Mal in jener Nacht begegnet, nachdem sich eine gewisse Gina Vitale in höchster Not beim Polizeiposten gemeldet hatte, weil sie von ihrem Mann mit dem Messer bedroht wurde, und Rizzi wusste sogleich: Diese Frau werde ich heiraten.

Gina war fort, Rizzi überquerte die Gasse, und Marco rief bestürzt: »Alles okay, Enrico?«

Er drückte die Tür zur Enoteca auf, ging gerade auf Carlo zu, blieb dicht vor ihm stehen und fragte: »Was willst du von Gina?«

Ohne einen Millimeter zurückzuweichen, verzog Carlo spöttisch sein feistes Gesicht, verschränkte die Arme über seinem Bauch und sagte: »Das geht dich gar nichts an, du Scheißbeamter. Das ist meine Privatangelegenheit.«

Rizzi kannte Carlo nur mit diesen zurückgegelten Haaren, hatte ihn aber noch nie zuvor im weißen Hemd gesehen, sondern immer in Trainingshose, Hoodie, mit Schirmmütze. Er packte ihn am Kragen, zog ihn zu sich heran und flüsterte ihm ins Ohr: »Hör auf, sie zu belästigen. Ist das klar? Hast du mich verstanden? Ob du mich verstanden hast?«

Der Mann hinter der Theke schaute erschrocken herüber, das Pärchen am Nachbartisch tuschelte, und Rizzi ließ Carlo los.

»Was ist los, Mann?« Carlo reckte sein Kinn, zupfte sein Hemd zurecht und machte seinen Kragen ordentlich.

»Wir haben ein bisschen über alte Zeiten geplaudert. Wird ja wohl erlaubt sein, oder? War ja nicht alles schlecht, damals, ob du es glaubst oder nicht.« Carlo hatte sein Grinsen wiedergefunden. »Aber ich kann dich beruhigen. Ich will nichts von Gina. Du kannst sie haben. Ich schenke sie dir.« Von einer Sekunde auf die andere erstarb das Grinsen, und Carlo kam näher. »Mir geht es allein um Francesca. Und da lasse ich mir von euch nicht dazwischenfunken. Weder von dir noch von Gina.«

»Ich gebe dir einen Tipp«, sagte Rizzi. »Hör einfach auf, Gina das Leben schwerzumachen und deiner Tochter Sachen zu versprechen, die du nicht halten kannst. Lass die beiden einfach in Frieden.«

»Was glaubst du eigentlich, wer du bist?«, stieß Carlo wütend hervor und kam so nahe, dass Rizzi das Kokosöl in seinen Haaren riechen konnte. »Nimmst mir die Frau weg. Spielst dich bei meiner Tochter als Papà auf. Was kommt als Nächstes? Los, sag schon!«

Rizzi strich Carlo das Hemd an den Schultern glatt. »Ich kann verstehen, dass du die Hosen voll hast«, erklärte er nachsichtig. »Du stehst bis zum Hals in der Scheiße. Denn irgendwann wird alles herauskommen. Aber keine Sorge. Von mir erfährt Francesca nicht, dass du auf ihre Mutter mit dem Messer losgegangen bist.«

»Bullshit.« Carlo rang nach Luft. »Die Sache war ein Missverständnis, das weißt du genau.«

»Da gab es nichts misszuverstehen. Du bist zu weit gegangen. Du hast es versaut, Carlo.«

»Halt dein Maul«, schrie Carlo. »Du hast alles bekommen, was du wolltest. Was willst du noch?« Er ballte die

Fäuste, wich aber gleichzeitig vor Rizzi zurück, spuckte schließlich auf den Boden, drehte sich um und verließ das Lokal.

Rizzi schaute ihm hinterher. Auch wenn der Mann sonst nur Mist erzählte, bei jeder Gelegenheit log und betrog – in diesem Fall hatte er ausnahmsweise recht: Rizzi hatte alles und Carlo nichts.

»Da wäre noch die Rechnung«, sagte der Kellner beflissen und präsentierte Rizzi einen Zettel mit einer Reihe verschiedener Posten.

Rizzi gab ihm einen Geldschein und hörte, wie Carlo Schimpfworte durch die Gasse brüllte, die üblichen, die er schon hundertmal vernommen hatte. Aber aus Carlos Mund hörte sich jedes einzelne an wie ein Kompliment.

*

Es war kurz nach zwölf Uhr, als Rizzi etwas atemlos vor dem Krankenhaus ankam, dem Zweckbau hinter der Tankstelle, nicht weit entfernt von der Reparaturwerkstatt und dem Friedhof. Vor vielen Jahren, kurz nachdem Dottor Mariani die Leitung des Ospedale Capilupi übernommen hatte, war dem Gebäude ein himbeerfarbener Anstrich verpasst worden (manche nannten es auch rosé, was es aber nicht besser machte), um dem hässlichen Kasten eine freundlichere Note zu geben, und man hatte dafür gesorgt, dass auf einer Stele vor dem Empfangsbereich eine Schale mit Blumen aufgestellt wurde, an denen sich wohl vor allem Touristen erfreuen sollten, wenn sie hier mit einem Insektenstich ankamen oder einer Platzwunde oder einem gebrochenen Arm.

Das Rosé oder Himbeer war schon wieder verblasst oder mit dem Putz gleich ganz von der Fassade gefallen, die Blumenschale vor dem Haupteingang wurde inzwischen vor allem als Aschenbecher benutzt, und Dottor Mariani hatte sich längst verabschiedet und in Materita eine eigene komfortable und hochmoderne Praxis für plastische Chirurgie eingerichtet, in der sich Menschen aus allen Bereichen der Gesellschaft, auch Promis und, wie man hörte, immer mehr Männer, die Klinke in die Hand gaben und vor allem über den Winter, teilweise für Monate, von der Bildfläche verschwanden.

Im Foyer des Capilupi roch es nach Desinfektionsmitteln, und am Empfang standen eine Vase mit einem Strauß künstlicher Ringelblumen und ein handgeschriebenes Schild mit dem Hinweis: *torno subito* – bin gleich zurück. Hinter einer halbgeöffneten Tür war ein junger Mann im Kittel des Pflegers zu sehen, er war anscheinend dabei, Medikamente bereitzustellen. Rizzi klopfte und fragte nach Signor Mugele.

»Zimmer zwölf«, antwortete der Mann, ohne aufzuschauen.

Rizzi ging durch eine Sicherheitstür den Flur hinunter. Aus einer Teeküche drangen Stimmen und Gelächter, und irgendwo lief ein Fernseher. Mitten auf dem Gang parkte ein Wagen mit Tabletts, und dahinter stand ein Stuhl an der Wand, auf dem eigentlich der Kollege Gatti sitzen sollte. Rizzi klopfte und öffnete.

Von drei Betten waren zwei mit einer durchsichtigen Folie bedeckt, und das dritte, am geöffneten Fenster, stand etwas schräg, als wäre jemand in Eile gegen das Eisengestell mit den wackligen Rollen gelaufen. Das Kopfkissen lag auf dem Boden, aber die Decke war ordentlich zurückgeschlagen. Von Mugele keine Spur.

»Agente Rizzi, gut, dass Sie da sind!« Tiziano Gatti kam im Laufschritt den Gang hinunter. »Ich habe gerade mit dem Dottore gesprochen.«

»Wo ist Mugele?«, fragte Rizzi.

»Ist er weg?« Tiziano Gatti schaute erschrocken und ein wenig atemlos an Rizzi vorbei ins Zimmer, als müsse er sich persönlich von etwas überzeugen, das offensichtlich war.

»Mann, Gatti!« Rizzi holte sein Telefon hervor und wählte die Nummer von Mugele. »Was hatte ich dir gesagt? Du solltest ihn nicht aus den Augen lassen.«

»Ich war nur kurz im Schwesternzimmer«, stotterte Gatti, der hochrot angelaufen war, »um die Schwestern zu informieren.«

»Informieren?« Rizzi fluchte. »Worüber?« Der Teilnehmer war natürlich nicht erreichbar.

»Dass Signor Mugele sich auf eigene Verantwortung entlassen will«, berichtete Gatti.

»Der Agente hat nichts falsch gemacht«, meldete eine Krankenschwester, die hinter Gatti auftauchte. »Der Patient war von Anfang an unbelehrbar. Zwei gebrochene Rippen, Hämatome im Lendenwirbelbereich, Gehirnerschütterung, Prellungen und dann noch die Platzwunde am Kopf, die wir mit sieben Stichen nähen mussten.«

»Mit fünf«, korrigierte der Pfleger, der sich im Flur an dem Wagen mit den Tabletts zu schaffen machte.

»Der Dottore hat Signor Mugele stark abgeraten und gesagt, wenn er meint, im Betrieb unabkömmlich zu sein, muss er dafür selbst die Verantwortung übernehmen«, berichtete die Krankenschwester, und der Pfleger fügte hinzu: »Der war weg wie der Blitz.«

»Zum Hafen?«, fragte Rizzi und schaute auf die Uhr. Das Boot nach Sorrent hatte vor fünfzehn Minuten abgelegt.

»Mit dem Taxi.«

»Tut mir leid, Agente, dass er mir entwischt ist.« Tiziano hatte artig die Mütze unterm Arm und tat das, was er am besten konnte: schuldbewusst gucken.

»Sag Agente Cirillo Bescheid«, befahl Rizzi, »sie soll sich bereit machen, und informier Teresa. Wir brauchen ein Boot, und zwar schnell.«

»Wird sofort erledigt!« Tiziano Gatti hatte schon sein Telefon in der Hand.

Rizzi schob ihn beiseite. »Wir zwei sprechen uns später.«

11

Das Meer war von den großen Stürmen der vorvergangenen Nacht immer noch aufgewühlt. Es war eine tosende Brandung, ein an- und abschwellendes Rauschen und Donnern, wenn die meterhohen Wellen mit Wucht gegen die Felsen krachten, wieder zurückrollten und die Gesteinswand noch ein dumpfes Echo hinterherschickte. Auf dem offenen Meer lag über den gleichmäßig tanzenden Wellen und weißen Schaumkronen etwas Sprühendes, eine fein zerstäubte Wasserschicht, die im Sonnenlicht perlte und die gerade Linie am Horizont verwischte. Zwischen Himmel und Meer war ein milchiger Übergang, nichts, woran das Auge sich festhalten konnte.

Cirillo saß im Heck, klammerte sich mit einer Hand an die Reling, und ihre Haare flatterten im Wind wie über ihr die italienische Fahne. Um das Polizeiboot herum kreisten Möwen, machten gelangweilt ein paar Flügelschläge und drehten kreischend wieder ab. Capri entschwand im flirrenden Licht, als wäre die Insel, der steil abfallende Tiberio-Felsen und der hoch aufragende Monte Solaro, eine Vision, etwas, von dem man schwärmen und träumen konnte, das es in Wirklichkeit aber gar nicht gab, sondern eine Illusion, die sich in Luft auflöste.

Giorgio Schifino am Steuer berichtete von der Rettungsaktion am Wochenende vor der Küste von Amalfi, bei Conca dei Marini. Ein Boot, ein zehn Meter langes Geschoss, war bei Windböen bis zu vierzig Knoten pro Stunde und über vier Meter hohen Wellen manövrierunfähig geworden. Die Kollegen auf dem Festland hatten Capri um Hilfe angefunkt und durchgehend Funkkontakt zur in Seenot geratenen Besatzung halten müssen – zwei Franzosen, die kurz vor dem Durchdrehen waren. Solche Naturgewalten kannten die Freizeitkapitäne natürlich nur von Filmchen auf ihrem Smartphone. Aber kaum hatten die Männer festen Boden unter den Füßen gehabt, spuckten sie prompt wieder große Töne.

»Ich sage immer«, rief Schifino in den Wind, die Hände fest am Steuer: »Checkt die Instrumente, guckt, dass eure Mobilfunkgeräte genügend Saft haben, und vor allem: Studiert die Wetterlage. Ob ihr es glaubt oder nicht: Auch vor unserer schönen Küste kann es manchmal ungemütlich werden.«

Rizzi machte einen zustimmenden Kommentar und schaute dem Kutter hinterher, der über die hohen Wellen Richtung Procida hopste, während von Neapel ein Motorboot angeschossen kam, pfeilschnell, und die Wasseroberfläche nur beiläufig zu berühren schien.

»Eine Frage«, kam Cirillos Stimme vom Heck. Sie hangelte sich an der Reling entlang nach vorne, und der Wind riss ihr die Worte vom Mund. »Gibt es etwas, das ich vorab über Simon Mugele wissen muss?«

»Ich glaube, im Prinzip weißt du alles«, schrie Rizzi zurück und ließ seinen Blick backbord über das Motorboot und drei Frauen schweifen, die ihr Gesicht in die Sonne hielten und Schifino veranlassten, vorübergehend das Tempo zu drosseln.

»Ich fasse mal kurz zusammen, was ich über Mugele weiß«, begann Cirillo nüchtern: »Der Mann kommt aus Ghana. Hat sich von ganz unten hochgearbeitet. Ist früh verwitwet.« Eine Hand an der Reling, strich sie sich mit der anderen immer wieder die Haare aus dem Gesicht, was bei dem Wind völlig sinnlos war. »Wie hieß noch mal seine Frau«, fragte sie, »die Tochter von Aurora Bellini, die verstorben ist?«

»Anna«, antwortete Rizzi. »Auroras einzige Tochter, bei der Geburt des kleinen Jordan.«

»Dieses Bild«, erinnerte sich Schifino kopfschüttelnd, »Aurora Bellini am Grab ihrer Tochter und daneben Mugele, dieser große, schwarze Mann – das werde ich nie vergessen.«

Im Dunst tauchte die Sorrentiner Halbinsel auf, eine Felswand, mit Furchen und Spalten, die steil zum Meer abfiel. Rizzi stellte sich mit dem Rücken zum Wind und sagte: »Wenn es alles nicht schon so lange her wäre, würde ich genau da ansetzen: bei der Verbindung zwischen Anna Bellini und Simon Mugele. Du musst wissen«, wandte er sich an Cirillo, »es gab damals jede Menge Leute, die sich vermeintlich Chancen bei Anna ausgerechnet. Man kann ja fast schon sagen: Eine ganze Generation hat von Anna Bellini geträumt, so hübsch, wie sie war – und dann auch noch so vermögend. Und plötzlich kommt ein Mann aus Ghana und macht das Rennen. Niemand hat das verstanden.« Rizzi schob mit dem Zeigefinger seine Sonnenbrille nach oben auf die Nasenwurzel. »Aber, wie gesagt, Anna ist schon lange tot«, erklärte er, »und was damals war, interessiert heute niemanden mehr. Oder?«, wandte er sich an Schifino.

»Alles inzwischen Geschichte«, nickte Schifino. »Aber damals, als Anna mit dem Schwarzen im Schlepptau auftauchte, da sind die Gemüter ganz schön hochgekocht. Man kannte den Zitronenpflücker noch nicht mal beim Namen. Doch, Erri, so war es. Niemand hatte mit den Erntehelfern etwas zu tun, die sahen für uns alle gleich aus, und wenn mal einer von ihnen auf der Piazzetta auftauchte, ist man doch vor Schreck gleich hintenübergefallen.«

»Das war aber viel früher«, korrigierte Rizzi, »als Mugele noch für die Constantinis gearbeitet hat. Da war er tatsächlich ein Niemand. Aber als das mit Anna anfing, wusste man schon: Das ist ein Aufsteiger, und dann kam die Beziehung mit Anna noch obendrauf.«

»Moment mal«, unterbrach Cirillo überrascht. »Simon Mugele hat mal für die Constantinis gearbeitet?«

»Wie gesagt«, winkte Rizzi ab, »ewig her. Der alte Marcello hatte ihn damals in Foggia eingesammelt, weil es mit den Leuten, die er von den Inseln und aus Neapel hatte, nicht klappte. Die meisten sind nicht mal faul, sondern einfach nur unzuverlässig. Aber mit diesem Mann aus Ghana, diesem Simon Mugele, hatte er, wie sich dann schnell herausstellte, einen richtig guten Fang gemacht.«

»Was heißt ›guter Fang‹?«, fragte Cirillo irritiert. »Und wieso ›eingesammelt‹?«

»Foggia ist bekannt als Markt für billige Arbeitskräfte«, erklärte Rizzi. »Wer Landwirtschaft betreibt und Saisonkräfte braucht, geht nach Foggia. Vor allem die großen Plantagen versorgen sich dort. Es ist ein Sklavenmarkt für Illegale, um es mal klar zu sagen, das ist ein offenes Geheimnis. Aber alle schauen weg, auch die Regierung, weil alle wissen, dass es auf den Feldern mit der Ernte ohne diese Leute gar nicht funktionieren würde. Und ein guter Fang war Mugele, weil der Mann nicht nur getan hat, was Marcello ihm gesagt hat, sondern auch mitgedacht hat. Er hat gesehen, was zu tun ist. Im Gegensatz zu manchen anderen, vor allem den italienischen Hilfsarbeitern. Es gibt natürlich Ausnahmen, aber nicht viele.«

Auf den grünen Felsen der Sorrentiner Halbinsel zeichneten sich Pinien im Gegenlicht schwarz gegen den blauen Himmel ab. Vereinzelt standen kleine Häuser auf den Klippen, wahrscheinlich illegal gebaut, und ein Wachturm und Bauwerk aus einer Zeit, als es noch Piraten gab und der Feind von außen kam, verfiel.

»Ich muss auch überlegen«, erklärte Rizzi, »ob ich im Frühjahr eine Hilfskraft für die Gärten einstelle und, wenn ja, wo ich jemanden herkriege und ob sich das dann überhaupt rechnet.«

»Schafft Vito es nicht mehr?« Schifino drosselte das Tempo.

»Das darfst du nicht laut sagen, aber er baut ab, und ich habe Sorge, dass er sich zu viel zumutet.«

Sie bogen in den Hafen, schipperten an Yachten, Segelbooten und Anglern vorbei. Von der Stadt oben auf dem Felsen waren streng gegliederte Fassaden zu sehen, schlanke Fenster und Balkone mit verschnörkelten Gittern und große Terrassen mit prächtigen Palmengärten. An Pier zwölf stand der Kollege der Sorrentiner Polizei und salutierte.

»Danke für die Unterstützung«, sagte Rizzi, nachdem sie sich von Giorgio Schifino verabschiedet hatten und er und Cirillo dem Sorrentiner Kollegen, der sich als Andrea Izzo vorstellte, an der Kaimauer entlang zum Streifenwagen folgten.

»Keine Ursache«, antwortete der Beamte einsilbig, ohne einen Hehl daraus zu machen, dass er zu keinem weiteren Gespräch aufgelegt war, sondern bloß abkommandiert, um die Capreser Kollegen zur Bellini-Fabrik zu fahren, an Ort und Stelle abzuladen und danach wieder seinen eigenen Aufgaben nachzugehen. Dass er aufs Gas drückte, war ganz in Rizzis Sinne. Zum einen, weil er keine Zeit verlieren und Simon Mugele klarmachen wollte, dass dieses Versteckspiel, das er mit ihnen veranstaltete, sinnlos war und nur zu Ärger führte – den Mugele natürlich gerne haben konnte, wenn er wollte. Zum anderen hatte Rizzi die Erfahrung gemacht, dass die Festlandkollegen – von einigen Ausnahmen abgesehen – ohnehin nur das Gespräch suchten, um sich aufzuplustern, und mit jedem Wort und jeder Geste signalisierten: Ich, Festland, Stadt, alles ein paar Nummern größer. Du, Insel, kleines Format.

Während sie im Streifenwagen die steil ansteigende Via Luigi de Maio und Haarnadelkurven in die Stadt hinaufpreschten und über die fahnengeschmückte Piazza Tasso an Straßencafés und Pferdekutschen vorbeirasten, holte Cirillo, von der Überfahrt noch etwas blass um die Nase, ihr Notizbuch heraus und sagte: »Warum hält es eigentlich niemand für nötig, ein Wort darüber zu verlieren, dass Simon Mugele früher einmal für die Constantinis gearbeitet hat?« Sie blätterte in ihren Notizen und versuchte, sich den Anschein zu geben, als wäre sie die Ruhe selbst, dabei war sie kurz vor dem Platzen. »Wieso rätseln wir, warum Elisa

Constantini in jener Nacht am Haus der Bellinis die Ape nahm« – sie sprach jedes Wort besonders deutlich aus – »und niemand hält es für nötig zu erwähnen, dass die beiden, Elisa Constantini und Simon Mugele, sich schon ewig lange kannten?«

»Weil es nichts Besonderes ist«, erklärte Rizzi. »Auf Capri kennen sich sowieso alle schon ewig lange. Und dass Simon Mugele mit Elisa Constantini aus Benevent ein intimes Verhältnis hatte, hat anscheinend niemand gewusst.«

Cirillo schaute schweigend aus dem Fenster. Olivenbäume zogen vorbei und Felder, überdeckt mit grünen und schwarzen Netzen, und Masten mit tief durchhängenden Stromleitungen.

»Wusste auch Aurora Bellini nichts vom Verhältnis ihres Schwiegersohns?«, fragte Cirillo, als am Rande der Schnellstraße Parkplätze auftauchten, eine Halle aus Wellblech und obendrauf das Schild: Casa Bellini. »Oder hat sie uns angelogen?«

»Ich glaube, Aurora Bellini lügt nicht«, sagte Rizzi. »Sie sagt höchstens nicht alles, was sie weiß. Aber keine Sorge, das werden wir herausfinden.«

»Viel Erfolg«, sagte der Sorrentiner Kollege trocken. »Und falls ihr Unterstützung braucht« – er tippte sich an den Schirm seiner Mütze – »Anruf genügt.«

Rizzi und Cirillo folgten den weißen Markierungen auf dem Pflaster und einem Schild: »Besuchergruppen, Verwaltung, Meeting Point«. Lastwagen parkten an der Südseite der Halle, und Gabelstapler flitzten über die Laderampe. Am Ende des Parkplatzes, der Halle vorgelagert, befand sich ein Flachbau, eher zweckmäßig als modern, mit verspiegelten Scheiben und dem Schild »Benvenuti«. Die Eingangstür öffnete automatisch. Rizzi und Cirillo traten ein.

Das Raumklima war eher kühl, und ein Geruch lag in der Luft, ein Hauch von Zitrone. Über die Breite des Foyers erstreckte sich eine Regalwand aus Holz mit Fächern, in denen, indirekt illuminiert, Schachteln, Flaschen, Dosen oder Gläser standen – anscheinend die ganze Casa-Bellini-Produktpalette: Limoncello-Marmelade, Eiscreme und Sorbet, Limoncello-Panettone, Schokolade und Babà, mit bunten Etiketten in Großmutters Handschrift, die suggerierte, dass alles liebevoll und persönlich in heimischer Küche gekocht, gebacken und gebraut wurde.

Rechter Hand befand sich eine Sitzlandschaft mit einem niedrigen Tisch, auf dem das Casa-Bellini-Kundenmagazin auslag. An der Wand gegenüber, unter dem Casa-Bellini-Schriftzug, thronte hinter einem hohen Tresen eine Frau und blickte ihnen aufmerksam entgegen.

»Kann ich Ihnen helfen?«, rief sie schon von weitem.

»Wir möchten zu Signor Mugele«, sagte Rizzi und nahm seine Sonnenbrille ab.

»Wen darf ich melden?«

»Die Polizei aus Capri.«

»Selbstverständlich.« Wenn die farbige junge Frau, die viele hellblonde, kunstvoll geflochtene Zöpfe eng am Kopf trug, irritiert war, dass zwei Polizisten ihren Chef sprechen wollten, ließ sie es sich nicht anmerken. Auf dem Schild an ihrer Bluse stand: Miriam, *sempre al tuo servizio* – immer für dich da. Mit dem Headset und einem kleinen Mikrophon vor dem rotgeschminkten Mund drückte sie einen

Knopf an ihrer Telefonanlage und sagte mit gedämpfter Stimme: »Ist Simon bei euch?«

Sie lauschte, lächelte Rizzi und Cirillo an, sagte: »Danke«, legte auf und erklärte, während sie ihr Headset abnahm: »Folgen Sie mir bitte.«

Ein schmaler Gang führte hinter der Regalwand zu einer Tür aus Sicherheitsglas, die sich mit einem Summen öffnete, als Miriam ihre Karte an ein kleines Lesegerät an der Wand hielt. Über einen blauen Teppich mit hellgelb eingewebtem Casa-Bellini-Schriftzug liefen sie an Bürotüren und Urkunden und Auszeichnungen in goldenen und silbernen Rahmen vorbei, die allesamt von der Qualität der Bellini-Produkte und dem Sachverstand ihrer Erzeuger erzählten. Über eine Feuertreppe ging es auf eine andere Ebene, durch einen Bereich mit Schränken, Sitzgelegenheiten, Schließfächern, Snack- und Kaffeeautomaten, bis sie an einem Aluminiumkasten haltmachten. Miriam forderte sie auf, sich aus dem Behälter zu bedienen und sich die kleinen Plastiktütchen mit Gummizug aus Hygienegründen über die Schuhe zu streifen.

Sie betraten eine Schleuse, in der das Stampfen und Zischen von Maschinen zu hören war und der Zitronenduft, der sie schon die ganze Zeit umwehte, noch eine Spur intensiver wurde. Miriam hielt wieder ihre Karte an ein Lesegerät, und die Milchglastür zur Produktionshalle öffnete sich.

»Er muss hier irgendwo sein«, rief sie, während ihr Blick suchend über Förderbänder und Maschinen glitt. Ein rhythmisches Stampfen und Zischen von Ventilluft war der Klangteppich für ein beständiges helles, fast musikalisches

Klirren von Glas in der Ferne, untermalt vom Surren und elektrischen Piepen der an- und abfahrenden und rückwärts rangierenden Gabelstapler, die Paletten mit frisch geernteten Zitronen bereitstellten. Arbeiter in Overalls und zitronengelben Basecaps wuchteten Kiste um Kiste an die Förderbänder.

»Alles biologisch.« Miriam zeigte mit dem Finger auf den Boden und warnte: »Achtung! Immer schön hinter der Linie bleiben.«

Sie folgten ihr durch die Produktionsstraße, und Cirillo griff sich im Vorbeigehen eine gelbe, elliptisch geformte Zitrone von der Palette und roch daran.

»Ovale di Sorrento«, erklärte Miriam im Tonfall einer Angestellten, die es gewohnt war, Besuchergruppen durch die Fabrik zu führen. »Besonders aromatisch, reich an Vitamin C und ätherischen Ölen. – Maurizio!«, schrie sie, hob den Arm und winkte. »Hast du den Chef gesehen?«

Rizzi nahm Cirillo die Frucht aus der Hand und bohrte mit dem Fingernagel hinein. Der Saftspritzer auf seinem Handrücken schmeckte bitter und gleichzeitig süß und hatte eine Fülle und ein Aroma, in dem der ganze Sommer dieses Jahres steckte. Seine eigenen Zitronen in den Gärten konnten da vielleicht nicht ganz mithalten, aber die Bäume waren inzwischen auch uralt und hätten schon längst gepfropft werden müssen. Im Frühjahr würde er sich mal mit diesem Thema beschäftigen.

»Das Qualitätsmerkmal der Zitronen von der Sorrentiner Halbinsel«, erklärte Miriam, während sie weitergingen, »ist das I. G. P.-Zertifikat, das für *Indicazione Geografica Protetta* steht und garantiert zum einen, dass diese Zitrone von hier aus der Region kommt, also aus den Gemeinden Meta, Piano di Sorrento, Massa Lubrense, Sorrent, Sant'Agnello und Vico Equense, zum anderen besagt es, dass keine Zitrone später als am 31. Oktober geerntet worden ist.«

»Letzte Lieferung also«, stellte Rizzi fest und gab Cirillo ihre Zitrone zurück, die sie mit dem Reflex eines Stadtkinds wieder an ihre Nase führte, daran roch und dabei einen seligen Ausdruck in den Augen bekam, wie man ihn nicht allzu oft bei ihr sah.

»Und warum nur bis 31. Oktober?«, fragte sie.

Miriam hatte die Frage nicht gehört, und Rizzi sagte mit einer allgemein ausholenden Handbewegung: »Es geht hier einfach um eine Begrenzung und darum zu verhindern, dass von irgendwo Zitronen zugekauft werden und etwas unter dem Label ›Sorrent‹ vermarktet wird, das gar nicht von hier kommt, und die Marke, im wahrsten Sinne des Wortes, verwässert. Aber wir bei uns in den Gärten und viele andere, die für den eigenen und den heimischen Bedarf produzieren und nicht unter dem Sorrentiner Label, sehen das nicht so eng. Wir pflücken unsere nach Bedarf, auch noch im Dezember. Und dann wieder im März.«

»Du bist ein richtiger Bauer«, stellte Cirillo fest, als würde ihr diese Tatsache erst jetzt bewusst werden. Miriam dirigierte sie an der Anlage und den Arbeiterinnen vorbei, die mit Handschuhen am Förderband standen und mit ausgestreckten Händen über die Zitronen fuhren. Es sah aus, als müsse jede einzelne Frucht noch einmal zärtlich berührt werden, bevor sie nacheinander in ihre kleine Auffangschale kullerten, maschinell gedreht, aufgespießt und in Windeseile geschält wurden. Die Schale wurde in langen dünnen Streifen auf einem zweiten Band abtransportiert und in Plastikwannen aufgefangen.

»Es geht darum, eine möglichst dünne und schmale Schale zu gewinnen«, erklärte Miriam, während sie in eine Gasse abbogen, in der große silberne Kessel standen. »Je nach Beschaffenheit der Lieferung muss die Maschine eingestellt und gegebenenfalls nachjustiert werden. Es geht darum, die weiße Schicht der Schale, genannt Albedo, den Träger des Bitterstoffs, so weit wie möglich zu reduzieren und den Anteil an gelben Farbpigmenten, die in der äußeren Schale enthalten sind, hochzuhalten, um so auf natürliche Weise die Farbe zu garantieren, die für den Limoncello so charakteristisch ist.«

»Sieht aus wie Pasta, die zu lange kocht«, sagte Cirillo mit Blick auf die Schalen, die da im Alkohol schwammen und von Männern auf kleinen Leitern mit riesigen Gabeln gerührt und umgeschichtet wurden. Rizzi benutzte solche Gabeln zum Kompostumgraben. Miriam erklärte, die Menge, die an Zucker zugesetzt werde, würde später auf dem Etikett ausgewiesen werden, während die genaue Dauer der Infusion Betriebsgeheimnis sei. Minimum – so viel könne sie verraten – seien drei Tage, Maximum: eine Woche.

»Infusion?«, fragte Cirillo.

»Der Prozess«, erklärte Miriam, »bei dem der Alkohol den Schalen die Geschmacksstoffe entzieht.« Deshalb, fügte sie im Weitergehen hinzu, sei es auch so wichtig, dass keine Pestizide enthalten sind. Die würden bitter schmecken und das Geschmackserlebnis verderben.

Simon Mugele stand im Maschinenlärm mit zwei Mitarbeitern an einem schrankgroßen silbernen Kasten mit

Schaltern, Ampèreanzeige und Displays. Er trug einen weißen Kittel, hatte die Arme vor der Brust verschränkt, den Kopf gesenkt und hörte zu, was die Männer rechts und links, ebenfalls in weißem Kittel, ihm erklärten, und wenn unter dem gelben Basecap nicht der weiße Kopfverband zu sehen gewesen wäre, hätte Rizzi es nicht für möglich gehalten, dass dieser Mann vor zwölf Stunden noch halbtot, mit eins Komma sechs Promille im Blut, bei Raffaella auf der Auffahrt gelegen hatte und nicht mal der Notarzt zu sagen wagte, ob er überhaupt durchkommt.

Miriam redete mit ihm, machte eine Handbewegung zu Rizzi und Cirillo, die in gebührendem Abstand warteten, während Mugele, ohne nennenswert zu reagieren oder wenigstens mal Blickkontakt aufzunehmen, sich seelenruhig seinen Gesprächspartnern und den Bildschirmen widmete, auf denen Kurven flimmerten, als wäre man in einem medizinischen Institut und nicht in einer Schnapsfabrik.

»Er steht Ihnen in zwei Minuten zur Verfügung«, erklärte Miriam freundlich und verabschiedete sich.

Rizzi schaute ihr hinterher, wie sie in ihrem engen Rock und großen Schritten durch die Halle ging, zwei Mitarbeiterinnen abklatschte, einen Plausch begann und dabei selbstbewusst einen Arm in die Hüfte stemmte, und kurz flammte die Vorstellung in ihm auf, wie er sie auf einen Kaffee einlud, während Cirillo neben ihm die Augen verdrehte.

*

Mugele kam herüber.

Er setzte an, sich zu entschuldigen, aber Cirillo unterbrach: »Glauben Sie eigentlich, wir hätten nichts Besseres zu tun, als Ihnen den ganzen Tag hinterherzurennen?«

Der Kopfverband unter dem Basecap verdeckte einen Teil seiner Stirn, und an der Schläfe und oberhalb der Augenbraue waren Blutverkrustungen zu sehen. Die Hände in die Taschen seines weißen Kittels versenkt, ignorierte er Cirillos Worte und fragte: »Was kann ich für Sie tun?«

»Sie schulden uns erst einmal eine Erklärung«, sagte Cirillo.

»Wofür?« Mugele schien noch ein paar Zentimeter größer zu werden.

»Wofür?« Cirillo wurde lauter. »Wir sind um Ihre verdammte Sicherheit besorgt, stellen einen unserer Kollegen für Sie ab, der aufpasst, damit Ihnen niemand den Schädel einschlägt, und Sie machen sich bei der ersten Gelegenheit aus dem Staub. Haben Sie etwas zu verbergen, oder warum tun Sie das?«

»Ich habe einen Job«, sagte Mugele.

»Und Entschuldigungen sind nicht so Ihr Ding«, ergänzte Cirillo. »Richtig?«

»Wissen Sie, was ich nicht leiden kann?« Er zeigte mit dem Finger mitten in Cirillos Gesicht. »Sie arbeiten mit Unterstellungen, aber so kommt man nicht weiter.« Er wandte sich ab und fragte Rizzi: »Was gibt's? Womit kann ich helfen?«

»Wie meine Kollegin schon sagte«, begann Rizzi, »es gibt Klärungsbedarf. Aber bevor wir ins Detail gehen« – Rizzi sah sich suchend um – »können wir irgendwohin, wo wir mehr Ruhe haben?«

Mugele schaute auf die Uhr. »Nehmen Sie es mir nicht übel, Agente, aber ich habe nicht viel Zeit.«

»Jetzt hören Sie mir mal zu.« Rizzi nahm seine Sonnenbrille ab. »Jemand will Ihnen an den Kragen. Elisa ist tot. Und vielleicht sind als Nächstes, wenn nicht Sie selbst, Aurora oder Ihr Sohn dran. Und Sie sagen, Sie haben keine Zeit?«

»Aber Sie haben ihn doch«, erwiderte Mugele verblüfft.

»Mario Pinta?« Rizzi schüttelte den Kopf. »Der hat Ihnen die Fresse poliert, aber Ihre Ape hat er nach Lage der Dinge nicht angefasst.«

»Und das glauben Sie ihm?«

»Er hat für den fraglichen Zeitraum ein Alibi, und es gibt für uns bisher keinen Grund, dieses Alibi anzuzweifeln.« Rizzi holte sein Notizbuch und einen Stift hervor. »Dann fangen wir mal an. Haben Sie in der letzten Zeit jemanden rausgeschmissen?«

Mugele schüttelte den Kopf. »In diesem Jahr gab es keine Kündigungen. Im Gegenteil, ich habe Leute gesucht. Wenn Sie jemanden kennen: immer her damit.«

»Und im Jahr davor?«

Mugele schaute dem Gabelstapler zu, der hinter Cirillo rangierte und leere Paletten abtransportierte. »Zwei Studenten musste ich feuern«, sagte er. »Wegen Diebstahl. Die haben Limoncelloflaschen mitgehen lassen. Wenn Sie wollen, bitte ich die Personalabteilung, dass man Ihnen die entsprechenden Unterlagen raussucht.«

»Das wäre hilfreich.« Rizzi machte sich eine Notiz. »Ärger mit Zulieferern, Abnehmern oder Konkurrenten?«

Mugele verneinte.

»Dann würde ich Sie bitten, einmal systematisch Ihre Kontakte durchzugehen, auch die privaten, und sich zu fragen: Wer könnte mir schaden wollen oder wünscht mir insgeheim die Pest an den Hals. Verstehen Sie? Wir brauchen eine Liste mit Namen. Am besten bis morgen früh.«

Mugele schien endlich zu kapieren, wie wichtig seine Aussagen sein könnten, und führte Rizzi und Cirillo die Produktionsstraße hinunter, an einer karussellartigen Anlage vorbei, in der Flaschen im Sekundentakt klirrend rotierten und mit Etiketten beklebt wurden, bis zu einem Bereich, wo es ruhiger war. Ein Mitarbeiter fegte um silberne Transportkisten herum, und Mugele lehnte sich an die Wand. Er machte einen erschöpften Eindruck.

»Wer wusste von Ihrem Verhältnis zu Elisa?«, fragte Cirillo.

»Niemand.«

»Wieso sind Sie da so sicher?«, fragte Cirillo. »Ich meine, wir reden von Capri. Auf der Insel bleibt nichts geheim.«

»Wir waren einfach immer sehr vorsichtig.«

Cirillo wechselte mit Rizzi einen Blick, und Rizzi fuhr fort: »Mal ganz praktisch. Wenn Sie sich getroffen haben – kam Elisa zu Ihnen in die Traversa Caposcuro? Hatte sie einen Schlüssel, oder hat sie geklopft? Wenn sie bei euch geklopft hat, hört man das bis zum Friedhof. Oder kam sie über den Wirtschaftsweg? Aber das kann auch jemand gesehen haben.«

»Sie kam immer hintenrum«, erklärte Mugele niedergeschlagen, »vom Vicolo Portico übers Feld durch ein Loch im Zaun. Das war auch mein alter Pfad, wenn ich zu Anna gegangen bin, und davon hat auch monatelang niemand etwas mitbekommen. Man muss dann nur noch die Steintreppe hoch, durch die Eisenpforte in den Garten. Und wenn Sie es genau wissen wollen: Wo die ehemalige Waschküche ist, befindet sich eine kleine Treppe, da landet man dann direkt bei mir im Schlafzimmer. Zufrieden?«

»Was ist mit Aurora und Ihrem Sohn?«

»Der Junge schläft bei Aurora am anderen Ende des Hauses, und wie Sie sich vorstellen können, geht Aurora früh ins Bett.«

Rizzi nahm sein Notizbuch, blätterte durch die leeren Seiten und sagte: »Ich fasse zusammen: Kein Verdacht, nirgends.«

»Hören Sie.« In Mugeles Augen waren rote, geplatzte Äderchen zu sehen, und über seinen Brauen, wo der Kopfverband unter dem Basecap hervorschaute, standen kleine Schweißtropfen. »Natürlich könnte ich Ihnen massenhaft Namen von Leuten nennen, die mich schief angucken, ganze Listen kann ich Ihnen schreiben. Aber diese Leute haben mich immer so angeguckt und werden es auch weiter tun, das ist nichts Neues. Nächster Punkt«, er schaute nervös zur Seite, »hier im Betrieb gibt es immer mal wieder Reibereien, klar, und manchmal auch richtig Stunk, wenn ich jemanden zusammenscheißen muss, der glaubt, er kann mit halber Kraft arbeiten, weil seine Bummelei von den anderen aufgefangen wird und der Laden ja sowieso praktisch von alleine läuft. Aber dass von meinen Leuten deshalb jemand nach Capri rüberkommt, die Sache mit unserer Ape im Zitronenhain ausbaldowert und zur Tat schreitet, um mir einen Denkzettel zu verpassen – das kommt mir völlig abwegig vor.« Mugele hatte sich so ereifert, dass er plötzlich taumelte und sich an dem Eisenträger festhalten musste, der die Decke stützte. »Können wir die Sache nicht einfach auf sich beruhen lassen?«, fragte er müde. »Elisa ist tot. Es war ein verdammter Unfall, ein beschissener Zufall, ein feiger Anschlag, aber dadurch, dass wir hier im Nebel stochern, wird sie auch nicht wieder lebendig.«

»Ich sage Ihnen jetzt mal was.« Cirillo reichte ihm ein Taschentuch, damit er sich den Schweiß von der Stirn wischen konnte. »Es gibt zwei Szenarien, auf die Sie sich gefasst machen können. Erstens: Der Täter findet Gefallen daran, im Verborgenen seine Strippen zu ziehen und das Feld für den nächsten Anschlag zu bereiten und das Schicksal mitentscheiden zu lassen, ob Sie oder jemand aus Ihrer nächsten Umgebung, wahrscheinlich Ihre Schwiegermutter oder Ihr Sohn, zu Schaden kommt. Oder – und diese Möglichkeit halte ich für wahrscheinlicher – der Täter ist sauer, dass der Unfall nicht Sie, sondern eine andere, in seinen Augen unwichtige Person getroffen hat, so dass er es bald wieder versuchen wird.« Cirillo steckte das Paket mit den Taschentüchern wieder ein. »Wenn ich den Täter richtig einschätze, wird er bei der Wahl seiner Mittel das nächste Mal expliziter sein.«

»Und was heißt das?«, rief Mugele. »Was soll ich Ihrer Meinung nach jetzt tun? Für meine Familie und mich einen Bodyguard engagieren?«

»Wie wäre es, wenn Sie uns die Wahrheit sagen?« Cirillo musterte Mugele. »Wieso ist Elisa am Sonntagabend, als sie schon dabei war, die Insel zu verlassen, wieder umgedreht und zu Ihnen in die Traversa Caposcuro gekommen? Wieso ist sie am Montagmorgen, in aller Herrgottsfrühe, bei strömendem Regen mit Ihrer Ape losgefahren? Und was wollte sie auf der Via Grotta Azzurra? Verdammt noch mal, Signor Mugele! Was verheimlichen Sie uns?«

Mugele wich keinen Schritt zurück, sondern schaute Cirillo ins Gesicht und gleichzeitig durch sie hindurch, als würde er im Geiste fieberhaft überlegen und in Sekundenschnelle irgendeine Kosten-Nutzen-Rechnung anstellen, was es für ihn bringen oder bedeuten würde, die Polizei in Dinge einzuweihen, von denen er bis jetzt glaubte, dass sie sie nichts angingen.

Sie folgten ihm ans Ende der Halle, wo auf halber Höhe eine Zwischendecke eingezogen war und im Halbdunkel eine Wendeltreppe nach oben führte. Sie stiegen hinter Mugele die Stufen hinauf und gelangten über eine niedrige Galerie in einen Raum, der sich direkt unter dem Wellblechdach und der Stahlkonstruktion befand.

In der Mitte baumelte eine Korblampe von der Decke, darunter stand ein einfacher Schreibtisch. An der Wand hingen bunte Teppiche, und auf einer Truhe lagen Kissen. Dieses seltsame Domizil, anscheinend Mugeles Rückzugsort, hatte etwas von einem Vogelnest über den Produktionsanlagen, und das Stampfen und Klirren der Maschinen und Flaschen war hier oben ein Grundrauschen, das nicht störte, sondern sogar eine beruhigende Wirkung hatte.

Mugele räumte Unterlagen beiseite und stellte zwei Stühle bereit. »Setzen Sie sich«, sagte er, »ich bringe Tee«, und verschwand hinter einem Vorhang.

Rizzi hängte seine Mütze an den Pfosten eines Kinderbetts und betrachtete Fotos, die mit Tesafilm an einem Eisenträger befestigt waren: Jordan auf den Schultern seines Vaters, Jordan in ein Kinderbuch vertieft, Jordan mit einer Schaufel, mit einer Puppe, auf einem Stuhl, gehalten von seiner Nonna, Aurora Bellini. Und dazwischen ein Hochzeitsfoto: Simon Mugele und Anna Bellini, beide in Weiß, sie – zierlich, mit Korkenzieherlocken, er – eineinhalb Köpfe größer, mit breitem Kreuz, die schwarzen Haare millimeterkurz. Ein schönes, ungleiches Paar. Anna, schoss es Rizzi durch den Kopf, hatte ihr Kind nie auf dem Arm halten, es nie an ihre Brust legen können. Der Gedanke an seinen eigenen Sohn, den er auch nur in der Stunde hatte berühren dürfen, als die Maschinen abgestellt wurden und sein kleines Herz aufhörte zu schlagen, traf ihn unvorbereitet und mit einer Wucht, die er schon kannte und inzwischen abzufedern verstand, durch bestimmte Bewegungen, Atemtechnik – er wusste nicht, was es war –, wie ein Boxer, der auch nicht bei jedem unvorhergesehenen Schlag k. o. gehen durfte.

»Normalerweise würde ich euch in den Konferenzraum bitten.« Mugele brachte Tee in bauchigen Gläsern. »Betrachtet es einfach als Ehre.« Er grinste schief, legte sein Basecap ab und begann, vorsichtig seinen Kittel auszuziehen.

Durch die Mullbinde am Kopf war Blut gesickert und hatte sich oberhalb der Schläfe zu einem tennisballgroßen, rotbraunen Fleck ausgebreitet. Am Ellenbogen trug er ein Pflaster, und unter seinem T-Shirt waren die Umrisse eines strammgeschnürten Rucksackverbands zu erkennen. Mugele drückte eine Tablette aus dem Blister und spülte sie mit einem Schluck Wasser herunter.

»Damit kein Missverständnis aufkommt«, sagte er zwischen zwei Schlucken, »ich hätte an Pintas Stelle wahrscheinlich genau das Gleiche getan.« Er betrachtete die Wasserflasche in seiner Hand. »Aber wie ich bei Raffaella rauskam und er plötzlich vor mir stand: dieses runde, weiße

Mondgesicht …« Er schraubte den Deckel auf die Flasche und machte dabei einen fast versonnenen Eindruck. »Pinta kam mir in dem Moment so bedürftig vor, so allein und verlassen, dass ich ihn am liebsten in den Arm genommen hätte.« Er stellte die Flasche beiseite. »Sein Schlag hat auf jeden Fall gesessen. Aber dass er dann, als ich am Boden lag, sturzbesoffen, wehrlos und halb ohnmächtig, noch nachgetreten hat, dieser Scheißkerl, und mir zwei Rippen gebrochen hat – das nehme ich ihm übel.«

»Signor Mugele«, sagte Rizzi und legte sein Notizbuch auf den Tisch. »Was möchten Sie uns erzählen?«

»Elisa war schwanger.«

»Von wem?«

Mugele ließ sich vorsichtig auf dem Stuhl hinter seinem Schreibtisch nieder und verzog vor Schmerzen das Gesicht. »Von Mario«, presste er hervor. »Ich habe Elisa gefragt: Bist du dir sicher? Ja, hundertprozentig, es sei von Mario.« Mugele lehnte sich zurück. »Sie wollte es wegmachen lassen. Sie war fest entschlossen.«

»Habe ich richtig verstanden?« Rizzi legte den Stift in die Seiten. »Statt wie geplant nach Benevent zurück zu Mann und Kindern zu fahren, kommt Elisa am Sonntagabend noch einmal kurzentschlossen zu Ihnen, um Ihnen zu sagen: Schatz, ich bekomme ein Kind, aber nicht von dir, sondern von meinem Ehemann, und ich werde es abtreiben.«

»So ungefähr.«

»Aber ergibt das Sinn?« Fragend schaute Rizzi Cirillo an, die sich auf dem Stuhl neben ihm niedergelassen hatte und in deren Kopf es zu arbeiten schien.

»Ich würde sagen: Es war typisch Elisa«, erklärte Mugele. »Auf der einen Seite immer fest entschlossen, etwas in die Tat umzusetzen, und zwar möglichst schnell, aber dann, wenn es drauf ankommt, ist sie konfus, kompliziert, und im letzten Moment bekommt sie kalte Füße. Ich meine, das muss man sich mal vorstellen: Das ganze Wochenende kein Wort von Schwangerschaft, und dann soll ich ihr, zwischen Tür und Angel, mal eben schnell grünes Licht für eine solche Entscheidung geben: das Kind, das sie unter dem Herzen trägt, zu töten. Kein Abwägen, kein Zweifeln oder In-Betracht-Ziehen, nur Bestärken, dass sie auf jeden Fall das Richtige tut.« Mugele schüttelte den Kopf. »Tut mir leid, das kann ich nicht. Der Termin wäre am Montag gewesen. Ich habe gesagt: Dann verschieb doch wenigstens den Termin. Aber davon wollte sie nichts wissen. Wir haben fürchterlich gestritten.«

»Wie ging es nach dem Streit weiter?«, fragte Rizzi.

»Wir kamen zu keinem Ergebnis, sind schlafen gegangen, hatten sogar Sex, und als ich morgens aufwachte, war sie weg.«

»Und sind dann, wie jeden Montag, zur Arbeit gefahren«, ergänzte Cirillo.

»Mit dem 7-Uhr-*aliscafo*.« Mugele nickte.

»Haben Sie sich nicht gewundert, dass die Ape weg war?«

»Ob die Ape am Zitronenhain steht oder nicht – davon bekomme ich nichts mit. Um zum Hafen zu kommen, nehme ich die Vespa, und die steht bei uns in der Einfahrt.«

»Aber die Vespa ist kaputt.«

»Deshalb habe ich den Bus genommen. Gewundert habe

ich mich nur, dass Elisa überhaupt nichts von sich hören lässt, habe es aber nicht überbewertet und auf unseren Streit geschoben.« Mugele verstummte und starrte ins Leere. »Bis dann am Vormittag Auroras Anruf kam: Elisa, Unfall, tot. Einzelheiten konnte sie nicht nennen.«

»Was war Ihr erster Gedanke?«, fragte Cirillo.

»Mein erster Gedanke?« Mugele schaute kurz zur Seite. »Ganz ehrlich, mein erster Gedanke war, dass sie es hatte drauf ankommen lassen.«

»Was meinen Sie damit?«

»Dass sie nachts aufgewacht ist und gedacht hat: Ich will dieses Kind loswerden, sich in die Ape setzt und sich sagt: Ich fahre jetzt den nächsten Abhang runter, und dann war's das.«

Mugele schaute Cirillo nachdenklich an. »Elisa war nicht besonders rational, wollte eher immer mit dem Kopf durch die Wand. Und wenn sie mit so einer Wut im Bauch aufwacht – keine Ahnung. Es wäre mein Erklärungsversuch gewesen.«

»Haben Sie Aurora gesagt, dass Elisa in der Nacht bei Ihnen war?«, fragte Cirillo.

Mugele hob abwehrend die Hände. »Aurora wusste nichts von unserer Liaison, und im Moment sehe ich auch keine Notwendigkeit, sie im Nachhinein damit zu behelligen. Vielleicht später.«

»Und dass jemand nachgeholfen hat?«, fragte Cirillo. »Was war Ihr erster Gedanke dazu?«

»Ich weiß nicht.« Mugele schaute auf. »Jetzt sagen Sie es doch endlich«, stieß er plötzlich hervor. »Legen Sie die Karten auf den Tisch.«

»Wovon sprechen Sie?«, fragte Cirillo.

»Dass ich Ihr Hauptverdächtiger bin! Ich kann doch machen, was ich will, kann mir den Arsch aufreißen, mir nie etwas zuschulden kommen lassen, am Ende bin ich dann doch wieder der dubiose Ausländer, der gefährliche Mann vom dunklen Kontinent, dem man alles zutraut.«

»Fakt ist«, erklärte Rizzi, »dass Sie nach jetzigem Ermittlungsstand – abgesehen von meiner Person – der Letzte gewesen sind, der Elisa lebend gesehen hat.«

»Ich wusste, dass Sie versuchen werden, mir einen Strick daraus zu drehen«, rief Mugele.

»Wie lange kannten Sie Elisa schon, bevor Sie mit ihr zusammenkamen?«, fragte Cirillo.

»Was soll diese Frage?«, brauste Mugele wieder auf. »Als ich zu den Constantinis kam, war sie ein unreifer Teenager! Und dann war sie in Amerika, hat geheiratet, war kaum da. Bis sie plötzlich hier unten in der Halle stand.« Mugeles Unterlippe schien zu zittern, aber er zwang sich, ruhig und sachlich zu sprechen. »Irgendwann im September war das«, fuhr er fort.

Es sei ein ganz normaler Tag gewesen. Er habe mit Raffaella geschäftliche Dinge zu besprechen gehabt. Elisa sei mit von der Partie gewesen und wollte sich nach seiner Besprechung mit Raffaella von ihm den Betrieb zeigen lassen, was er gerne tat. Er sei auch stolz gewesen, es habe ihm Spaß gemacht zu sehen, wie verblüfft sie war, was aus dem Zitronenpflücker der Constantinis geworden war. Für sie sei er bis dahin immer noch der wortkarge Mann von früher gewesen, der bei ihnen zu Hause mit am Tisch sitzen durfte und stumm sein Essen in sich reinschaufelte. Das hatte sich jetzt geändert. Elisa sah Simon Mugele erstmals als den Mann, der er war. Und er sah in Elisa nicht mehr den Backfisch von damals, sondern die erwachsene attraktive Frau. Sie prallten aufeinander, und dieser Zusammenprall stellte alles auf den Kopf. Es waren mit ihr Momente, Stunden von Leichtigkeit gewesen, in denen das Leben schön war und sorglos. Bis der Gedanke aufkam, wie es wäre, noch einmal neu anzufangen, eine riesige Patchworkfamilie zu gründen mit Geschwistern und einer Mamma für Jordan. Aber gleichzeitig sei da auch immer diese Stimme gewesen, die nicht daran glaubte. Er wusste, dass Elisa immer noch an Mario Pinta hing und rechnete damit, dass Elisa, wenn sie zurück nach Benevent, zu ihrem Mann und den Kindern fuhr, eines Tages nicht mehr wiederkommen würde.

Mugele schüttelte den Kopf, und verwundert fügte er hinzu: »Doch sie kam immer wieder, hat sich zu mir geschlichen, und zusammen haben wir die Zeit angehalten.«

Als sie schließlich aufbrachen, fragte Cirillo noch: »Wie lange haben Sie eigentlich bei den Constantinis gelebt?«

»Ich habe nicht bei den Constantinis gelebt«, korrigierte Mugele. »Ich habe auf ihren Feldern als Vorarbeiter geschuftet und mir meine Position hart erkämpft.«

»Aber waren die Constantinis für Sie nicht auch so etwas wie – Familie?«, insistierte Cirillo.

»Nein.«

»Oder ein Zuhause?«

Er schüttelte den Kopf. »Marcello war immer gut zu mir. Ich vermisse ihn. Aber er hat mir nichts geschenkt.«

»Die Verletzung an Ihrem Schienbein«, fragte Rizzi, »wie und wann haben Sie sich die zugezogen?«

»Welche Verletzung?« Mugele zog überrascht die Augenbrauen zusammen.

»Ihre Narbe.« Rizzi zeigte auf Mugeles Bein.

Mugele winkte ab. »Kleiner Arbeitsunfall. Lange her.«

12

Das nächste Linienboot zurück nach Capri legte, laut Fahrplan, in etwas mehr als einer Stunde ab, und Cirillo wollte vor der Überfahrt unbedingt noch etwas in den Magen bekommen. Im Zentrum von Sorrent war sie noch nie gewesen, und die Piazza Tasso kannte sie nicht. Rizzi führte sie zu einem Ristorante, in dem er immer gerne aß, wenn er hier war.

Sie setzten sich auf die Terrasse, die Temperatur war angenehm. Cirillo bestellte *bruschette* mit *fagioli bianchi,* Olivenöl und Petersilie, aß mit Messer und Gabel und trank dazu eine *spremuta d'arancia,* während Rizzi sich nach einem kleinen Bier und einem *tramezzino al tonno* einen doppelten Espresso kommen ließ und dazu Profiteroles mit Schokolade und Cremefüllung. Taxifahrer lehnten an ihren Motorhauben, schwatzten und warteten auf Kundschaft, und an der Bar, unter den Markisen, saßen ältere Damen, tranken Rosé und rauchten Zigaretten. Vielleicht lag es an diesem Licht, das wie Honig war, an der milden Abendsonne, die die Fassaden mit den Stuckverzierungen zum Leuchten brachte, dass Rizzi dachte, er müsse demnächst einfach mal Gina einpacken und mit ihr wegfahren, irgendwohin, damit sie raus kam, runter von der Insel, weg von Carlo und allen Problemen, und dass sein alter Fiat Cinquecento, wenn er irgendwann wieder laufen würde, genau das Richtige für einen solchen Ausflug wäre.

Er dachte an die Antriebswelle und den verschlissenen Querbolzen und daran, dass er sich dringend um dieses Ersatzteil kümmern musste, als Cirillo zwischen zwei Bissen sagte: »Ich glaube, wir sollten einmal die Geschäftsbeziehungen zwischen den Bellinis und den Constantinis näher unter die Lupe nehmen.«

Die beiden Frauen am Nebentisch beugten sich über ihren Aperol Spritz, wie ihn Touristinnen bestellten, die etwas erleben wollten, saugten mit ihren rot angemalten Mündern am Strohhalm und musterten dabei aus den Augenwinkeln ihre Umgebung.

»Hörst du mir zu?«, fragte Cirillo.

»Und ich will endlich das verdammte Gutachten zum Unfallhergang und die Bestätigung, dass wir uns nichts einbilden, sondern dass es ein Anschlag war«, sagte Rizzi und setzte seine Sonnenbrille auf. »Dein Boot geht in zwanzig Minuten«, sagte er und legte einen Geldschein auf den Tisch.

»Wo willst du hin?«, fragte Cirillo.

»Etwas erledigen. Wir sehen uns morgen im Büro.«

Im Vorbeigehen wünschte er den Frauen am Nachbartisch einen schönen Tag.

Jugendliche johlten vor dem Bahnhof, als wäre immer noch Sommer. Rizzi setzte sich in der Circumvesuviana nach Neapel ans Fenster und holte sein Telefon hervor. Es war zwar nicht der offizielle Dienstweg, aber wozu hatte er die Durchwahl?

Das Freizeichen ertönte, es klickte, jemand meldete sich

und erklärte mit schnarrender Stimme, Commissario Serra sei außer Haus.

Rizzi schaute auf die Uhr. »Ich könnte in einer knappen Stunde in der Questura sein«, sagte er. »Denken Sie, er ist dann wieder am Platz, oder macht ihr schon Feierabend?«

»Wie war Ihr Name?«

»Agente Enrico Rizzi vom Polizeiposten Capri.«

»Und worum geht es?«

»Das würde ich ihm dann gerne persönlich erklären.«

»Sie sind hier bei der Mordkommission«, sagte die Stimme. »Das ist Ihnen klar, oder?«

»Richten Sie Commissario Serra aus, dass ich angerufen habe.«

»Ich schlage vor, Sie melden sich morgen noch mal. Lassen sich einen Termin geben, und dann schauen wir weiter.«

»Ab wann ist der Commissario zu sprechen?«, fragte Rizzi, aber der Kollege am anderen Ende hatte schon aufgelegt.

Rizzi lehnte sich auf seinem Sitz zurück, schob sich die Mütze ins Gesicht, sah Olivenbäume vorbeiziehen, Satellitenschüsseln auf Balkonen und Hausdächern, sah Frauen im Businesskostüm am Bahnsteig stehen, ärmlich gekleidete Rentner mit großen Taschen, die Abfalleimer durchsuchten, und Männer mit modisch getrimmten Vollbärten, die in ihr Telefon starrten und wahrscheinlich nur daddelten. Irgendwo hinter Pompeji nickte er ein und wurde erst wieder wach, als es in San Giorgio a Cremano voll wurde. Rizzi machte einem alten Herrn Platz und stieg an der Via Gianturco aus, eine Station vor der Stazione Centrale. Er nahm die Treppe, ging durch die Unterführung, in der es nach Pisse stank, und trat auf den Vorplatz mit den kaputten Betonplatten, zwischen denen Unkraut sprießte.

Er lief quer über den Parkplatz zur Schranke, wo Blumentöpfe mit Geranien und Buchsbaum die Trostlosigkeit dieser Gegend erst richtig zur Geltung brachten, und marschierte am Maschendraht entlang, an Leuten vorbei, die ohne Gewerbeschein Schmuggelware und ihre letzte Habe verkauften, hielt sich bei den Mülltonnen links, als sein Telefon klingelte. Sein erster Gedanke war: Commissario Serra, aber er wurde enttäuscht.

»Warum rufst du nie zurück?«, fragte Barbara, und an ihrer Stimme hörte er, dass seine Schwester im Auto saß und Feierabend hatte. Sie berichtete, sie sei total erschrocken, als sie gehört habe, dass Elisa Constantini bei einem Autounfall ums Leben gekommen war. »Entschuldige«, sagte sie, »die Frau hat in New York gelebt. Wieso stirbt sie bei einem Autounfall auf Capri, wo sie jeden Stein kennt?«

»Es war kein Unfall«, sagte Rizzi, während er in die nächste Querstraße einbog, an der die Fabrikgebäude lagen.

»Was dann?« Barbara klang sofort wie eine Staatsanwältin. »Und wieso gibt es dazu noch keine Untersuchung?«

»Weil Neapel pennt. Und wir kommen so natürlich auch nicht weiter.« Er berichtete, dass er in Sorrent gerade fast zwei Stunden lang Simon Mugele vernommen hatte.

»Den ehemaligen Zitronenpflücker?«, fragte Barbara. »Was hat der mit Elisas Tod zu tun?«

»Barbara, ich muss Schluss machen.«

»Bist du in Sorrent?«

»In Neapel, aber auf dem Sprung.«

»Dann komm vorbei. Ich besorge uns etwas Schönes, und du kochst.«

»Das könnte dir so passen.«

»Wunderbar! Bis gleich.«

Rizzi legte auf. Die Straße war wie ausgestorben. Nur zwei Jungs waren am Fußballspielen, klemmten sich den Ball unter den Arm, als sie Rizzi kommen sahen, und verzogen sich. Autos ohne Kennzeichen standen am Bordstein, teilweise deutsche Modelle der Oberklasse, und die lange Backsteinmauer war voller Graffiti, Ausdruck von explodierender Phantasie, Kreativität und Wut von Jugendlichen, die von der Gesellschaft abgeschrieben und bestenfalls als Nichtsnutze und Drückeberger bezeichnet wurden.

Das Rolltor war halb heruntergelassen, und irgendwo dröhnte laute Musik. Es roch nach Motoröl und Benzin, und im hinteren Bereich, wo eine Tür in einen fensterlosen Raum führte, brannte Licht.

»Jemand zu Hause?«, rief Rizzi, nachdem er unter dem Rolltor hindurchgekrochen war, und schlenderte um einen Fiat Spider ohne Türen herum. Daneben wartete ein Peugeot 304, von dem Alberto immer geträumt hatte, als er noch Architekt werden wollte – allerdings war die Karosserie so verrostet, dass man mit dem Finger durch die Motorhaube hätte bohren können.

»Enrico!«, rief hinter ihm eine Stimme. »Was machst du denn hier?« Eine breitschultrige Gestalt näherte sich aus dem Dunkeln. »Kummer mit dem Kleinen? Was hat er nun schon wieder?« Tullio wischte sich die Hände an einem Tuch ab, bevor er Rizzi begrüßte.

»Die Antriebswelle«, sagte Rizzi.

»Neunzehn Millimeter?«

»Am besten mit Achsmanschette.«

Tullio riss die Schubladen des Werkzeugschranks auf. »Hättest du mal früher etwas gesagt. Ich war gerade draußen in Pazzigno.«

»Es eilt im Prinzip auch nicht. Ich war nur gerade in der Nähe.«

Unter dem Rolltor kamen drei Jugendliche hervor, zwei Jungs und ein Mädel, gepierct und tätowiert, sahen Rizzi in seiner Uniform und verschwanden im Hinterraum.

»Nächste Woche.« Tullio zog den Rotz in seiner Nase hoch. »Inklusive Druckfeder und Sicherungsring.«

»Perfekt. Soll ich dir was dalassen?« Rizzi holte ein paar Geldscheine aus der Hosentasche.

»Lass stecken.«

»Was ich noch fragen wollte –«

»Die Luxuskarosse da draußen? Gehört mir nicht. Sag das deinen Kollegen. Die kommen hier jeden zweiten Tag angeschissen.«

»Hast du für den Peugeot einen Käufer? Sonst würde ich mal meinen Freund vorbeischicken.«

»Tut mir leid, der Brummer ist vergeben. Aber dein Freund kann gerne vorbeikommen, dann finden wir was für ihn.«

Auf dem Weg zurück zur Metrostation dachte Rizzi, dass Tullio mit seiner Werkstatt der Welt einen wertvollen Dienst erwies, was weder der Gesellschaft noch Tullio bewusst war. Aber die Jugendlichen, die bei ihm ein und aus gingen und lernten, Autos zu reparieren, hingen nicht, wie viele hier, auf der Straße herum, verkauften Drogen, knackten Autos oder überfielen Leute. Menschen wie Tullio konnte man gar nicht genug danken. Sein Beispiel sollte Schule machen, finanzielle Mittel müssten dafür bereitstehen. Aber wenn es Geld gab – von der Stadt, der Regierung oder gar einem EU-Programm –, versickerten die Mittel in der Bürokratie und den Taschen von Ministerialbeamten, wie alles in dieser Region versickerte. Leute mit Ideen wurden ausgebremst, Anfragen verschleppt, und die heranwachsende Generation wurde sich selbst überlassen, aller Chancen und Möglichkeiten beraubt, wurde abgeschrieben und ging dem Staat und der Gesellschaft für immer verloren.

Auf dem Vomero, rund um die Piazza Vanvitelli mit den Cafés, Blumenrabatten und Grünanlagen, gab es – soweit man auf den ersten und zweiten Blick erkennen konnte – all diese Probleme nicht, und das, sagte Barbara, sei auch der Grund, warum sie nach all den Jahren im Spagnoli-Viertel hier heraufgezogen sei. Nicht wegen des Blicks von ihrer Terrasse auf Spaccanapoli und das Centro Storico, sondern weil sie irgendwann keine Lust mehr hatte, nach Feierabend ständig den Leuten zu begegnen, die sie einmal verknackt hatte, oder deren Angehörigen. Und sie übertrieb nicht mal, wenn sie behauptete, Freunde aus Rom könnten nun sogar mit dem Auto anreisen und bei ihr auf dem Vomero parken, ohne dass ihnen nachts oder auch am helllichten Tag wegen des römischen Kennzeichens die Reifen zerstochen wurden. Was sie nicht sagte: dass sie Miete in einer Höhe zahlte, die Rizzi schlaflose Nächte bereiten würde. Aber Barbara war ja auch in einer anderen Gehaltsklasse, wie sie selbst auch immer mal wieder ganz beiläufig betonte. Sie nahm den Schuhkarton vom Herd, Gläser aus der Spüle, schenkte Weißwein ein und fragte: »Oder willst du lieber Bier?«

Rizzi hängte seine Uniformjacke über den Küchenstuhl und suchte aus dem dreckigen Geschirr die Töpfe zusammen, die er brauchte, schrubbte sie und berichtete, wie er Sonntagnacht, bei strömendem Regen, Zeuge von Elisa Constantinis Fahrt in den Tod geworden war und dass sie, bevor sie starb, mit letzter Kraft gesagt hatte, es sei kein Unfall.

»Sie hat noch gelebt, als du sie gefunden hast?«, fragte Barbara erschüttert.

Er begann, rote Zwiebeln zu hacken. »Besorg dir mal neue Messer«, sagte er. »Oder bring die alten zum Schleifen. Die sind alle Mist.« Er gab die Zwiebeln ins heiße Öl und holte aus der Tüte die Salsicce, die er noch auf dem Weg, an der Via Montesanto, besorgt hatte. Während er das Fleisch der Würste aus der Pelle drückte, berichtete er weiter, dass die Bremsen der Ape tatsächlich manipuliert waren und dass das Fahrzeug nicht, wie er anfangs angenommen hatte, den Constantinis gehörte, sondern dass Aurora Bellini die Halterin war und die Ape vor allem von ihrem Schwiegersohn Simon Mugele benutzt wurde.

Der Duft nach Gebratenem zog durch die Küche. Barbara hatte ein Knie unters Kinn geschoben und hörte konzentriert zu. Rizzi öffnete die Dosentomaten und fuhr fort, dass sich die Ermittlungen jetzt auf Simon Mugele und sein Umfeld konzentrierten und sie davon ausgingen, dass ihm, weil er der Hauptnutzer der Ape war, der Anschlag gegolten hatte. Doch Mugele – das war jedenfalls Rizzis Eindruck – sagte nicht alles, was er wusste, man verstand nicht recht, ob er jemanden schützen wollte. Jedenfalls hatte er allen Ernstes behauptet, dass es ihm am liebsten wäre, wenn man die Sache auf sich beruhen ließe und die Ermittlungen einstellte. Als gäbe es keinen frei herumlaufenden Verrückten und keine Gefahr für ihn, seine Schwiegermutter Aurora oder den kleinen Sohn.

»Und warum wird die Staatsanwaltschaft nicht aktiv?«, fragte Barbara, während sie den Wein in ihrem Glas kreisen ließ.

»Weil es offiziell gar keinen Fall gibt.« Rizzi gab Rosmarin, Lorbeer, Peperoncini und etwas Zitronenschale hinzu und setzte Wasser für die Rigatoni auf. »Dafür müssen die Experten das Wrack erst mal unter die Lupe nehmen.«

»Und warum tun sie es nicht?«

»Weil das Wrack noch gar nicht geborgen ist. Ohne Wrack kein Gutachten und ohne Gutachten keine offiziellen Ermittlungen.« Rizzi probierte mit dem Löffel von der Soße.

»Und was tut Ispettore Lombardi?«

»Lässt sich an der Unfallstelle für ein Foto in der Inselzeitung ablichten und war heute den ganzen Tag nicht zu sprechen, weil er es sich lieber in Posillipo bei seiner Signora Iwanowa gutgehen lässt.«

»Ich fürchte«, sagte Barbara und lächelte nachsichtig, »der Fall ist eine Nummer zu groß für euch. Überleg doch mal.« Sie fuhr mit den Zinken ihrer Gabel über die Rillen im Holz. »Das ganze Vorleben, das Simon Mugele hatte, bevor er zu den Constantinis auf die Insel kam, muss ausgeleuchtet werden. Irgendwo hat der Mann Leichen im Keller, offene Rechnungen, oder jemand will ihm einen

Denkzettel verpassen. Und Elisa, das dumme Ding, war einfach zur falschen Zeit am falschen Ort. Wo wollte sie denn überhaupt hin, mitten in der Nacht?«

»Auch das wissen wir noch nicht.« Rizzi regulierte die Flammen am Herd. »Spielt für die Aufklärung des Falls wahrscheinlich aber auch gar keine Rolle.« Er wedelte mit der Hand. »Du kannst mal Teller auf den Tisch stellen«, sagte er. »Und ein Bier hätte ich jetzt gerne.«

Beim Essen ließen sie das Thema fallen, und Barbara berichtete, dass Zoe sich gerade »eine Auszeit« genommen habe, redete von »Beziehungspause« und »etwas Abstand« – der ganze Blödsinn, der nach Rizzis Meinung zu gar nichts führte, außer dazu, dass man sich drückte, die Probleme auf den Tisch zu legen und sich zusammenzuraufen.

Statt Kontra zu geben, schwieg Barbara, und Rizzi fragte: »Oder hast du schon wieder eine Neue?«

Nun kam heraus, dass Barbara auf dem Münchner Oktoberfest tatsächlich eine Ärztin aus der italienischen Schweiz kennengelernt hatte. Sie geriet ins Schwärmen, wie sie auch bei Zoe geschwärmt hatte, bei Samantha und all den anderen Geliebten, deren Namen Rizzi schon längst wieder vergessen hatte – alles Superfrauen, die von Barbara immer genau dann aus dem Nest geschubst wurden, wenn man anfing, sich an sie zu gewöhnen und sie ins Herz zu schließen, und das ging, auch wenn sie es wahrscheinlich nie zugeben würde, auch Marta so, ihrer Mutter, die insgeheim immer noch hoffte, dass Barbara irgendwann doch noch der richtige Mann über den Weg laufen würde.

»Wie heißt deine Neue schon wieder?«, fragte Rizzi zum

dritten Mal, als sie beim Ramazotti angekommen waren und er Zigaretten drehte, während Barbara ihm auf ihrem Tablet Fotos von Leuten in Trachten mit erhitzten Gesichtern im Bierzelt zeigte – diesen seltsamen Frohsinn und das Vergnügen, gemeinsam auf Tischen zu stehen, und Barbara mittendrin. Er rauchte, hörte mit halbem Ohr zu, wie Barbara erzählte, und dachte an Gina.

*

»Habe ich dich geweckt?«, fragte er zärtlich in den Hörer, als er schließlich allein, in eine Decke gewickelt, auf Barbaras Couch im Wohnzimmer lag.

»Wie spät ist es?«, hörte er Gina schlaftrunken am anderen Ende murmeln. »Ist etwas passiert?«

»Ich wollte dir nur eine gute Nacht wünschen.«

Sie seufzte, als schien sie noch ganz weit weg zu sein. »Richtig, Schatz«, flüsterte sie, »du bist ja in Neapel. Bei Barbara. Und gehst morgen zum Commissario. Hast du geschrieben. Hm, wie lieb von dir, dass du anrufst. Weißt du, ich war einfach zu müde …« Sie gähnte und schien langsam zu sich zu kommen. »Geht's Barbara gut?«

»Alles bestens«, sagte er. »Und bei dir? Alles okay?«

»War echt hilfreich« – er hörte, wie sie sich im Bett aufsetzte – »dass du dir Carlo vorgenommen hast. Zwei Männer, die auf Tarzan machen. Kann ich gut gebrauchen.«

»Ja«, stimmte Rizzi zu, »es war wirklich mal nötig, dem aufgeblasenen Kerl Bescheid zu sagen.«

»Und? Habt ihr es jetzt geklärt?«

»Was?«

»Wer den Größeren hat.«

»Carlo jedenfalls ist jetzt erst mal so klein mit Hut und rührt sich in der nächsten Zeit nicht mehr aus der Deckung. Das garantiere ich dir.«

»Schön wär's«, seufzte Gina. »Der spielt sich jetzt als treusorgender Vater auf, redet von Anwälten und davon, dass wir ihm seine Tochter wegnehmen wollen.«

»Der leckt bloß seine Wunden«, beruhigte Rizzi. »Und einen Anwalt kann der sich sowieso nicht leisten.«

»Das weiß aber der Anwalt nicht.«

»Dann knöpfe ich mir Carlo noch mal vor.«

»Bitte nicht.«

»Du darfst dir nicht immer so viele Gedanken machen, Liebling. Ich bin da und passe auf dich auf. Alles wird gut.« Er flüsterte ihr Zärtlichkeiten übers Handy ins Ohr und erfand so lange immer neue Koseworte, bis sie endlich lachte.

Nachdem er aufgelegt hatte, klopfte er sich das Kissen zurecht, streckte sich aus, soweit es auf dieser Couch möglich war, und starrte an die Decke. In der Dunkelheit zeichnete sich der Stuck ab, Raster, Rauten und Formen, die mit ihren Verschnörkelungen an Baiser und Buttercreme erinnerten. Was hatte Barbara gesagt? Der Fall sei für ihn eine Nummer zu groß?

Er wälzte sich auf den Sprungfedern hin und her, aber sein Arm war immer im Weg. Nummer zu groß. Was für ein Blödsinn. Niemand kannte sich auf Capri besser aus als er, und nur dort konnte man die Spur aufnehmen und verfolgen. Außerdem hatten sie ja schon einiges an Ermittlungsergebnissen zusammengetragen, auch wenn die

Spuren bisher größtenteils im Sande zu verlaufen schienen. Aber das gehörte nun mal dazu. Oder etwa nicht?

Er stand auf, trat mit der Decke um die Schultern auf die Terrasse hinaus und sah die Lichter der Altstadt. Die Spaccanapoli zerteilte das Centro Storico, und wie Perlen aufgereiht leuchteten die Straßenlaternen der Via Toledo und des Corso Umberto I. Hinter den großen Schiffen, jenseits des Hafens, lag Capri. Irgendwo gab es eine verschlossene Tür, die er nicht bemerkt hatte, an der er achtlos vorbeigegangen war, statt an ihr zu rütteln und sie aufzustoßen.

Sein Telefon auf dem Wohnzimmertisch machte sich bemerkbar. Das Display leuchtete in der Dunkelheit. »Ich liebe dich«, schrieb Gina. »Pass gut auf dich auf.«

13

Nachdem Rizzi sich verabschiedet hatte, war Cirillo auf der Piazza Tasso in Sorrent zurückgeblieben, hatte ihrem Kollegen hinterhergeschaut und beobachtet, wie er – bevor er Richtung Bahnhof verschwand – erwartungsgemäß mit den Mädels am Nachbartisch flirtete, die ihm schon die ganze Zeit ihr Dekolleté gezeigt hatten. Sie konnte nicht begreifen, was diese Frauen an Rizzi fanden. Starrten ihm in seiner strammsitzenden Uniform hinterher, in der er sich – mit den Blicken der Frauen im Rücken – gleich noch mehr aufplusterte, und für einen Moment überlegte sie, die beiden einfach mal zu fragen. Sonnenbrille mit blau spiegelnden Gläsern sagte bei einem Typen doch alles, und dunkle Locken und Grübchen im Kinn allein konnten es ja wohl nicht sein.

Natürlich hatte sie nicht gefragt, sondern sich ihr Notizbuch vorgenommen und die Einträge aus dem Mugele-Gespräch studiert, bis sie zu der Stelle kam, wo Mugele sagte, er hätte nicht bei den Constantinis gelebt, sondern auf ihren Feldern geschuftet.

Sie klappte ihr Notizbuch zu, klemmte ihre Mütze unter den Arm, ging zu den Taxifahrern und fragte: »Zur Zitronenplantage der Constantinis – wie lange braucht man, um dahin zu kommen?«

Zwanzig Minuten, höchstens, war die übereinstimmende Meinung, während einer der Männer ihr bereits die Autotür aufhielt.

Der Besitz der Constantinis, berichtete der Mann ihr auf der Fahrt, würde sich über ein riesiges Gelände und mehrere Terrassen erstrecken, seiner Handbewegung nach zu urteilen, mindestens bis zum Horizont. Wenn Saison war, würden dort Leute aus aller Herren Länder arbeiten und in Scharen Touristen kommen, um die Farm zu besichtigen, wobei dem Fahrer, wie er freimütig zugab, nicht klar war, was es dort eigentlich zu besichtigen gab.

»Zitronenbäume?«, fragte Cirillo.

Er lachte, als hätte sie einen besonders guten Witz gemacht, und stoppte dort am Straßenrand, wo ein Holzschild stand, das mit bunten Buchstaben bemalt war: *Happy Fruits.*

Der Taxifahrer entschuldigte sich, sie müsse hier aussteigen, er könne da unten nicht wenden, und gab ihr sein Kärtchen, damit sie ihn anrufen könne, wenn sie später zurückwollte.

»Einfach dem Sandweg folgen«, rief er ihr noch durchs offene Fenster hinterher. »Sind nette Leute.«

Nette Leute, dachte Cirillo, war ja so ziemlich das Schlimmste, was es gab.

Der Weg führte an einem Lattenzaun entlang und endete nach ungefähr zweihundert Metern vor einem Tor, das sperrangelweit offen stand. Der Bereich vor dem Haus war gepflastert, zwei Kleinwagen parkten neben einem Kieshaufen, und unter einer von wildem Wein und Glyzinien bewachsenen Pergola standen grobe Holztische und Bänke, auf denen gut und gerne fünfzig Leute Platz finden konnten. Ein halbhohes Mäuerchen trennte den Bereich von der Fläche dahinter, auf der sich Gerümpel stapelte: Netze, Transportkisten und vor allem Holz, dürre Äste und etwas stärkere Stämme.

Das Haus dahinter war aus dem gleichen groben Stein gebaut wie das Mäuerchen, Fels oder Tuff aus der Region, an vielen Stellen ausgebessert und mit Zement verfugt. Es war ein schmuckloser Kasten, bestehend aus Erdgeschoss und erster Etage. Die einzigen Verzierungen waren die glatt verputzten Laibungen um die Fenster herum, die irgendwann vielleicht sogar mal weiß gestrichen worden waren, jetzt aber war die Farbe fast vollständig vom Regen heruntergewaschen und von der Sonne ausgeblichen. Statt hübsch oder wenigstens ansprechend zu sein, wartete das Haus vor allem mit einer Qualität auf: Es hatte schon ein paar Jahrhunderte überdauert und würde hier wohl auch noch ein paar weitere Jahrhunderte stehen. Nur das rote Ziegeldach hatte man vor nicht allzu langer Zeit neu gedeckt.

In der oberen Etage standen die Fensterläden offen, aber unten, im Erdgeschoss, war alles verrammelt, auch die Eingangstür, die flankiert war von zwei verkrüppelten Pfennigbäumen in Tontöpfen. Und eine Klingel gab es auf dem Land wohl nicht, wo man sich kannte und im Zweifel sowieso einfach hereinmarschiert. Der Perlenvorhang, mit dem im Sommer Fliegen und Insekten abgehalten wurden, wehte leise im Wind, und von irgendwoher kam Musik, ein klassisches Klavierkonzert.

»Hallo?«, rief Cirillo und schaute prüfend zu den Fenstern hinauf, dunkle Scheiben mit groben Sprossen, hinter denen sich nichts regte. Sie formte ihre Hände zum Trichter: »Ist da jemand?«

Als wäre alles nur Einbildung gewesen, verstummte die Musik. Cirillo wartete, aber niemand rührte sich. Ein Haus stellte sich tot. Nur in der Ferne waren der Verkehr von der Straße zu hören und ein paar Spatzen.

Cirillo ging ums Haus herum und entschied spontan, dem Weg zu folgen, der in kleinen Serpentinen den Hang hinunter in den Zitronenhain führte, wo, in Reihen gepflanzt, die Bäume standen, nicht immer ganz gerade gewachsen, aber insgesamt hielt man sich wacker, wie eine in die Jahre gekommene Armee, bei der hier und da auch mal jemand mit einem Stock gestützt werden musste. An den Astgabeln hingen rechts und links in regelmäßigen Abständen Haken, an denen Eimer baumelten, die wahrscheinlich für die Ernte benutzt wurden. Hier und da fielen helle Sprenkel auf den Boden, das Licht der Spätnachmittagssonne, und bildeten mit dem Moos ein Muster wie auf einem altmodischen Wohnzimmerteppich. Obwohl Cirillo keine Zitronen entdecken konnte, duftete es. Erst bei näherem Hinsehen waren zwischen den dunklen Blättern golfballgroße Knubbel auszumachen, aus denen, aus Cirillos Sicht, alles Mögliche werden könnte, Avocado, zum Beispiel. Es war eigenartig, aber sie fühlte sich im Schatten der Bäume auf angenehme Weise beschützt, wie in guter, kultivierter Gesellschaft, und hätte ewig so weiterspazieren und die aromatische, gesunde Luft einatmen mögen, aber sie musste aufpassen, dass sie den Weg wieder zurück fand.

Nach links führte ein Pfad über eine kleine Treppe auf

eine höher gelegene Terrasse. Drei Schritte über drei Stufen aus grobem Stein und ein kleines Holzgeländer zum Festhalten, und sie stand in einer neuen Abteilung mit einem ganz anderen Klima. Hier waren zwischen den Bäumen Pfähle in die Erde getrieben, und über den Baumwipfeln liefen Querverstrebungen, ein Gerüst aus vertikalen und horizontalen Hölzern, auf denen in langen Bahnen ein engmaschiges Netz lag, eine Überdachung, die die Früchte vor Witterungseinflüssen – Starkregen, Hagel, aber auch zu viel Sonne – beschützen und ihnen ein möglichst ausgewogenes Klima zum langsamen Heranreifen verschaffen sollte. So hatte Rizzi es ihr erklärt, als sie mit ihm und dem Sorrentiner Kollegen an diesen mit Netzen bedeckten Feldern vorbeigerast war.

Irgendwo summte es. Kein Insekt, sondern eine menschliche Stimme.

»Hallo?«, rief Cirillo.

»Was gibt's?«, fragte eine Stimme, die beschäftigt klang, ohne dass sie jemanden sehen konnte.

Es summte weiter. Cirillo tauchte unter einer Querlatte hindurch und sah aus den Augenwinkeln einen Schattenriss und den Buckel einer Ratte, die hurtig im Laub verschwand. Ein Stück weiter stand eine schmale Aluminiumleiter, die aussah, als wäre sie für Kinder. Zwei schmutzige Turnschuhe standen auf der oberen Sprosse, darüber waren verbeulte Hosenbeine zu sehen und schließlich ein Bauch, der wie eine reife Wassermelone in ein dunkelgrünes Shirt gehüllt war. Zwischen den Blättern beugte sich ein braungebranntes Gesicht mit vielen Runzeln und grauen Bartstoppeln zu ihr herunter.

»Polizei?«, fragte der Mann überrascht.

»Antonia Cirillo ist mein Name. Vom Polizeiposten Capri.«

Der Mann starrte sie neugierig an und fragte: »Sind Sie sicher, dass Sie hier richtig sind?«

»Ich habe ein paar Fragen zu Simon Mugele.«

Der Mann verschwand mit seinem Kopf wieder zwischen den Blättern. »Da hat man Sie in die falsche Richtung geschickt. Sie müssen mit der Chefin sprechen, und die werden Sie hier nicht finden.«

Durch ein Loch im Blätterdach konnte Cirillo zuschauen, wie der Mann Draht ums Holz wickelte und damit Pfahl und Querlatte zu einem stabilen Gerüst verknüpfte, was einerseits primitiv, andererseits wie hohe Kunst aussah.

»Ich war gerade drüben bei Signor Mugele in der Bellini-Fabrik«, berichtete Cirillo, »und dachte, wo ich schon mal in der Nähe bin, statte ich auch gleich mal den Constantinis einen Besuch ab.«

Es war zu hören, wie Draht abgeknipst wurde.

»Kennen Sie ihn?«, fragte Cirillo.

»Simon?« Es knipste. »Klar kenne ich ihn.« Es knipste wieder, dreimal hintereinander. »Hat hier schließlich mal gearbeitet.«

Cirillo wartete, ob der Mann noch etwas hinzufügen würde, was nicht der Fall war. Stattdessen beugte er sich wieder zu ihr herunter, als müsse er sich die Person, die ihm diese Fragen stellte, noch einmal aus der Nähe anschauen. »Ist das ein Verhör?«, fragte er.

Cirillo zuckte die Achseln. »Nennen Sie es, wie Sie wollen. Kennen Sie Mugele schon lange?«

»Seit er zum ersten Mal einen Fuß auf diesen Boden gesetzt hat.« Der Mann verstaute Zange und Draht in seinen Hosentaschen und kletterte die Stufen herunter. »Aus Capri sind Sie also«, sagte er und musterte Cirillo mit unverhohlenem Interesse. »Aber nicht gebürtig, das können Sie mir nicht erzählen. So schöne Frauen wie Sie kommen aus dem Norden.« Er zog seine buschigen Augenbrauen zusammen. »Ich tippe: Lombardei.«

»Bergamo«, antwortete Cirillo. »Aber das tut jetzt nichts zur Sache. Erzählen Sie mir von Mugele.«

Er nestelte ein Päckchen Zigaretten aus seiner Brusttasche. »Zuerst einmal: Ich heiße Renato.« Er gab Cirillo die Hand. »Habe hier schon als kleiner Junge gearbeitet. Können Sie sich das vorstellen?« Er bot Cirillo eine Zigarette an, aber sie lehnte ab.

»Also gut, zu Ihrer Frage.« Renato rauchte und überlegte. »Was soll ich Ihnen über Simon erzählen? Das Erste, was mir einfällt: Er war immer zuverlässig, fleißig und pünktlich, und bei ihm gab es bei der Ernte nie Ausschuss. Und das ist nicht selbstverständlich, wenn ich an die anderen Zitronenpflücker denke, die wir hier in all den Jahren gehabt haben – und da waren einige.« Renato zog an seiner Zigarette. »Immer wenn Not am Mann war, hat Marcello gesagt: Komm, dann versuchen wir es eben noch mal. Und dann sind wir los und haben wieder einen geholt.«

»Wo geht man da hin?«

»Nach Foggia. Alles ganz legal, und wir haben alle immer gut behandelt. Nur wenn jemand nicht funktioniert und nicht ordentlich gearbeitet hat, war es meine Aufgabe, den Kerl wieder vom Hof zu jagen. Nicht schön, ich weiß.

Aber so war es. Was wollen Sie machen? Wenn es nicht geht, dann geht es nicht, und wir sind hier nicht die Wohlfahrt.«

»Aber Simon Mugele, sagen Sie, war anders?«, fragte Cirillo.

»Wie gesagt, er hat keinen Ausschuss produziert und schnell gelernt. Sogar unseren Dialekt. Wir haben immer gesagt: Simon, wenn wir über dir eine Tüte Mehl ausschütten, würde kein Mensch merken, dass du keiner von uns bist.« Renato schaute dem Rauch seiner Zigarette hinterher und sagte: »Tja, und jetzt ist er weg.«

»Warum eigentlich?«, fragte Cirillo.

Renato zuckte die Achseln. »Es war auf jeden Fall ein Fehler, ihn gehen zu lassen.«

»Ein Fehler? Von wem?«

»Na, von wem wohl?« Renato drückte seinen Zigarettenstummel aus und steckte ihn zurück in die Packung. »Damals, zu Marcellos Zeiten – was Raffaella heute so abfällig ›Zeit der Stagnation‹ nennt –, hatte jedenfalls jeder seinen Platz und wusste, was zu tun ist.«

»Und das ist heute nicht mehr so?«, fragte Cirillo.

Renato schaute Cirillo spöttisch an. »Immer neue junge Leute, immer neue Ideen, und keiner weiß, wohin die Reise geht. Nein, Simon hat schon den richtigen Riecher gehabt und rechtzeitig den Absprung geschafft.« Renato schaute mit zusammengekniffenen Augen in die Ferne. »Manchmal frage ich mich, ob er wohl glücklich ist in seiner Fabrik und wann er wohl das letzte Mal eine Zitrone gepflückt hat.« Er stieg mit festen Schritten wieder die Leiter hinauf. »Was ich gesagt habe über das neue Konzept, behalten Sie bitte für sich«, sagte er. »Raffaella kennt zwar meine Meinung, aber sie muss ja nicht gerade durch Dritte damit konfrontiert werden. Und jetzt muss ich weitermachen.« Er verschwand mit dem Kopf zwischen den Blättern.

Cirillo betrachtete die Turnschuhe an seinen Füßen, die Verkrustungen und Risse in dem alten Leder, und sagte: »Falls Ihnen noch etwas einfällt, was ich vielleicht wissen sollte, sagen Sie mir Bescheid. Ich lasse Ihnen für alle Fälle meine Telefonnummer da.« Sie steckte ihm die Karte an die Leiter. »Auf Wiedersehen.«

*

Als sie zum Haus zurückkam, parkte in der Einfahrt ein Transporter mit dem Logo einer Autovermietungsfirma. Silberne Koffer für technisches Equipment standen herum, prall gefüllte Einkaufstaschen, volle Getränkekisten und zwei Kabeltrommeln. Zu sehen war niemand.

Cirillo folgte dem Stromkabel, das von der Steckdose am Haus um die Ecke verlief, über einen Plattenweg an Brombeerbüschen vorbei, quer über eine Brache, die aussah, als wäre hier vielleicht vor noch nicht allzu langer Zeit ein Gemüsegarten gewesen, und in einen Bereich überging, in dem es ein festes Raster aus Wegen gab und jeder Zitronenbaum einzeln eingehegt war. Das Kabel machte ein paar Schlaufen und Kreise und endete dort, wo Josh Wilcox dabei war, eine Kamera auf einem Stativ zu montieren.

Eine junge Frau im langen Kleid assistierte ihm, und ein Mann in Shorts mit Vollbart, die Haare zu einem Dutt geknotet, blätterte in einer Broschüre und erteilte Anweisungen, mit denen Wilcox offensichtlich nicht einverstanden war.

Cirillo ging auf die jungen Leute zu, grüßte und fragte: »Was wird das?«

Wilcox fuhr herum. »Wo kommen Sie denn plötzlich her?«

»Das ist keine Antwort auf meine Frage, Mister Wilcox.«

»Ein Pilotprojekt«, stammelte er und räusperte sich unsicher. »Wir wollen eine Webcam installieren.«

»Und Sie sind die Co-Piloten?«, wandte Cirillo sich an die junge Frau und den Mann, die sich als Sarah Neumann und Jerôme Dubois vorstellten. Sie erinnerten sich, sie hatten bereits mit Cirillo telefoniert und bestätigt, dass Elisa Constantini am Sonntagnachmittag, am Ende des Capri-Workshops, erst mit aufs Schiff wollte und dann doch auf der Insel blieb.

»Nicht weglaufen. Ich komme gleich noch mal auf euch zurück«, sagte Cirillo und ging zu den Bäumen, wo eine Gestalt dabei war, etwas in den Boden zu stecken, kleine Schilder. Raffaella Constantini trug eine Latzhose und hatte ihre Haare mit einem bunten Tuch zusammengebunden. Sie fotografierte die Schilder und betrachtete das Ergebnis auf ihrem Smartphone.

Als Cirillo auf sie zukam und grüßte, schaute Raffaella kaum auf, sondern fuhr fort, mit einem Stift in der Hand eine Liste auf einem Klemmbrett zu überfliegen und zu kontrollieren.

»Ist Erri auch da?«, fragte sie zerstreut, nachdem Cirillo gegrüßt hatte, holte weitere Schilder aus der Seitentasche ihrer Latzhose, schwarze Täfelchen, auf denen in weißer

Schrift Namen standen, und steckte sie nacheinander vor den Bäumen in die Erde: JULIETTE, EILEEN, DETLEF.

»Ich bin allein«, antwortete Cirillo und erkundigte sich, was es mit den Namen auf sich hatte.

»Das sind Leute, die eine Patenschaft für einen Baum übernommen haben«, erklärte Raffaella, machte Haken auf ihrer Liste und ging weiter.

Cirillo folgte ihr an den Bäumen entlang, die alle nicht besonders groß waren, aber voller grüner Früchte hingen, von denen sich die ersten bereits gelb färbten. Auch hier duftete es nach Zitronen, und Cirillo hatte das Gefühl, sie würde mit jedem Atemzug eine Dosis Vitamin C bekommen.

»Kann ich Ihnen irgendwie helfen?«, fragte Raffaella. »Suchen Sie etwas Bestimmtes?« Sie richtete die Schilder so aus, dass der Name gut zu lesen war, trat zurück und machte Fotos.

»Ich war bei Simon Mugele in der Limoncellofabrik, und da dachte ich, jetzt schaue ich mich mal bei Ihnen um.«

Während sie zwischen den Bäumen zu einem kleinen Klapptisch hinübergingen, erklärte Raffaella bereitwillig das Konzept des Crowdfarming: Der Verbraucher bezahle über das ganze Jahr einen monatlichen Betrag. Das seien Einzelpersonen, ganze Familien, manchmal auch Firmen. Die reifen Früchte würden dann auf Bestellung gepflückt, in umweltfreundliche Kartons verpackt und auf dem Landweg verschickt. Nach spätestens drei Tagen sei die Ware in Frankreich, Deutschland, Finnland oder wo auch immer der Crowdfarmer zu Hause sei, auf dem Tisch, und zwar ohne dass eine aufwendige Lagerung oder Kühlung nötig wäre. Das spare Zeit, Geld und Energie und schone die Umwelt. Es gebe keinen Zwischenhändler, keinen Discounter, kein Preisdumping. Stattdessen biologischer Anbau, Nachhaltigkeit, beste Qualität, faire Löhne und gute Arbeitsbedingungen. In Raffaellas Worten klang Begeisterung, aber auch Stolz über das Erreichte.

»Heißt das, Sie wollen bald nur noch Crowdfarming machen und alle Bäume zur Adoption freigeben?«, fragte Cirillo. »Dann würden die Bellinis ja ihren wichtigsten Zitronenlieferanten verlieren.«

»Hat Signor Mugele sich darüber bei Ihnen beschwert?« Raffaella legte ihr Klemmbrett auf dem Tisch ab und schien sich zu zwingen, ruhig und gelassen zu bleiben, als hätte Cirillo ein Reizthema angesprochen. »Soll ich Ihnen mal etwas sagen«, fuhr Raffaella mit gepresster Stimme fort: »Der Mann wird von uns seit Jahren auf Händen getragen. Bekommt beste Ware zum besten Preis. Er hatte wirklich lange genug Zeit, sich umzuorientieren und neue Lieferanten zu suchen.« Sie strich sich erregt die Haare aus dem Gesicht. »Sie müssen entschuldigen, ich bin im Moment etwas dünnhäutig.« Sie bückte sich, um Schilder aufzusammeln, die ihr heruntergefallen waren.

Cirillo half ihr dabei und versuchte, zu verstehen und zu ordnen, was sie hier an Informationen aufnahm. Sie hatte immer mehr das Gefühl, dass es auf dieser Plantage Geheimnisse gab.

»Eine Sache verstehe ich nicht«, begann Cirillo, ohne sich darum zu kümmern, dass Raffaella mit ihrer Miene keinen Hehl daraus machte, wie wenig Lust sie auf dieses Gespräch hatte und dass Cirillo ihr gewaltig auf die Nerven ging. »Warum verzichten Sie freiwillig auf einen Großabnehmer?«, fragte Cirillo. »Ist doch super, wenn die Bellinis mit ihrer Limoncellofabrik und ihrem riesigen Bedarf Ihnen garantiert eine bestimmte Menge an Zitronen abkaufen, oder nicht? Wenn Sie diesen Kunden verlieren, lacht die Konkurrenz sich doch ins Fäustchen.«

»Ich weiß«, unterbrach Raffaella Constantini. »Viele halten uns für verrückt, aber ich glaube fest an unser Projekt. Crowdfarming ist die Zukunft. Weil wir dem Markt und den Discountern etwas entgegensetzen. Wir haben eine Zeitlang versucht mitzuhalten, aber mit Dumpingpreisen funktioniert es nicht auf die Dauer. Wir machen uns jetzt frei davon, kalkulieren immer noch hart, machen faire Preise – und siehe: Die Nachfrage steigt trotzdem. Weil die Leute nicht dumm sind und wissen wollen, wo das Produkt herkommt und unter welchen Bedingungen es entsteht. Wie es aussieht, schreiben wir im kommenden Jahr schwarze Zahlen.« Raffaella Constantini pflanzte nacheinander neue Schilder – FAMILIE BÖTTINGER, TANJA, JENS UND KERSTIN – und sah dabei fast trotzig aus.

»Woher hat Simon Mugele eigentlich die Narbe?«, fragte Cirillo.

»Welche Narbe?«

»Haben Sie sie nie bemerkt?«

»Sprechen Sie von der Narbe an seinem Bein?«

»Ja, die meine ich.«

Raffaella zuckte gleichgültig die Achseln. »Keine Ahnung. Wahrscheinlich ist ihm in Afrika irgendwas zugestoßen. Er kam schon damals mit der Narbe zu uns. Fragen Sie ihn doch selbst.«

»Das haben wir getan. Er hat die Sache heruntergespielt.«

»Wenn Simon etwas gegen mich vorzubringen hat, dann soll er herkommen und es mir ins Gesicht sagen.« Raffaella raffte Klemmbrett, Stift und Schildchen zusammen. »Kommen Sie mit«, sagte sie, »ich muss Ihnen etwas zeigen.« Ohne ein weiteres Wort ging sie zum Haus. Cirillo folgte ihr.

Der Raum mit den Balken unter der Decke war dunkel und der Tisch in der Mitte so groß, dass vermutlich die halbe Belegschaft oder eine Großfamilie daran Platz nehmen konnte. Die Treppe, über die Raffaella verschwand, war auf der anderen Seite des Raumes, eine schmale Stiege hinter einem Pfeiler.

Im ersten Stock stand am Ende des Flurs die Tür sperrangelweit offen.

Cirillo trat ein ließ ihren Blick über einen Schreibtisch, einen Stapel Papiere und einen zusammengeklappten Laptop schweifen. Raffaella Constantini machte sich an einem Wandschrank zu schaffen, der aussah, als wäre er hier schon immer gewesen und das Haus erst später um ihn herum gebaut worden. Knarrend öffnete sie die Türen, und auf mehreren Regalen kamen Aktenordner zum Vorschein, dicht an dicht gestellt und ordentlich beschriftet.

Raffaella kümmerte sich nicht um die Akten, sondern zog unten eine Schublade auf, die so groß war, dass Cirillos gesamter Hausstand hineingepasst hätte, und holte ein Album mit einem dunkelgrünen Einband und abgenutzten goldenen Verzierungen heraus. Sie behandelte das Album mit keiner besonderen Vorsicht, sondern, im Gegenteil, ziemlich achtlos, als ginge es um einen Schinken, der jetzt dran war und endlich mal aufgeschnitten werden musste.

Sie schob die Papiere auf dem Tisch beiseite, legte das

Album ab und zögerte plötzlich, als bekäme sie Angst vor der Sache. Oder es war ein Ritual, und ihr gingen all die Regeln und Vorschriften durch den Kopf, die man ihr eingetrichtert hatte: Sei vorsichtig, nicht mit den Fingern, pass auf, wasch dir die Hände. Raffaella schlug das Buch auf.

Aufnahmen in Schwarzweiß, Constantini-Vorfahren vor dem Haus im Sonntagsstaat, schwarze Kleider und ernste Gesichter, weil das, was für die Ewigkeit abgelichtet wurde, würdig zu sein hatte. Raffaella blätterte über diese Bilder hinweg, bis erste Farbfotos auftauchten.

»Meine Großmutter«, sagte sie. »Tot.« Sie blätterte. »Meine Mamma – tot. Mein Papà Marcello – tot. Und hier: meine Schwester Elisa – ebenfalls tot.« Sie blätterte immer schneller. »Tot«, sagte sie. »Tot, tot, tot. Alle tot.«

Sie schlug das Album zu, sackte auf den Stuhl und lehnte sich erschöpft zurück. »Was hat Elisa sich eigentlich gedacht?«, fragte sie verzweifelt. »Steigt zu Simon ins Bett, bitte schön, aber warum in die Ape? Wo wollte sie überhaupt hin?« Herausfordernd schaute sie Cirillo an. »Haben Sie mal versucht, auf diese Frage eine Antwort zu finden?«

»Wir wissen es noch nicht. Tut mir leid.« Cirillo zog sich einen Stuhl heran. »Hat Elisa Ihnen erzählt, dass sie schwanger war?«

Raffaella starrte geradeaus auf den Tisch. »Nein«, sagte sie und fügte nach einer längeren Pause hinzu: »Hat sie nicht. Aber es passt.« Sie schüttelte ungläubig den Kopf. »Nicht nur zur falschen Zeit am falschen Ort, sondern auch noch schwanger. Immer das volle Programm.« Raffaella erhob sich, nahm das Album und ging damit zum Schrank.

»Ist Ihnen aufgefallen, dass zwischen den Farbfotos Bilder fehlen?«, fragte Cirillo.

Raffaella Constantini legte das Album in die Schublade und schob sie mit dem Fuß wieder zu. »Sie irren sich.«

»Als ob jemand Fotos aus dem Album entfernt hat.«

Raffaella machte den Schrank zu und drehte den Schlüssel herum. »Die Fotos hat mein Vater mit seiner alten Rolleiflex gemacht und eigenhändig eingeklebt, allesamt. Er hat bestimmt, wer reinkommt und wer nicht.« Raffaella Constantini stand, die Arme vor der Brust verschränkt, vor dem Schrank. »Bitte gehen Sie jetzt.«

»Natürlich.« Cirillo hob die Hände. »Ich habe Sie lange genug aufgehalten. Nur noch eine Frage: Wo kann ich mal eben schnell verschwinden?«

»Da entlang.« Raffaella Constantini zeigte gereizt mit dem Kinn die Richtung an.

*

Cirillo schloss geräuschvoll hinter sich ab, blieb hinter der Tür stehen und lauschte. Raffaella Constantini ging vorbei, den Flur entlang, die Stiege hinunter, dann verklangen ihre Schritte. Alles war ruhig.

Cirillo wartete noch eine Weile, dann öffnete sie lautlos, horchte noch einmal und huschte leise über den schmalen Läufer zurück ins Zimmer.

Die alten Scharniere des Schranks knarrten und quietschten entsetzlich. Cirillo öffnete die Türen mit einem Ruck, ein ohrenbetäubender Lärm, und hielt die Luft an.

Vor dem Haus waren Stimmen zu hören. Cirillo drückte

sich neben dem Fenster an die Wand und äugte vorsichtig hinunter.

Wilcox und Dubois waren dabei, die Kabeltrommeln in den Miettransporter zu verladen, während die beiden Frauen, Raffaella Constantini und Sarah Neumann, dabeistanden und schwatzten.

Ohne weiter Zeit zu verlieren, zog Cirillo die große Schublade auf, nahm das Album heraus und begann zu blättern. Nur der hintere Bereich interessierte sie, die Farbfotos. Es gab Aufnahmen von allen möglichen Leuten, auch von Renato, ja sogar von Aurora Bellini, wie sie im langen schwarzen Rock, mit misstrauischer Miene, zwischen den Zitronenbäumen stand. Aber auf keiner einzigen Aufnahme war Simon Mugele zu sehen. Drei leere Stellen zählte Cirillo. War Mugele vielleicht dort eingeklebt gewesen und eliminiert worden?

Unten sprang ein Motor an. Die Männer riefen sich Kommandos zu. Cirillo klappte das Album hastig zu, legte es zurück an seinen Platz, wollte die Lade rasch wieder zuschieben, aber der Kasten klemmte. Sie ruckelte, musste mit Händen, Knien und aller Kraft drücken, bis das Mistding endlich mit einem dumpfen Rums geschlossen war.

Sie atmete auf, als ihr Blick auf einen Ordner im Regal fiel, knapp über Augenhöhe, der einzige, der nicht senkrecht, sondern waagerecht beschriftet war und auf dessen vergilbtem Etikett nur ein Wort stand: *Bellini.*

Ohne lange zu überlegen, holte sie den Ordner heraus, öffnete ihn und begann zu blättern. Zahlen, alle handschriftlich notiert. Nichts als Zahlenkolonnen, akribisch mit dem Lineal gezogene Striche aus einer Zeit, als es noch keine Computer und kein Excel gab. Abrechnungen, die wahrscheinlich der alte Marcello angefertigt hatte, nichts Besonderes, schließlich war Aurora Bellini mit ihrem Bedarf an Zitronen für ihren Limoncello und die wachsende Anzahl florierender Marken schon damals eine Großkundin gewesen.

Sie wollte den Ordner wieder schließen, den Schrank zumachen und verschwinden, als sie ganz hinten, beim Aktendeckel, Plastik fühlte. Sie nahm den ganzen Packen Papier, blätterte ihn mit einem Mal um und stieß auf eine gräuliche, altmodische Klarsichthülle, in der ein Umschlag steckte.

»Was tun Sie da?«, fragte eine Stimme hinter ihr.

Cirillo, den Aktenordner auf den Knien, schloss die Augen und fluchte lautlos.

»Sie schnüffeln«, stellte Wilcox fest.

Cirillo hatte keine Zeit, lange zu überlegen. »Wilcox«, sagte sie und entschied sich für einen forschen Ton. »Was fällt Ihnen ein? Sie haben mich erschreckt.«

»Haben Sie überhaupt einen Durchsuchungsbeschluss?«, fragte er erregt.

»Jetzt machen Sie mal halblang, Wilcox«, erklärte Cirillo herablassend. »Sie sind kein Italiener und kennen sich doch überhaupt nicht aus. Kommen Sie her. Na los, machen Sie schon.«

Irritiert und zögernd trat er näher.

»Hier drinnen«, erklärte Cirillo mit gedämpfter Stimme und klopfte auf den Aktendeckel, »sind Unterlagen, die Ihre verehrte Chefin in eine höchst kompromittierende Lage bringen könnten. Verstehen Sie, was ich meine?«

Wilcox schüttelte verständnislos den Kopf.

Cirillo seufzte ungeduldig. »Wenn ich der Finanzaufsicht diese Unterlagen gebe, wozu ich verpflichtet bin, fliegt hier alles in die Luft. Verstehen Sie? Dann ist hier Schluss mit *Happy Fruits*. Wollen Sie das?«

Wilcox starrte verunsichert und überfordert auf den Ordner. »Ich weiß nicht«, stotterte er. »Ich verstehe nicht recht …«

»Natürlich nicht«, unterbrach Cirillo. »Wie auch?« Sie ließ ihn ein paar Sekunden lang zappeln, bis sie in pragmatischem Ton fortfuhr: »Passen Sie auf. Ich schließe jetzt diesen Ordner und tue so, als hätte ich nichts von diesem Material gesehen. Ich will nicht, dass die Finanzpolizei anfängt zu ermitteln und hier jeden Stein umdreht. Dann ist am Ende nämlich nichts mehr übrig von eurem sympathischen Projekt.«

Wilcox schaute starr geradeaus. Cirillo betrachtete ihn eindringlich. »Wir müssen jetzt zusammenhalten«, sagte sie. »Sie verraten Raffaella nicht, was Sie hier gesehen und erfahren haben, und ich schweige ebenfalls. Können wir uns darauf einigen?«

Wilcox nickte. »Sie können sich auf mich verlassen.«

»Glauben Sie mir, es ist für uns alle das Beste.« Cirillo stellte den Ordner zurück und schloss den Schrank.

Der Mietwagen war weg, und Raffaella Constantini und Sarah Neumann saßen unter der Pergola und steckten über dem Laptop die Köpfe zusammen.

»Soll Josh Ihnen ein Taxi rufen?«, bot Raffaella an, als Cirillo herauskam und sich verabschiedete.

»Schon erledigt.« Cirillo hielt ihr Telefon hoch.

»Aber die Preisliste«, erinnerte sich Raffaella. »Falls Sie

auch einmal Crowdfarmer werden wollen.« Sie wandte sich an Wilcox, der hinter Cirillo aus dem Haus geschlichen kam. »Josh, was ist los? Druck ihr doch noch schnell eine aus. Dann kann sie sie gleich mitnehmen.«

»Er schickt sie mir per Mail«, erklärte Cirillo. »Haben wir gerade alles besprochen. Übrigens, Signora Constantini: tolles Konzept.« Cirillo machte anerkennend den Daumen hoch. »Lassen Sie sich nicht davon abbringen. Von niemandem.«

Raffaella Constantini nickte überrascht. »Danke.«

Als Cirillo an der Straße ins Taxi mit demselben Fahrer stieg, der sie auch schon hergebracht hatte, ließ sie als Erstes die Scheibe herunter. Frische Luft wehte ihr ins Gesicht.

»Alles in Ordnung?« Der Fahrer schaute besorgt in den Rückspiegel.

»Alles bestens«, sagte sie und fühlte das Papier, den kleinen dünnen Umschlag in ihrer Jackentasche.

Sie öffnete ihn erst auf der Fähre, als sie ganz hinten saß und das *aliscafo* mit weniger als einem Dutzend Menschen an Bord Kurs auf Capri nahm.

Der Umschlag war nicht zugeklebt, der Papierbogen darin, gräuliches Karo, abgerissen von einem Rechenblock, zweimal gefaltet.

Sie faltete den Zettel auseinander und hielt den handgeschriebenen Text, krakelige, etwas ungelenke Buchstaben, ans Fenster, um ihn besser lesen zu können. Überschrift: *»Mein Letzter Wille.«* Es folgte ein langer, dürrer Satz. Ort, Datum. Unterschrift: Marcello Constantini.

Cirillo lehnte sich zurück. Die Sorrentiner Halbinsel verschwand im diesigen Licht, und voraus tauchte Capri auf. Die Silhouette, der steile Tiberio-Felsen, der Monte Solaro und, lang ausgestreckt, Anacapri. Dazwischen, wie hineingewürfelt, Capri-Stadt.

Dieses Schriftstück veränderte alles. Es war der Beweis, dass ihr Gefühl sie nicht getäuscht hatte und sie die ganze Zeit in die falsche Richtung ermittelt hatten.

14

Neapel, am Morgen, um 9.05 Uhr. Rizzi meldete sich in der Questura an der Via Medina beim Pförtner und erklärte, er sei Agente Enrico Rizzi vom Polizeiposten Capri und wünsche, Commissario Serra zu sprechen.

»Zimmer 301«, sagte der Mann hinter der Scheibe, und der Zahnstocher zwischen seinen Lippen wippte dabei auf und ab.

Die Leute, die ihm auf der Treppe begegneten, waren wahrscheinlich Polizisten in Zivil, auf dem Weg zur Dienstbesprechung oder in die Kantine, und die griesgrämigen Gestalten erfüllten Rizzi mit Mitleid. All diese Leute waren kleine Rädchen in einem riesigen Getriebe, und ein Einzelner konnte hier wahrscheinlich gar nichts bewegen.

Vielleicht lag es auch an diesem finsteren Bau aus der Mussolini-Zeit, den hohen Decken, dem schwarzen Granit und braunen Marmor und am indirekten Licht, dass die Stimmung und die Leute hier so abweisend waren. Wenn Rizzi auf der Treppe grüßte, erntete er jedenfalls Blicke, die im besten Fall erstaunt waren.

Sein Telefon machte sich in seiner Hosentasche bemerkbar, als eine Stimme durchs Atrium rief: »Agente Rizzi! Was tun Sie denn hier?«

Commissario Serra stand oben am Treppengeländer,

trug einen mausgrauen Anzug und dazu eine dunkelrote Krawatte, und sagte: »Wollen Sie etwa zu mir?«

»Ich muss mit Ihnen sprechen.« Rizzi schaute auf das Display seines Telefons, bevor er es wieder in seiner Hosentasche verschwinden ließ. »Haben Sie fünf Minuten?«

»Auch zehn, wenn Sie wollen. Kaffee? Sie sehen aus, als könnten Sie einen gebrauchen.« Serra klopfte Rizzi auf die Schulter. »Gehen Sie schon vor. Bin gleich bei Ihnen.«

Der Anruf kam vom Polizeiposten. Rizzi wollte, während er den Gang zu Serras Büro hinunterging, zurückrufen, als Teresa Villa bereits textete: *Besprechung mit Ispettore Lombardi auf 15.30 Uhr verschoben.*

Perfekt, schrieb Rizzi zurück. Diese Terminplanänderung verschaffte ihm Zeit, mit dem Commissario in Ruhe die Situation zu klären.

Sein Dienstbüro, Zimmer 301, war – verglichen mit dem luftigen Domizil von Ispettore Lombardi auf Capri – ein schlechter Scherz, ein grünliches Loch, in dem schon am Vormittag die Neonröhre flackerte. Wo Ispettore Lombardi einen Panoramablick auf den Golf von Neapel, den Vesuv und das Festland hatte, gab es hier ein Fenster, das auf einen von Tauben verkoteten Lichthof hinausging.

Hinter einer halbgeöffneten Tür war ein Kollege am Telefonieren. Rizzi hob grüßend die Hand und machte eine Geste, die besagte: Lass dich nicht von der Arbeit abhalten, ich warte hier nur auf den Commissario.

»Ich rufe dich in einer Minute zurück«, sagte der Mann in den Hörer und legte auf. »Sind Sie der Agente von Capri?«, fragte der Mann gereizt und kam um den Schreibtisch herum. Er trug einen gepflegten Dreitagebart und über einem blütenweißen Hemd den ledernen Brustgürtel für die Pistole. »Ich hatte Ihnen doch klar und deutlich gesagt, wie das bei uns läuft. Sie können hier nicht einfach so hereinschneien.«

In diesem Moment erschien Commissario Serra hinter Rizzi im Türrahmen. »Habt ihr euch schon miteinander bekannt gemacht?«, fragte er. »Kollege Scotto, mein neuester Neuzugang, gerade dabei, eine Sonderkommission zu bilden. Enrico Rizzi von der Insel der Glückseligen.« Serra nahm sein Jackett vom Haken. »Kommen Sie.« Er winkte Rizzi aus dem Raum und sagte zu Scotto: »Die nächste Stunde bin ich im Gambrinus und für niemanden zu sprechen.«

»Und was ist mit dem Finanzministerium?«, fragte Scotto.

»Hol dir Nicola.« Serra langte nach seinem Hut. »Aber verzettelt euch nicht, und lasst euch auf nichts ein. Verstanden?«

Als sie aus dem Gebäude traten und Richtung Via Toledo gingen, versuchte Rizzi, dem Commissario den Fall und sein Anliegen auseinanderzusetzen. »Es ist etwas kompliziert«, begann er und war noch gar nicht bei der Quetschmutter und dem eigentlichen Problem, als Serra, mit dem Telefon am Ohr, unterbrach: »Bin gleich bei Ihnen. Ich muss eine Sache auf den Weg bringen, sonst gibt es Ärger.«

Auf der Via Toledo kreuzte ein Barista mit Tablett von links, ein anderer kam von rechts, und beide waren in ihren langen Schürzen auf dem Weg zu den Verkäuferinnen und Verkäufern in den Boutiquen, die um diese Zeit öffneten und sich erst mal stärken mussten. Serra bekam nichts mit, auch nicht den Bettler, der mit ausgestreckter Hand um Almosen bat, und erteilte am Telefon in knappen Worten Instruktionen. Es ging um Schmutzwäsche, Fenster schließen und Schlüssel in den Briefkasten werfen.

»Alles in Ordnung?«, fragte Rizzi, als der Commissario aufgelegt hatte.

»Mein Sohn«, sagte Serra mit einer Handbewegung, die ironisch einen Prinzen zu beschreiben schien, und die Tauben auf der Piazza Trieste flatterten auf.

»Wie alt?«

»Achtzehn. Lebt bei meiner Ex in Florenz. Eine Woche war er hier, und wir haben auf Männer-WG gemacht, aber jetzt ist Schluss.«

»Kommt er nach Ihnen?«

»Aber so was von«, nickte Serra, und Rizzi spürte einen kleinen Stich, irgendwo zwischen Herz und Zwerchfell. Sein Sohn, der kleine Vito, wäre in diesem Jahr elf geworden, und wäre er noch am Leben gewesen, hätte er sich jetzt mit dem Commissario über ihre Söhne austauschen können. Sie hätten voreinander mit ihrem Nachwuchs geprahlt und sich vielleicht Fotos gezeigt. Aber das Schicksal hatte damals anders entschieden, und der Herrgott hatte den Jungen, kaum dass er auf der Erde angekommen war, schon wieder zu sich genommen. Dass sein Kind erwählt sei, wie Padre Ivano damals behauptete, war für Rizzi nie ein Trost gewesen, und bis heute quälten ihn sinnlose Gedanken, wenn er sich fragte, wie der Junge, der in Momenten wie diesen wie ein Geist neben ihm herzulaufen schien, heute wohl aussehen würde. Hätte er auch das Grübchen, die kleine Spalte im Kinn, die Rizzi von seinem Vater geerbt hatte, oder würde er mehr nach Matilda kommen? Aber natürlich waren solche Fragen müßig und führten zu nichts.

Der Kellner im Gambrinus wies ihnen den Weg zu einem Ecktisch am Fenster – wie sich herausstellte, Serras Stammplatz – und fragte: »Das Übliche?«

»Und noch ein bisschen obendrauf«, antwortete Serra, legte seinen Hut auf den Stuhl neben sich und fuhr sich mit der Hand über die Glatze, als wären dort Haare, die zurechtgestrichen werden müssten. »Ich habe Sie unterbrochen, Agente«, sagte er. »Schießen Sie los. Sonntagnacht.«

Rizzi berichtete vom vermeintlichen Unfall auf der Via Grotta Azzurra, von der gelockerten Quetschmutter, von zu wenig Bremsflüssigkeit und einer unschuldigen Person, die – mutmaßlich zur falschen Zeit am falschen Ort – sterben musste, dass der Täter sein Ziel verfehlt hatte und in diesen Minuten vielleicht schon den nächsten Anschlag plante.

»Verstehe«, sagte Serra nachdenklich, während der Kellner Kaffee servierte, duftende Cornetti und eine Etagère mittlerer Größe mit Sfogliatelle und mit Pistaziencreme gefüllten Cannoli. »Haben Sie eigentlich vor Ihrer Zeit als Polizist eine Ausbildung zum KFZ-Mechaniker gemacht?«, erkundigte sich Serra, während er begann, sein Cornetto mit Orangenkonfitüre zu bestreichen.

Rizzi verneinte und sagte: »Was wir brauchen, ist ein polizeiliches Gutachten, und zwar so schnell wie möglich, damit meine These vom Mordanschlag endlich offiziell bestätigt wird und die Mordkommission, also Sie, die Ermittlungen aufnimmt.«

»Mit Ihrer tatkräftigen Unterstützung, hoffe ich.«

»Selbstverständlich«, nickte Rizzi. »Wir stehen zur Verfügung«, sagte er und dachte für einen Moment an Ispettore Lombardi und daran, wie sein Vorgesetzter jetzt die Hände ringen würde.

»Wo, sagten Sie, liegt die Ape?« Serra hatte das Telefon neben seinem Teller liegen und begann zu tippen. »Via Grotta Azzurra?«

»Die Straße ist sehr lang«, erklärte Rizzi, »und die Unfallstelle ist nicht in Le Boffe, sondern unten in Damecuta. Unwegsames Gelände«, diktierte Rizzi weiter, »das Wrack ist von der Straße aus nicht zu sehen. Und eine Anfrage wegen der Bergung«, fügte er hinzu, »läuft auch bereits.«

»Grüß dich, Paolo«, sagte Serra in den Hörer. »Hör mal, ich schick dir gleich die Koordinaten von einem Kollegen aus Capri. Ihr müsst da rüber. Wichtige Sache. Ape. Richtig. Schafft ihr das heute noch?« Er schaute Rizzi an und bewegte dabei zuversichtlich die Augenbrauen. »Morgen früh? Wunderbar. Den Rest klärst du am besten mit dem Agente direkt. Rizzi heißt der Mann. Signatur folgt in Kürze.« Serra legte auf und teilte eine Zeppola in zwei Hälften. »Sonst noch was?«

»Das Unfallopfer müsste obduziert werden.«

»Haben Sie noch mehr so fromme Wünsche?« Serra griff wieder zum Telefon, während Rizzi berichtete, das Opfer sei angeblich schwanger gewesen und die Vaterschaft genauso ungeklärt wie die Frage, warum die junge Frau am frühen Montagmorgen auf der Via Grotta Azzurra unterwegs war. »Ich will wissen, ob das Opfer Drogen oder Alkohol konsumiert hat. Ich will den Mageninhalt kennen, um möglichst lückenlos die letzten Stunden aufzuklären, um so viele Eventualitäten wie möglich auszuschließen und sicherzugehen, dass es sich bei dem Opfer tatsächlich um ein Zufallsopfer handelt.«

»Schon gut«, murmelte Serra. »Sie kriegen ja Ihre Obduktion.« Er tippte in sein Smartphone. »Wie war der Name des Opfers?«

»Elisa Constantini.«

Serra signalisierte dem Kellner, dass er zahlen wollte, und sagte: »Gute Arbeit, Rizzi.« Er steckte sein Telefon ein und lehnte sich zurück. »Ich würde Sie gerne für eine Fortbildung auf der Polizeiakademie in Rapallo vorschlagen«, erklärte er. »Interesse?«

»Die Kaderschmiede?« Rizzi legte seine Serviette auf den Teller. »Das ist sehr schmeichelhaft, Commissario.«

»Gut.« Serra verschränkte zufrieden die Arme vor der Brust und betrachtete Rizzi, wie man einen Busch oder einen Baum betrachtet, bevor man entschied, welcher Ast oder welcher Trieb gekappt werden musste. »Dann werde ich mal schauen, was sich da machen lässt.«

»Wann ist die Fortbildung?«, fragte Rizzi.

»März.« Serra zückte wieder sein Smartphone.

»Erst?«

Serra nickte.

»Dann nur unter Vorbehalt.«

»Warum?« Der Commissario tippte auf dem Display. »Wegen Ispettore Lombardi machen Sie sich mal keine Sorgen.«

»Es ist wegen der Gärten. Da ist im März Hochkonjunktur.«

Serra schaute überrascht auf. »Sie machen Witze.«

»Ich weiß, das hört sich für Sie seltsam an, aber wie es im Moment aussieht, kann ich meinen Vater mit der Arbeit nicht allein lassen. Ich weiß, was Sie sagen wollen, Commissario.« Rizzi hob die Hand. »Aber eine bezahlbare Kraft, die selbständig arbeitet und weiß, was zu tun ist, ohne dass man ständig danebenstehen muss, fällt nicht mal eben vom Himmel.«

»Sie müssen wissen, was Sie wollen, Agente Rizzi«, sagte Serra, setzte seinen Hut auf, schob ihn sich aus der Stirn und sah plötzlich fast verwegen aus. »Und vor allem müssen Sie sich entscheiden: Wollen Sie in Ihrem Beruf vorankommen, oder wollen Sie auf Capri versauern und irgendwann, als Höhepunkt Ihrer Karriere, den Ispettore beerben?« Serras Augen hatten einen spöttischen Ausdruck. »Schöne Aussichten für den Rest Ihres Lebens, kann ich da nur sagen. Aber im Ernst: Gemütlich Anzeigen und Strafzettel sortieren, ein bisschen die Statistik frisieren und ansonsten die Eier schaukeln – es gibt natürlich grauenvollere Perspektiven.« Serra lehnte sich über den Tisch. »Aber, Agente Rizzi, überlegen Sie mal: Wollen Sie das?«

15

Was habt ihr euch eigentlich dabei gedacht?«, bellte der Ispettore, kaum dass Rizzi eingetreten war. »Zwei Agenti gondeln fröhlich nach Sorrent, machen sich einen schönen Tag, und die Protokolle bleiben auf der Strecke?« Er klopfte auf den Tisch. »Euer nächtlicher Einsatz bei Raffaella Constantini an der Via Castiglione, die Festnahme von Mario Pinta, das Verhör und dass ihr ihn habt laufenlassen – keinen einzigen Satz finde ich dazu im Protokollordner!« Er lehnte sich zurück und faltete, von seinem eigenen Zornausbruch schon wieder halbwegs besänftigt, die Hände vor dem Bauch. »Agenti, so geht das jedenfalls nicht«, sagte er. »Wie soll ich mir denn einen Überblick verschaffen?«

»Zur Arbeitsweise hier am Polizeiposten würde ich auch gerne eine Bemerkung machen«, ließ Cirillo sich von ihrem Stehplatz am Fenster vernehmen. »Etwas Grundsätzliches.«

»Nicht jetzt«, fuhr Lombardi ihr über den Mund. »Wissen Sie eigentlich«, fuhr er hoch, »was so eine Überfahrt mit dem Polizeiboot kostet? Ich muss eure Sause der Rechnungsstelle erklären. Meine Lieben, Bootsfahrten aus Jux und Tollerei und zur Abwechslung vielleicht mal eine kleine Kontrollfahrt rund um die Insel, wie wir es früher gemacht haben, als die Mittel noch in Hülle und Fülle zur Verfügung standen – das ist vorbei. Das geht heute einfach nicht mehr.«

»Es bestand Handlungsbedarf, Ispettore.« Rizzi signalisierte Cirillo mit einem Blick, dass sie ihn jetzt bitte erst einmal reden lassen solle, und berichtete, wie die Situation gewesen war: dass Simon Mugele ohne Angabe von Gründen, entgegen dem ärztlichen Rat, das Krankenhaus Capilupi verließ und von einer Minute auf die andere weg war. Wie in einer unübersichtlichen Situation Verdacht auf Verdunkelungsgefahr bestand und man blitzschnell habe entscheiden müssen, was zu tun war, ohne dass sie Ispettore Lombardi mit seinem klugen Rat und seiner besonnenen Art hatten hinzuziehen können, weil er ja wegen wichtiger Termine auf dem Festland unabkömmlich und nicht zu erreichen gewesen war.

Ispettore Lombardi seufzte und nickte verständnisvoll, als würde ihm in diesem Moment die Wichtigkeit seines Termins auf dem Festland noch einmal vor Augen stehen, und der Gedanke daran, wahrscheinlich an den Busen der Signora Iwanowa, machte seine weichen Gesichtszüge noch weicher. »Gut gemacht, Agente Rizzi«, erklärte Lombardi versöhnlich. »Ich sehe: Sie haben Tatkraft bewiesen, Verantwortungsbewusstsein gezeigt und in einer, wie Sie selbst sagen, unübersichtlichen Lage die Nerven behalten. Weiter«, bat er. »Wie ist der Einsatz verlaufen? Konnten Sie Signor Mugele schnappen und in die Mangel nehmen?«

»Selbstverständlich, Ispettore.«

»Und hat er gestanden?«

»Gestanden?« Rizzi schaute den Ispettore fragend an.

»Was sollte er denn gestehen? Dass er mit Elisa Constantini ein intimes Verhältnis hatte? Das ist, wie Sie wissen, nicht strafbar.«

»Was faseln Sie da?« Lombardi rang ungeduldig die Hände. »Er soll gestehen, dass er seine Ape verrotten lässt. Dass das Fahrzeug nicht verkehrssicher war und er nicht verhindert hat, dass jedermann in dieses Höllenfahrzeug steigt, damit losfährt und sich das Genick bricht. Was starren Sie mich so an, Agente? Es wäre seine Pflicht gewesen! Er soll diese Schlamperei zugeben, damit wir die Akte schließen und zum Tagesgeschäft übergehen können. Denn damit haben wir, weiß Gott, schon genug zu tun.« Lombardi schaute auf seine goldene Armbanduhr.

»Ich fürchte«, sagte Rizzi, »der Fall liegt etwas komplizierter.«

»Der Fall ist ganz klar«, widersprach Lombardi, »und wir werden ihn nicht unnötig verkomplizieren.« Er schaute Rizzi scharf an. »Haben Sie mich verstanden?«

Rizzi ging nicht darauf ein. »Morgen wird die Ape geborgen«, erklärte er sachlich. »Die Anordnung kommt von ganz oben, von Commissario Serra persönlich. Danach erstellen die Sachverständigen ein Gutachten über die Unfallursache, das uns hoffentlich bis zum Wochenende vorliegt, und dann ist es offiziell, dass jemand mutwillig die Bremsen der Ape manipuliert hat. Erstens. Lassen Sie mich bitte ausreden, Ispettore. Zweitens hat Neapel eine Obduktion des Leichnams angeordnet.«

»Warum weiß ich davon nichts?«, unterbrach Lombardi und nestelte an seinem Krawattenknoten. »Wieso plötzlich dieser Aktionismus? Haben Sie in Neapel etwa über meinen Kopf hinweg irgendwelche Strippen gezogen? Haben Sie mit dem Commissario gesprochen?«

»Es hat sich zufällig so ergeben, Ispettore«, gestand Rizzi, »zumal ich wusste, dass es ganz in Ihrem Sinne ist.«

»Verdammt noch mal!« Lombardi schlug auf den Tisch, und vom Porzellandöschen sprang der Deckel in die Höhe. »Sie haben schon genug Staub aufgewirbelt! Ganz Capri redet über nichts anderes mehr als über die Liaison von Elisa Constantini mit Simon Mugele, und der hinterbliebene Ehemann in seiner Trauer wird zum Gespött der gesamten Insel. Können Sie sich überhaupt vorstellen, was der Mann zurzeit durchmacht und welche Höllenqualen er leidet? Zeigen Sie doch mal ein bisschen Mitgefühl.«

»Mit Verlaub, Ispettore, die ganze Insel redet über den Tod von Elisa Constantini und dass bei dem Unfall etwas nicht mit rechten Dingen zugegangen ist.«

»Weil Sie diese Geschichte in die Welt gesetzt haben!«

»Weil es den Tatsachen entspricht, die ich ganz bestimmt nicht unter den Teppich kehren werde.«

»Niemand will etwas unter den Teppich kehren, Agente, und ich verbitte mir solche Unterstellungen.« Lombardi fuchtelte mit der Hand durch die Luft. »Oder Sie riskieren eine Abmahnung. Mir geht es allein um den Inselfrieden, der – wenn Sie so weitermachen – langfristig großen Schaden nehmen wird.«

»Der erst wieder hergestellt ist, wenn dieser Fall lückenlos aufgeklärt wird«, korrigierte Rizzi.

»Müssen Sie eigentlich immer das letzte Wort haben?«, schrie Lombardi und drehte sich irritiert zu Cirillo herum, die plötzlich hinter ihm stand und ihm wortlos einen Zettel aus grauem Rechenpapier auf die Schreibtischunterlage legte.

»Was ist das?«, bellte er, tastete in den Taschen seiner Uniformjacke, schaute suchend auf dem Schreibtisch herum und fand seine Brille schließlich unter seiner Mütze, neben dem Telefon.

Umständlich setzte er das Gestell auf. »Was ist das?«, fragte er. »Woher haben Sie das?«

»Lesen Sie.« Cirillo stand wie eine Gefängnisaufseherin neben Lombardis Schreibtisch.

Lombardi gehorchte, murmelte nach wenigen Sekunden: »Das kann doch nicht wahr sein«, setzte sich noch einmal auf seinem weichen Stuhl zurecht, konzentrierte sich und schien das Ganze noch einmal zu lesen, Wort für Wort, Zeile für Zeile, wobei er lautlos die Lippen bewegte. Dann, mit dem Papier in der Hand und kleinen Schweißtropfen auf der Stirn, starrte er vor sich hin.

»Darf ich?« Rizzi beugte sich vor und nahm Lombardi das Papier aus der Hand, ohne dass der Ispettore darauf reagierte oder die Stellung seiner Finger veränderte.

Der Text war handschriftlich verfasst. *Mein Letzter Wille*, las Rizzi.

Hiermit bestimme ich, Marcello Emanuele Constantini, dass 80 Prozent unserer Zitronenernte, der Sorte Ovale di Sorrento, an Aurora Bellini und ihr Unternehmen Casa Bellini geliefert werden und dass Casa Bellini bei jeder Lieferung ein Rabatt gewährt wird, der 20 Prozent unter dem marktüblichen Preis liegt. Dieses hat über meinen Tod hinaus bis zum Ableben von Aurora Bellini zu geschehen, solange sich das Unternehmen in ihrem Besitz befindet. Unterschrift: Marcello Constantini.

Rizzi legte das Schriftstück zurück auf den Tisch und sagte: »Das ändert natürlich alles.«

»Allerdings.« Cirillo hatte die Arme abwartend vor der Brust verschränkt und schaute auf Lombardis kahlen Kopf herunter wie auf den Panzer eines Käfers, der sich nicht rührte.

»Wir haben in die falsche Richtung ermittelt«, erklärte sie. »So etwas kommt vor, aber jetzt müssen wir der Tatsache ins Auge sehen. Nicht Simon Mugele, sondern Aurora Bellini galt der Anschlag.«

»Woher hast du das Schriftstück?«, fragte Rizzi.

»Aus dem Büro von Raffaella Constantini in Sorrent«, erklärte Cirillo, »aus einem Ordner mit der Aufschrift ›Bellini‹.« Sie schaute irritiert zwischen Rizzi und Lombardi hin und her. »Habt ihr verstanden, worum es hier geht?«, fragte sie. »Die Verfügung ihres Vaters ist für Raffaella wie eine Schlinge, die er ihr um den Hals gelegt hat. Er verpflichtet sie über seinen Tod hinaus, seiner geliebten Aurora Bellini zeit ihres Lebens die Vorteile zu gewähren, die er ihr zu seinen Lebzeiten auch gewährt hat. Dass sie von Constantinis höchste Qualität zum Dumpingpreis bekommt.«

»Das ist doch Wahnsinn«, murmelte Rizzi. »Ich meine, wo kommen wir denn da hin?«

»Absolut«, stimmte Cirillo zu. »Der Deal mag zu seiner Zeit funktioniert haben, vor allem für Aurora Bellini, die damit reich geworden ist, aber anscheinend auch für Marcello Constantini selbst, der für seine Zitronen einen garantierten Großabnehmer hatte. Und weil es so gut funktionierte, sollte dieser Deal gewissermaßen zementiert und für möglichst lange Zeit festgeschrieben werden.« Cirillo ging zurück zum Fenster. »Aber das geht nur«, fuhr sie fort, als würde sie zu sich selbst sprechen, »solange sich niemand bewegt und jeder auf seinem angestammten Platz bleibt. Aber Raffaella bewegt sich gerade. Sie will ein ganz anderes Unternehmen, und dieser Uralt-Deal nimmt ihr jeden Spielraum für Investitionen. Und sie will investieren – in ihre neue Idee, in ihr Baby, wie sie sagt.«

»Sieht nach einem klaren Motiv aus«, sagte Rizzi. »Aurora Bellini muss weg, damit der Deal hinfällig wird.«

»Meinst du, Raffaella kennt sich technisch mit der Ape aus?«, fragte Cirillo.

»Mit Sicherheit«, nickte Rizzi. »Und Gelegenheit, sich während des Wochenend-Workshops mal unbemerkt davonzustehlen, hatte sie auch.« Rizzi lehnte sich zurück und verschränkte die Hände am Hinterkopf. »So eine verdammte Scheiße«, sagte er in die Stille hinein. Er stand auf. »Okay. Wie müssen wir uns das konkret vorstellen? Ihre finanziellen Mittel sind an den Letzten Willen ihres Vaters und an die Lebenszeit von Aurora Bellini gebunden. Also geht sie los, schraubt an der Ape herum, und das Problem löst sich von selbst?«

»So ist es«, sagte Cirillo. »Nur dass statt Aurora ihre eigene Schwester in die Ape steigt, Elisa.«

Rizzi schüttelte den Kopf. »Etwas passt mir hier nicht ins Bild. Du vergisst die Tatsache, dass Raffaella Aurora seit ihrer Kindheit kennt. Sie muss sie deshalb nicht lieben, aber sie respektiert sie.«

»Dein Problem ist, dass du keinen Abstand hast«, widersprach Cirillo ungeduldig. »Nur weil du Raffaella schon so lange kennst, glaubst du automatisch zu wissen, was in ihr vorgeht. Aber das stimmt einfach nicht. Raffaella hängt an ihrem Projekt, vielleicht mehr als an allem anderen, und diese Vereinbarung, die an Auroras Lebenszeit gekoppelt ist, droht ihrem Baby gewissermaßen die Luft abzuschnüren.« Cirillo drehte sich um und schaute zum Fenster hinaus, wo sich am Himmel die Reihe ordentlicher Schäfchenwolken langsam zu einer dunklen Decke verdichtete.

»Es reicht«, unterbrach Lombardi, der aus einer Art Schockstarre zu erwachen schien. »Dieser Letzte Wille von Marcello Constantini, den Sie aus irgendeinem verstaubten Ordner gegraben haben, ist das Rechenpapier nicht wert, auf dem er steht«, erklärte er. »Der Zettel mit dem Geschreibsel verpflichtet Raffaella zu gar nichts, und das weiß sie. Diese Frau ist nämlich nicht auf den Kopf gefallen.«

»Vermutlich haben Sie recht, Ispettore«, pflichtete Rizzi seinem Chef bei. »Vor Gericht hat dieses Schriftstück, ein Testament ohne notarielle Beglaubigung und Stempel, tatsächlich keinen Bestand. Aber zwischen den Familien sehr wohl.« Rizzi tippte auf das Schriftstück. »Ich meine, es ist immer noch Marcellos Letzter Wille, der Wille eines Familienoberhaupts, den kann man vielleicht per Gerichtsbeschluss außer Kraft setzen, aber es bleibt trotzdem sein Letzter Wille.«

»Und was heißt das jetzt?« Cirillo schaute irritiert von Rizzi zu Lombardi und wieder zurück. »Tatsache ist, Raffaella steht das Wasser bis zum Hals. Sie spielt es zwar herunter und behauptet, sie würde mit ihrem neuen Konzept kurz vor dem Durchbruch stehen und könne sich vor Anfragen kaum retten, aber sie hat auch zugegeben, dass sie mit dem Crowdfarming immer noch keine schwarzen Zahlen schreibt. Und dass sie weiter investieren und neue Bäume für die Adoption freigeben muss, die vielleicht gebraucht würden, um den Bellini-Zitronenbedarf zu decken.«

»Wovon reden Sie?«, fragte Lombardi verständnislos. »Adoption? Crowdfarming? Ist unsere Raffaella jetzt bei einer Sekte?«

»Crowdfarming«, erklärte Rizzi, »ist die Idee von einer anderen Landwirtschaft. Jeder Baum bekommt einen Paten, die Ernte dieses Baumes wird ihm direkt nach Hause zugestellt, und die Paten können ihren Baum in den Ferien sogar besuchen. Es ist eine verrückte, aber charmante Idee, und ich hätte nie gedacht, dass so etwas funktioniert.«

»Jetzt kommen Sie mal wieder auf den Teppich.« Lombardi fuhr sich überfordert mit seinem Taschentuch über die Stirn. »Ich sage nur eins«, erklärte er. »Wenn wir Raffaella Constantini jetzt wegen Mordverdacht abführen und Commissario Serra und die Mordkommission in Neapel einschalten, dann geht hier auf der Insel ein Sturm los. Dann gibt es kein Halten mehr. Die Geschichte ist für die Leute einfach zu schön.«

»Was soll das heißen?«, fragte Cirillo alarmiert. »Was schlagen Sie vor?«

»Wir warten jetzt erst einmal das Gutachten aus Neapel ab.« Lombardi lehnte sich zurück. »Und wenn die These von Agente Rizzi offiziell bestätigt werden sollte, dass tatsächlich jemand die Bremsen der Ape manipuliert hat, schauen wir weiter.« Lombardi hob wie ein Stoppschild seine Hand gegen Cirillo, wobei er sie demonstrativ nicht anschaute, und befahl: »Kein Wort mehr, Agente Cirillo. Sie kennen jetzt die Vorgaben, und bitte halten Sie sich daran. Bis das Gutachten vorliegt, unternehmen wir in diesem Fall gar nichts.« Er schaute Rizzi scharf an. »Das gilt auch für Sie, Agente Rizzi!«

*

Cirillo hätte erwartet, dass Rizzi ihr nach dieser Besprechung beipflichten und sagen würde: Lombardi spinnt. Wir knöpfen uns jetzt, noch heute Abend, Raffaella Constantini vor. Worauf warten wir? Die Frau hat ein Motiv, sie hat die Fähigkeit und hatte die Möglichkeit, die Ape zu manipulieren, und der Anschlag galt nicht Simon Mugele, sondern Aurora Bellini.

Aber statt aktiv zu werden, legte Rizzi ihr einen Zettel hin, den er auf seinem Schreibtisch gefunden hatte. *Silvia Lazzeri bittet um Rückruf*, stand da in Teresas Handschrift, darunter eine Telefonnummer.

»Fahr morgen mal rüber, und hör dir an, was sie will«, sagte er. »Die war früher mal ganz dicke mit Elisa Constantini, und vielleicht war sie es immer noch. Aber für heute kannst du Feierabend machen.« Mit diesen Worten holte er einen Kanister mit Alkohol unter seinem Schreibtisch hervor, den er anscheinend aus Neapel mitgebracht hatte.

Cirillo konnte es nicht fassen. Weder hatte Rizzi ihr Aufgaben zu erteilen, auf die er selbst offensichtlich keine Lust hatte, noch musste er ihr sagen, ob und wann sie Feierabend machen sollte. Und er tat dabei, als wäre es vollkommen normal. Und so empfand er es wohl auch.

Viel schlimmer aber war, dass sie ihn überschätzt und gehofft hatte, sie würden sich nun zusammen Raffaella vornehmen. Stattdessen vermied er es, ihr in die Augen zu sehen.

Nichts unterschied Rizzi von den üblichen Sesselfurzern, die man gemeinhin an Polizeiposten wie diesen traf. Maul halten, Dienst nach Vorschrift, nach oben hin kuschen. Das ganze miese Provinzpolizei-Schmalspur-Programm. Und wenn etwas nicht ins schöne Capri-Bild passte: Augen schließen.

Sie ging zu ihrem Motorroller, klappte den Sattel hoch und holte den Helm heraus. Ihr war übel. Sie hätte laut schreien wollen, aber stattdessen legte sie den Kopf in den Nacken und schaute stumm in den Abendhimmel. Diagonal verlief eine schmale Wolkenbank, die im Licht der untergehenden Sonne wie ein Goldbarren aussah, der an der unteren Hälfte lilablau angemalt war.

Alles, was sie hier erlebte, kam ihr unglaublich vor.

Wozu sollte sie sich aufspielen? Sie leitete hier nicht die Ermittlungen. Sie hatte sich geschworen, nicht aus der Reihe zu tanzen, sich nichts zuschulden kommen zu lassen und hier ohne Eintrag in ihrer Personalakte, mit einer blütenweißen Weste, so schnell wie möglich, spätestens nach zwei Jahren, wieder zu verschwinden. Sie würde weiterhin versuchen, sich brav einzureihen und alle Anweisungen zu befolgen.

»Kann ich irgendetwas für dich tun?« Alberto lehnte mit dem Smartphone in der Hand vor seiner Roxy Bar.

Mich in Ruhe lassen, dachte Cirillo und setzte wortlos ihren Helm auf.

»Dass die schönste aller Polizistinnen so trübsinnig guckt, kann ich nicht zulassen.« Alberto ließ sein Telefon verschwinden. »Erzähl«, sagte er. »Hat es mit deinem Kollegen Rizzi zu tun? Der war nämlich auch so kurz angebunden, als er eben weggefahren ist. Klär mich auf, und ich knöpf ihn mir mal vor.«

»Spar dir die Nummer«, entgegnete Cirillo und schloss den Riemen unter ihrem Kinn. »Ihr haltet doch sowieso alle zusammen.« Sie machte den Reißverschluss von ihrer Jacke zu.

»Soll ich dir einen Tipp geben?« Alberto kam herübergeschlendert. »Du darfst ihn nicht so ernst nehmen. Er sagt manchmal Sachen, die meint er nicht so.« Er stand direkt vor ihr und suchte ihren Blick. »So, wie du aussiehst«, erklärte er, »brauchst du mal etwas Abstand.« Er legte seine Hände auf den Lenker und kümmerte sich nicht darum, dass sie den Motor startete. »Weißt du was? Ich mache uns jetzt einen Drink«, sagte er, ließ sie stehen und ging in seine Bar.

Cirillo schaute ihm seufzend hinterher, stellte zu ihrem eigenen Erstaunen den Motor wieder aus und sagte, als sie ihm in die Bar folgte: »Vielleicht eine *spremuta d'arancia*.«

Er holte eine Flasche Gin vom Regal. »Du hattest einen harten Tag, aber er liegt jetzt hinter dir. Du hast Feierabend, und du bekommst jetzt einen Negroni«, bestimmte Alberto. »Meiner ist berühmt. Du wirst ihn lieben.« Er warf eine Orange in die Luft, fing sie auf und halbierte sie präzise in der Mitte.

Cirillo schaute wortlos zu, wie er die Orange auspresste, und dachte, dass sie selten, vielleicht noch nie einem Barkeeper bei der Zubereitung eines Drinks zugeschaut hatte, der so sonnengebräunte Hände hatte wie Alberto, und sie hatte in ihrem Leben schon einigen Barkeepern bei der Arbeit zugeschaut.

»Ich sage immer, ein guter Drink braucht viel Liebe«, erklärte Alberto. »Du glaubst mir nicht?« Er öffnete eine Campari-Flasche. »Soll ich es dir beweisen?«

»Jetzt leg zur Abwechslung mal eine andere Platte auf.« Cirillo hängte ihren Helm an die Tresenstange. »Und erklär mir, was mit deinem besten Freund nicht stimmt. Ist der immer so feige? Alle Fakten liegen auf dem Tisch, und weil ihm die Fakten nicht gefallen, zieht er den Schwanz ein.«

»Vergiss Erri.« Alberto machte eine wegwerfende Handbewegung und stellte zwei Gläser bereit. »Ich liebe ihn wie meinen Bruder, Ehrenwort, aber von den meisten Dingen hat er keine Ahnung.«

»Was soll das heißen?« Cirillo strich sich eine Strähne hinters Ohr. »Wovon, zum Beispiel, hat er keine Ahnung? Ich dachte, dein Erri wäre perfekt.«

»Perfekt?« Alberto setzte das Pokerface eines Mannes auf, der kurz davor war, die Karten auf den Tisch zu legen. »Dann probier mal seine Tomatensauce.«

»Wie bitte?«

»Wenn ich eine Tomatensauce mache, setze ich dafür drei Tage an«, erklärte Alberto großspurig. »Minimum. Drei volle Tage. Das ist dann eine Sauce, die du dein Leben lang nicht vergisst. Nicht wie Erris, die mal eben im Vorbeigehen zusammengeworfen ist, wie übrigens alles, was er in der Küche fabriziert. Keine Liebe! Du glaubst mir nicht? Dann komm mich mal besuchen, und ich koche dir genau diese Tomatensauce, die du dein Leben lang nie wieder vergessen wirst. Wie diesen Drink.« Er legte eine kleine quadratische Serviette bereit und servierte den Negroni mit einer Bewegung, als wären sie an der Piazza del Duomo in Mailand und nicht auf Capri am kleinen Kreisverkehr.

Sie nippte, fuhr sich prüfend mit der Zungenspitze über die Lippen, und Alberto, dem vor Eifer eine seiner geölten schwarzen Locken ins Gesicht gefallen war, schaute sie gespannt an.

Sie nahm in aller Ruhe noch einen kleinen Schluck, schmeckte der bitteren Süße hinterher, stellte das Glas ab und sagte: »Wer ist Silvia Lazzeri?«

»Tochter von Lorenzo«, antwortete Alberto. »Wieso?«

»Und wer ist Lorenzo?«

»Ihm gehört das Restaurant unten in Gradola. Warum willst du das wissen?«

»Und was hat Silvia Lazzeri, seine Tochter, mit Elisa Constantini zu tun?«

»Keine Ahnung.« Alberto legte den Kopf in den Nacken. »Und es interessiert mich auch nicht.«

»Warum werdet ihr immer alle so wortkarg und verschlossen, wenn es um eure Leute geht?«, fragte Cirillo. »Zwischen Elisa Constantini und Silvia Lazzeri muss es eine echte und wahrhafte Verbindung geben.«

»Gut möglich«, entgegnete Alberto, »aber warum soll ich mich über Silvia Lazzeri aus Gradola unterhalten, wenn vor mir eine Frau von Format steht, in deren Augen ich die ganze Welt finde und die mir nicht mal ein Kompliment für meinen Negroni macht.«

Cirillo klopfte mit dem Zeigefinger auf den Tresen. »Ich stelle hier die Fragen!«

»Nein«, widersprach Alberto. »Sperr mal die Polizistin weg. Du bist hier nicht im Dienst.«

»Ich bin immer im Dienst«, behauptete Cirillo und umfasste mit beiden Händen das schlanke Glas.

»Dann schau dich doch mal um.« Alberto trat einen Schritt zurück und breitete die Arme aus. »Die Welt hat so viel zu bieten, es gibt so viele Möglichkeiten, du musst sie nur beim Schopf packen.«

Cirillo trank aus, wischte sich mit dem Handrücken über den Mund und sagte: »Ich bin Polizistin und muss mir von niemandem erzählen lassen, wie ich meinen Job zu machen habe. Schon gar nicht von einem Wichtigtuer, wie dein bester Freund Rizzi einer ist.« Sie nahm ihren Helm und drehte sich noch einmal zu Alberto herum. »Wenn Raffaella versucht hat, Aurora Bellini loszuwerden, dann ist sie für den Tod ihrer Schwester verantwortlich.«

»Ich verstehe kein Wort.« Alberto lächelte breit.

Cirillo trat näher. »Sie hat die letzte Person aus ihrer Familie, die noch lebt, ins Jenseits befördert. Und weißt du, was das bedeutet?« Sie schaute in Albertos Augen, sah darin helle, meerblaue Sprenkel und hob den Finger. »Das Leben, das Raffaella hatte, mit Schwester, Firma und allem, was sie aufgebaut hat, ist gerade dabei zu zerbröseln.«

»Ich verstehe kein Wort«, wiederholte Alberto und stützte seinen Kopf auf die Hand. »Aber erzähl weiter. Wenn du so redest – ich könnte dir ewig zuhören.«

*

Zu Hause warf Cirillo ihre Uniformjacke über den Stuhl, setzte sich aufs Bett, das unter ihr wie eine Gefängnispritsche knarrte, und vergrub ihr Gesicht in den Händen.

Es war kalt in ihrem Zimmer. Entweder Signora Spirelli, die alte Schreckschraube, stellte ihr innerhalb der nächsten vierundzwanzig Stunden eine vernünftige Heizung hin, oder Cirillo würde selbst aktiv werden, eine Elektroheizung anschließen, das Ding rund um die Uhr bollern lassen und die Stromkosten von der Miete abziehen.

Sie suchte in ihrer Nachttischschublade, fand die angebrochene Zigarettenpackung und auch die Streichhölzer und merkte, dass ihre Hände zitterten.

Sie rauchte auf dem Balkon, schaute in die Dunkelheit und glaubte, das Meer zu hören. Irgendwo in die Richtung lag Schweden, Stockholm, und irgendwo da war Oscar. Wahrscheinlich starrte er gerade in sein Smartphone oder vielleicht auch in die Augen irgendeines Mädchens – oder eines Jungen. Was wusste sie schon? Sie wusste so vieles nicht, was ihren Sohn zurzeit beschäftigte, aber sie wünschte sich, dass er glücklich war und dass er vielleicht, in diesem Moment, nur ganz kurz an seine Mutter dachte. Sie kämpfte mit den Tränen. Die Sehnsucht fühlte sich an wie ein Messer in ihrer Brust.

»Mensch, Mamma«, würde Oscar jetzt sagen. »Chill mal.« Und wahrscheinlich hatte er recht. Sie drückte ihre Zigarette aus.

Die Flasche Rosé stand immer noch unter der Spüle, wo sie sie zwischen die Putzmittel gestellt hatte. Ein paar Wochen hatte sie durchgehalten, immerhin. Sie goss sich ein Glas ein, trank die Hälfte in einem Zug aus, ein widerlich warmes Zeug, füllte den Rest mit kaltem Wasser auf und stellte die Flasche zurück zu den Putzmitteln. Der Kühlschrank brummte, und Cirillo war froh, dass die letzten Feriengäste abgereist waren, mit denen sie diese Küche teilen musste. Im neuen Jahr, bevor die Saison wieder losging, nahm sie sich vor, würde sie sich etwas Vernünftiges suchen, etwas nur für sich, und dieses Provisorium gegen eine Wohnung mit einem Extrazimmer für Oscar tauschen. Und dann, hoffte sie, würde er sie auch endlich einmal besuchen kommen.

Während sie an der Spüle lehnte, scrollte sie in ihrem Telefon durch den Nachrichteneingang und stieß – rein zufällig – auf die Nachrichten von Davide, die er ihr seit jener Nacht geschickt hatte. Zwölf Liebesbotschaften waren es inzwischen, die sie gespeichert hatte und sich in trostlosen Momenten wie diesen wie Pralinen auf der Zunge zergehen ließ. Sie antwortete nicht, hielt nicht an etwas fest, was sowieso keine Zukunft hatte, um nicht früher oder später eins in die Fresse zu bekommen. Nein, sie würde diese Nacht in ihrem Herzen bewahren und davon zehren wie die Bienenkönigin vom Honig.

Sie holte die Flasche noch einmal hervor, trank sie aus und versenkte sie im Müll, als hätte es sie nie gegeben. Adieu, Davide. Schade, der Mann war eigentlich sympathisch gewesen. Außerdem hübsch. Und phantasievoll. Voller Überraschungen, das konnte man nicht anders sagen.

Betrunken lag sie auf dem Bett, schloss die Augen, und alles drehte sich – was nicht unangenehm war. Sie könnte sich an diesen Zustand gewöhnen, dachte sie, musste plötzlich kichern, ohne zu wissen, warum, und im nächsten Moment war ihr zum Heulen zumute.

Sie war anscheinend eingeschlafen und wachte auf, weil ihr Telefon klingelte. Draußen war es schon hell, und sie hatte noch immer ihre Uniform an. Sie tastete nach dem nervtötenden Biest. Es war Rizzi.

»Was willst du?«, fragte sie, nachdem sie das Gespräch angenommen hatte, und erschrak über den kratzigen Klang ihrer Stimme.

»Du musst sofort in die Via Castiglione kommen«, sagte Rizzi.

»Zu Raffaella?« Cirillo richtete sich auf. »Was ist passiert?«

»Noch ein Toter.«

16

Das erste Mal hatte Rizzi versucht, Raffaella zu kontaktieren, als er auf der Vespa mit dem Alkoholkanister zwischen den Füßen nach Dienstschluss in die Gärten fuhr. Ohne Erfolg. Das zweite Mal, als er mit Chicoreesalat, Pampelmusen, Orangen und Kiwi unterm Arm seine Wohnungstür aufschloss und über Sneakers, Kinderstiefel und Schulranzen hinwegstieg.

Auf dem Weg in die Küche googelte er die Festnetznummer von Raffaellas Betrieb in Sorrent, von *Happy Fruits,* lud auf der Spüle den Salat ab und gab Gina einen Kuss, die mit Francesca über ein Schulheft gebeugt war und Fehler zählte.

Als er die Nummer hatte, drückte er auf »Verbinden« und ging ins Schlafzimmer hinüber. Er hatte noch nicht seine Uniformjacke ausgezogen, da meldete sich am anderen Ende Josh Wilcox: »*Happy Fruits.* Was kann ich für Sie tun?«

Rizzi erklärte, dass er Raffaella sprechen wolle, und erfuhr, sie sei auf dem Weg nach Capri, also vermutlich gerade auf dem *aliscafo*.

»Versuchen Sie es am besten mobil«, riet Wilcox.

»Falls du mit ihr sprichst«, sagte Rizzi, »richte ihr aus, dass ich versucht habe, sie zu erreichen, und dass sie sich bei mir melden soll.«

»Alles klar.«

Unter der Dusche, als der Wasserstrahl auf seinen Nacken und die Schultern prasselte, merkte er, wie verspannt er war. Wenn Raffaella für den fraglichen Zeitraum kein verdammt gutes Alibi hatte, würde er sie festnehmen und Neapel informieren müssen – was voraussichtlich eine Überstellung zur Folge hätte. Er würde Raffaella ausliefern müssen. Er hasste es, aber genau darauf würde es hinauslaufen.

Statt loszufahren und Raffaella am Hafen abzupassen, hatte er begonnen zu kochen und beschlossen, Raffaella heute Abend noch in Ruhe zu lassen, ihr eine Gnadenfrist zu geben, bevor er und der gesamte Polizeiapparat anfangen würden, sie in die Mangel zu nehmen.

In der Nacht konnte er nicht schlafen. Dünne, halbdurchsichtige Wolkenschwaden zogen im Eiltempo durch das bleiche Mondlicht, der Wind fegte die Blätter von einer Ecke in die andere, und es war kühl. Die Temperaturen näherten sich nachts jetzt schon fast der Zehn-Grad-Marke. Schlaflos saß er auf der Terrasse, zog an seiner Zigarette, trank noch einen Schluck Weißwein und fragte sich, was wohl der alte Marcello zu alldem sagen würde. Ob er stolz wäre, dass seine Tochter versuchte, neue, eigene Wege zu gehen, oder ob er sich im Grabe herumdrehte, weil sein Letzter Wille dazu geführt hatte, dass die Lage eskaliert war?

*

Am nächsten Morgen wollte er die Verhaftung von Raffaella Constantini schnell hinter sich bringen. Der Himmel über Capri war tiefgrau und wolkenverhangen. Weder der Gipfel des Monte Cappello noch der Horizont waren zu sehen, und ohne diese Begrenzungen schien die Insel wie abgeschnitten vom Rest der Welt. Es gab kein Festland, keine vorbeiziehenden Schiffe, als hätte sich die Welt von Capri zurückgezogen und die Insel sich selbst überlassen.

Das Tor zur Auffahrt stand offen, der Fiat von Raffaella parkte an der kleinen Treppe, die Müllsäcke waren von den Gartenstühlen verschwunden, ebenso die vertrockneten Stockrosen und der Aschenbecher. Stattdessen war alles übersät von den feuerroten, hellgelben und orangefarbenen Blättern, die der Wind vom Geäst des wilden Weins, dem schwarzen Gerippe an der Hauswand, gerupft und verstreut hatte.

Die Küche war aufgeräumt, kein Laptop, keine Rotweingläser standen herum, keine Papiere lagen auf dem Tisch.

»Raffaella?«, rief er.

Es war so still, dass Rizzi auf der Treppe versuchte, kein Geräusch zu machen – was völliger Blödsinn war. Er musste, im Gegenteil, bei jedem Schritt aufstampfen, damit sie ihn hörte. »Raffaella!«, rief er noch einmal. »Bist du da? Ich bin's. Enrico.«

Im Bad stand die Tür offen. Auch hier hatte anscheinend niemand etwas angerührt. Er ging den Flur hinunter und klopfte dort, wo Raffaellas Zimmer war. Vielleicht holte er sie aus dem Tiefschlaf, aber es ging nicht anders. Er war dienstlich hier, nicht privat.

Er nahm seine Mütze ab, klopfte lauter, dringlicher. Er wusste nicht, warum, aber sein Herz hämmerte wie verrückt, als er die Tür vorsichtig einen Spalt öffnete.

Über dem Bett lag eine Tagesdecke, eine Streublümchenwiese, und es sah nicht so aus, als ob hier jemand geschlafen hätte. Er öffnete die Schranktüren, ließ seinen Blick über die Wäschefächer und die Kleiderstange wandern, aber es sah nicht aus, als ob sie abgereist wäre. Trotzdem war sie weg. Er knallte die Schranktüren wieder zu. Sie hatte gewusst, dass er kommen würde. Wilcox hatte sie informiert, und sie hatte sich aus dem Staub gemacht. Sie verarschte ihn. Aber wenn sie eine Großfahndung wollte, dann würde sie jetzt auch eine Großfahndung bekommen. Mit allem Drum und Dran.

Auf dem Weg zurück durch den dunklen Flur stieß er rechts und links die Türen auf. Überall das gleiche Bild: niemand da. Das ganze Haus war verlassen, auch Wilcox' Zimmer, und es sah nicht aus, als ob so bald jemand zurückkommen würde.

Er trat ans Fenster, sah die Auffahrt hinunter. Der Morgenhimmel hatte sich verdunkelt, und gleich würde ein Regenguss runtergehen. Wenn er Glück hatte, schaffte er es vorher vielleicht gerade noch zum Polizeiposten.

Er lief die Treppe runter, durch die Küche, und dachte plötzlich, dass irgendetwas merkwürdig gewesen war, gerade eben. Oder hatte er es sich nur eingebildet?

Er ging noch einmal zurück, um den großen Tisch herum, durch die Tür ins Entree, wo die Stufen nach oben in den ersten Stock führten – und eine Stiege hinunter in den Keller. Da lag tatsächlich etwas. Er hatte richtig gesehen.

Er bückte sich, hob eine Brille vom Boden auf und versuchte sich zu erinnern, bei wem er das Gestell schon einmal gesehen hatte. Es war eine Allerweltsbrille, schwarz, nichts Besonderes. Ein Donnergrollen war zu hören, und ein Regenguss ging prasselnd nieder.

Die Brille in der Hand, suchte er nach einem Lichtschalter, fand aber keinen, und entdeckte stattdessen am Fuß der Treppe etwas, das in der Dunkelheit leuchtete, weiße Sneakers.

Er schaltete die Lampe an seinem Telefon ein, sah Beine, einen Oberkörper und einen Kopf, der rücklings abknickte und leblos von der letzten Stufe herunterhing.

*

Als Cirillo eintraf, klatschnass, war der Notarzt schon da und erklärte, der Körper sei noch nicht vollständig erkaltet. Nach einer ersten vorsichtigen Schätzung würde er sagen, dass der Tod vor zwei bis drei Stunden eingetreten war. Was die Todesursache angehe: So, wie der Tote dalag, tippe er auf Genickbruch. Genauere Angaben würden dann die Kollegen von der Gerichtsmedizin in Neapel machen, die ja bereits im Anmarsch seien.

»Glaubt ihr, dass er von allein die Treppe heruntergefallen sein könnte?«, fragte Rizzi und reichte Cirillo den Ausweis, den er beim Toten gefunden hatte. Josh Wilcox. Geboren in Manchester. Vierundzwanzig Jahre alt.

»Mit dem Kopf voran?« Der Notarzt schüttelte zweifelnd den Kopf. »Das halte ich für ausgeschlossen. Da hat jemand nachgeholfen.«

Wie Wilcox dalag, die Augen geschlossen, der Mund geöffnet, als ob er geschrien hätte. »Wo ist Raffaella Constantini?«, fragte Cirillo wütend. »Soll ich raten? Spurlos verschwunden? Gestern Abend habe ich gesagt, wir müssen sie uns vorknöpfen und zur Rede stellen. Jetzt ist Wilcox uns zuvorgekommen.«

Der Notarzt schwieg erschrocken, und Rizzi antwortete nicht. Er sah blass aus.

Cirillo beugte sich über den Toten. Sie hätte heulen können. Wenn sie sich nicht untergeordnet und klein beigegeben hätte, wäre Josh Wilcox jetzt noch am Leben. Aber sie hatte gezaudert, wie alle anderen, weil einfach nicht sein durfte, was gestern Abend schon offensichtlich gewesen war: dass Raffaella Constantini an der Quetschmutter der Ape gedreht hatte, um Aurora Bellini loszuwerden. Vielleicht hatte Wilcox die Sache durchschaut, eins und eins zusammengezählt und das getan, was die Polizei unterlassen hatte: Raffaella konfrontieren. Und dabei war es zum tödlichen Streit gekommen.

Rizzi erklärte, er habe Teresa beauftragt, Ispettore Lombardi und die Kripo in Neapel zu informieren, damit Raffaella zur Fahndung ausgeschrieben wurde wegen des Verdachts, zwei Menschen auf dem Gewissen zu haben: ihre eigene Schwester und ihren besten Mitarbeiter.

»Und wenn sie noch irgendwo auf der Insel ist?« Cirillo folgte Rizzi in die Küche, wo er auf einen Stuhl sank.

»Alles in Ordnung, Agente?«, fragte Savio besorgt. »Möchten Sie vielleicht einen Kaffee?«

»Statt Kaffee zu kochen«, wandte Cirillo sich an Savio, »schlage ich vor, fährst du unverzüglich zum Hafen, hältst Ausschau nach Raffaella und befragst die Schiffsleute und das Personal an den Ticketschaltern, ob jemand gesehen hat, wie sie ein Schiff bestieg, und wenn ja – welches.«

Savio drehte zögernd seine Mütze in der Hand, und Cirillo fragte: »Hast du gehört, was ich gesagt habe? Worauf wartest du?«

»Ich glaube, ich weiß, wo sie ist«, sagte Rizzi plötzlich. Er stand auf. »Einer von euch bleibt hier, sichert den Tatort und rührt sich nicht von der Stelle, bis die Kollegen aus Neapel eingetroffen sind.« Mit diesen Worten stülpte er sich den Helm über den Kopf, schob die Tür zur Seite und trat hinaus in den Regen.

Cirillo lief ihm hinterher. »Kannst du mich bitte mit einbeziehen?«, schrie sie. »Wo willst du hin?«

»Steig auf«, sagte er, hob seine Vespa vom Bock und startete den Motor.

Sie hatte keine Zeit, lange zu überlegen, hatte keinen Helm und kaum die Fußrasten für ihre Stiefel oder sonst einen Halt gefunden, als Rizzi bereits Gas gab. Fast wäre sie runtergefallen, bekam jedoch in letzter Sekunde den Ledergürtel von Rizzis Uniform zu fassen.

Sie war wütend und gezwungen, sich an ihn zu klammern, als wäre sie seine Motorradbraut. Ohne Rücksicht auf den Starkregen und die Straßenverhältnisse raste er die Via Castiglione hinunter, über die Via Roma an der Roxy Bar vorbei, bog im Kreisverkehr aber nicht, wie sie erwartet hätte, in die Ausfahrt zum Hafen, sondern preschte die Straße hoch nach Anacapri.

Die Fahrbahn hatte sich in einen Sturzbach verwandelt, und Cirillo betete, während rechts und links das Wasser bis zu ihren Knien hochspritzte, die kleinen Reifen würden in dem Wasserbett die Haftung behalten. Sie sah nichts, nur Rizzis Rücken, der ihr im Fahrtwind ein wenig Regenschutz bot, und wenn sie nach rechts schaute, das Meer, eine grauschwarze, schäumende Angelegenheit, die ihr fremd und unheimlich vorkam, und gerade als sie dachte, dass sie nicht auf dieser beknackten Insel, wie ein Affenkind an ihren beknackten Kollegen geklammert, bei einem Verkehrsunfall sterben wollte, ohne zu wissen, wohin die Fahrt überhaupt ging, riss Rizzi plötzlich den Lenker herum und legte sich nach links in die Kurve, so dass ihr Knie fast den schlammigen Boden berührte.

In Schlangenlinien hüpften sie auf der Vespa von Schlagloch zu Schlagloch. Die nasse Hose klebte an ihren Schenkeln, der Regen peitschte von der Seite, und wenn sie geschrien hätte, Rizzi solle sofort anhalten, sie wolle absteigen und zu Fuß weitergehen, wohin auch immer, hätte der Wind ihr die Worte vom Mund gerissen und Rizzi unter seinem Helm nichts gehört. Und sie schrie auch nicht, sondern presste stattdessen Augen und Lippen zusammen und versuchte, sich hinter Rizzis Rücken so klein wie möglich zu machen. Plötzlich bremste er und blieb stehen.

Der Motor tuckerte noch ein paar Sekunden unter ihrem Hintern, dann war nur noch das Rauschen des Regens um sie herum zu hören.

Zehn Meter von ihnen entfernt, wo der Weg endete, stand zwischen Steinen, Felsen und Sträuchern, wie vom Himmel gefallen, eine Vespa. Es war ihr ein Rätsel, wie Rizzi auf die Idee kam, dass Raffaella ausgerechnet hierher gefahren war, wo nichts war, außer Dornen, Gestrüpp und ein Trampelpfad.

Er bockte den Roller auf und zog den Schlüssel ab. Die Vorderseite seiner Uniform war klatschnass. Mit dem Helm auf dem Kopf stapfte er voran, Cirillo hinterher. Unter ihrem Regencape staute sich die Wärme. Sie wusste nicht, ob es Schweiß war oder Regen, der ihr über Stirn und Schläfen rann und von der Nase tropfte, und spürte, wie sie Blasen in den Stiefeln bekam. Sie hatte gelernt, mit kühlem Kopf und klarem Verstand Ermittlungen aufzunehmen, dabei logisch, Schritt für Schritt vorzugehen und nicht blindlings, ohne Plan und Überblick, einem Kollegen hinterherzustolpern. Sie ahnte langsam, wo er hinwollte. Er steuerte auf das Gipfelkreuz zu, das zwischen Steinen und Felsen einen der höchsten Punkte der Insel markierte, aber sie war, verdammt noch mal, keine Bergziege. Sie blieb stehen. Diese Mischung aus Wut, körperlicher Anstrengung und zu viel Sauerstoff brachte sie fast zum Hyperventilieren. Sie beugte sich vornüber, stemmte die Hände auf die Knie, rang nach Atem und schaute mit zusammengekniffenen Augen nach vorne.

Im strömenden Regen war vor ihren Augen ein einziges Flimmern, ein gleißendes Licht. Über dem Meer riss der Himmel auf. Die Wolkendecke schien von unsichtbarer Hand wie ein Verdeck aufgerollt zu werden, Meter für Meter. Cirillo traute ihren Augen nicht. Sie konnte zusehen, wie ein tiefes Blau zum Vorschein kam und die Sonne das Meer nach und nach in einen glitzernden Teppich verwandelte. Tausende Lichter begannen auf der Wasseroberfläche zu tanzen, während sie hier oben, auf dem Monte Cappello, dem zweithöchsten Berg von Capri, im Regen stand.

Sie ging weiter in die Richtung, in die Rizzi verschwunden war, durchlief eine Senke, in der sie das Gipfelkreuz für kurze Zeit aus den Augen verlor, bis es, als sie die Anhöhe erreichte, ganz nahe war, keine hundert Meter entfernt, ein rostiges, zusammengeschweißtes Gerippe, eher Skulptur als christliches Symbol, an dessen Fuß jemand am Boden kauerte. Es war Raffaella.

Rizzi hatte seinen Helm abgenommen. Zwei Gestalten im nachlassenden Regen, am Ende der Welt. Cirillo zögerte. Sie kam sich vor wie ein Eindringling, ein Störenfried und nicht wie eine Polizistin, die verdammt noch mal ihren Job zu machen hatte.

*

Rizzi legte Raffaella seine durchnässte Jacke über die Schultern. Es war eine hilflose Geste, aber ihm fiel nichts Besseres ein, um zum Ausdruck zu bringen, was er nicht in Worte fassen konnte: Entsetzen, weil hier etwas eskaliert war, das er hätte verhindern müssen, und Erleichterung, weil Raffaella nichts zugestoßen war. Sie zitterte, aber physisch war sie unversehrt.

Er bildete sich ein, dass sie langsam ruhiger atmete. Auf der einen Seite war der Golf von Neapel, auf der anderen der Golf von Salerno und in der Mitte die Sorrentiner Halbinsel mit der Amalfiküste. Der Himmel war nach dem Unwetter wie blankgeputzt, rein und klar, als könnte es auf der Welt nichts Falsches geben, kein Unglück, kein Verbrechen, keine gelockerte Quetschmutter, nicht zu wenig Bremsflüssigkeit und niemanden, der plötzlich tot am Ende einer Kellertreppe lag.

Rizzi ging neben Raffaella in die Hocke und sagte: »Ich weiß gar nicht, wann ich zuletzt hier oben gewesen bin.« Es musste ewig her sein, wahrscheinlich zusammen mit Matilda, als er ihr damals, bei Sonnenuntergang, einen Heiratsantrag machen wollte. Er hatte sich das alles wahnsinnig romantisch vorgestellt, aber dann waren Wolken aufgezogen, und vom Sonnenuntergang war nichts zu sehen gewesen. Matilda bemerkte, dass sie einen Ohrring verloren hatte, und er musste plötzlich, aus unerfindlichen Gründen, ganz dringend pinkeln, wie ein Pennäler vor einer Prüfung.

Schweigend schauten sie einem *aliscafo* hinterher, das Kurs auf Ischia und Procida nahm.

»Er war es«, sagte Raffaella plötzlich. »Er hat die Ape manipuliert.«

»Josh Wilcox?« Rizzis schaute sie überrascht von der Seite an.

»Und weißt du, wann es mir klargeworden ist?« Raffaella erwiderte seinen Blick. »Nachdem deine Kollegin Agente Cirillo gestern bei uns war. Josh war danach total seltsam. Statt zu feiern, dass es jetzt mit der Videoübertragung zu funktionieren scheint und jeder Crowdfarmer sich auf unserer Website seinen Zitronenbaum von zu Hause anschauen kann, hat er darüber kein Wort verloren. Normalerweise wäre er euphorisch gewesen. Verstehst du?« Raffaella zog fröstelnd Rizzis Jacke fester um ihre Schultern. »Er hat mein Projekt, meinen Traum, längst zu seinem eigenen gemacht, hat mit seiner ruhigen, analytischen Art ein Hindernis nach dem anderen aus dem Weg geräumt. Seit er vor zwei Jahren zum Team gestoßen ist, ging es nur noch aufwärts. Das Mugele-Problem war das letzte, das größte Problem auf unserem Weg, und Josh hat auch das lösen wollen. Das wurde mir in der vergangenen Nacht klar.«

»Was ist das Problem mit Mugele?«, fragte Rizzi.

»Es gibt kein Problem«, antwortete Raffaella. »Jedenfalls keines, das ich nicht lösen kann. Wir haben immer gut mit den Bellinis zusammengearbeitet und sind gerade dabei, einen neuen Modus zu finden, bei dem jeder auf seine Kosten kommt. Aber so etwas braucht Zeit, erst recht nach so vielen Jahren, in denen nie etwas in Frage gestellt wurde.« Raffaella überlegte und schien nach den richtigen Worten zu suchen. »Simon Mugele«, fuhr sie fort, »vertritt die Bellini-Interessen sehr vehement. Und das ist richtig so. Es ist sogar seine Pflicht, ich täte es an seiner Stelle auch. Aber für Josh sind solche Dinge schwer zu durchschauen und noch schwerer zu verstehen. Deshalb habe ich auch immer zu ihm gesagt: Josh, halt dich da raus.«

»Hast du ihn mit deinem Verdacht konfrontiert?«, fragte Rizzi. »Hast du ihn zur Rede gestellt und gesagt, dass du glaubst, er hätte die Ape manipuliert und Elisas Tod zu verantworten?« Rizzi schüttelte fassungslos den Kopf. »Das hättest du nicht tun dürfen. Dir irgendwelche Theorien zurechtlegen und Josh Wilcox damit überfallen. Das ist mein Job. Das hättest du mir überlassen müssen.«

»Du hast natürlich recht«, sagte Raffaella leise, »aber so weit habe ich in dem Moment nicht gedacht. Hatte plötzlich alles ganz klar vor Augen. Habe ihn noch in der Nacht angerufen. Er war sofort dran. Typisch Josh. Immer auf Abruf.« Sie fröstelte. »Er hat behauptet«, fuhr sie fort, »dass er mich auch gerade habe anrufen wollen. Das war seine Stärke, das muss man ihm lassen. Sobald es aussah, dass es irgendwie eng für ihn werden könnte, hat er sich blitzschnell die Gegenposition zu eigen gemacht und sie als seine eigene verkauft. Das lernt man auf jedem Managerseminar, aber er hatte es, glaube ich, im Blut.«

»Hat er gestanden?«, fragte Rizzi.

»Gestanden?« Raffaella lachte bitter. »Gestehen hieße zugeben, dass man einen Fehler gemacht hat. Und Josh Wilcox macht keinen Fehler. Er kann gar keinen Fehler machen, weil er immer alles genau durchdenkt. Aber dieses Mal hat er falsch gedacht. Er hat sich verrechnet.«

»Raffaella, ist dir klar, was passiert ist? Josh Wilcox ist tot. Er liegt tot bei dir zu Hause am Ende der Kellertreppe. Raffaella, was ist geschehen?«

Sie schien ihn nicht zu hören oder nicht hören zu wollen. Sie betrachtete ihre Fingernägel. »Ich habe ihn gebeten herzukommen«, fuhr sie mit ruhiger Stimme fort, »weil ich das, was ich ihm zu sagen hatte, meinen Verdacht, nicht am Telefon mitteilen wollte. Er hat sich sofort bereit erklärt, hat das erste Schiff genommen und stand um kurz nach halb acht Uhr morgens bei mir auf der Matte.« Raffaella schaute in die Ferne. »Ich habe versucht, ganz ruhig zu bleiben«, sagte sie, »aber du kennst mich. Innerhalb von Sekunden habe ich ihn angeschrien und ihm alles an den Kopf geworfen. Dass er zu den Bellinis geschlichen ist und die Ape manipuliert hat, um Mugele loszuwerden, was total durchgeknallt ist und ich nie von ihm verlangt habe. Und dass er Elisa auf dem Gewissen hat.« Sie schaute Rizzi von der Seite an. »Erri, er ist zu weit gegangen. Er hat das Maß verloren und eine Grenze überschritten. Hier, schau mal.« Sie schob ihre Ärmel hoch. An ihren Handgelenken und den Unterarmen waren blaue Flecken. »Er hat mich festgehalten, als könne er mich damit mundtot machen. Ich wusste nicht, wie viel Kraft er hat. Ich habe Angst bekommen, richtige Angst. ›Du weißt nicht, was du redest‹, hat er geschrien. ›Du hast den Verstand verloren.‹ Es war grauenhaft.«

»Du hättest umkommen können«, sagte Rizzi. »Du hättest jetzt an seiner Stelle unten an der Kellertreppe mit gebrochenem Genick liegen können.«

Raffaella schneuzte sich. »Er hat versucht, den Spieß umzudrehen. Er war so voller Hass. Hat gesagt, er würde alles für die Firma tun, sein letztes Hemd hergeben, und ich würde alles ruinieren und kaputtmachen, was wir uns aufgebaut haben. Er hat mich festgehalten, so hat er mich festgehalten, Erri.« Raffaella massierte ihre Handgelenke. »Ich solle es zugeben, immer wieder hat er geschrien, ich solle es zugeben. Aber ich wusste überhaupt nicht, was er meint, habe versucht, Ruhe in die Situation zu bringen, aber es ging nicht.« Sie schlug die Hände vors Gesicht. »Und plötzlich war hinter ihm die Treppe.« Sie hob den Kopf und starrte aufs Meer. »Ich weiß gar nicht, ob ich ihn dahin dirigiert habe. Ich wollte nur diesen Klammergriff loswerden. Er hat sich umgedreht, hat die Treppe gesehen und seinen Griff gelockert. Ich habe mich losgerissen und ihn von mir gestoßen. Verstehst du, Erri? Ich habe ihm einen Stoß gegeben. Ich habe ihn die Treppe runtergestoßen.« Sie brach in Tränen aus.

Rizzi legte eine Hand auf ihre Schultern. »Es war Notwehr.«

»Nein, Erri«, heulte sie. »Ich wollte, dass er stirbt. Ich habe es für Elisa getan.«

Plötzlich stand Cirillo da. Rizzi hatte keine Ahnung, wo

sie herkam, wo sie gestanden und ob sie alles mit angehört hatte. Er hatte ihre Anwesenheit völlig vergessen.

»Ich glaube«, sagte Cirillo, »Sie erzählen nicht die Wahrheit, Signora Constantini. Sie lügen.«

Überrascht schaute Raffaella hoch. »Wovon sprechen Sie?«

Cirillo trat näher. »Glauben Sie, Josh Wilcox war in der Lage, eine Ape zu manipulieren? Ich bezweifele das.«

»Natürlich war er dazu in der Lage«, erwiderte Raffaella. »Eine Quetschmutter zu lösen ist nicht schwer. Wir wissen alle, wie das geht.« Sie schaute hilfesuchend zu Rizzi. »Josh wollte Simon Mugele aus dem Weg haben. Er hat es in seinem Wahn für mich getan. Mehr habe ich dazu nicht zu sagen.«

»Was hat Simon Mugele in der Hand, dass er Ihnen und Ihrer Firma so gefährlich werden kann?«, fragte Cirillo.

»Die Sache ist kompliziert«, erklärte Raffaella ausweichend. »Ich bin ihm verpflichtet. Aus vielerlei Gründen.«

Cirillo holte aus der Innentasche ihrer Jacke die Klarsichthülle mit dem Rechenpapier heraus. »Ist das der Grund?« Cirillo zeigte Raffaella den Zettel mit dem Letzten Willen ihres Vaters. »Weil Sie von Ihrem Vater verpflichtet wurden, über seinen Tod hinaus die Bellinis mit Zitronen zum Dumpingpreis zu versorgen?«

»Woher haben Sie das?« Raffaella schien eher erstaunt als erschrocken.

»Aus dem Bellini-Ordner in Ihrem Büro«, erklärte Cirillo. »Wilcox hat mich ertappt, wie ich darin geblättert habe. Deshalb habe ich ihm eine Geschichte von vermeintlichen Unregelmäßigkeiten in Ihren Bilanzen aufgetischt, vermutlich war er deshalb so aufgebracht, tut mir leid.

Ich brauchte einfach etwas Zeit, um die Bedeutung dieses Schriftstücks von Ihrem Vater einzuordnen.«

»Ich wusste gar nicht, dass der Zettel mit den wirren Ideen meines Vaters überhaupt noch existiert.«

»Wirklich nicht?« Cirillo ließ die Klarsichthülle wieder in ihrer Jacke verschwinden. »Für mich sieht es eher so aus, dass Sie Wilcox die Schuld in die Schuhe schieben wollen für etwas, das Sie selbst begangen haben. Nicht Simon Mugele musste aus dem Weg, sondern Aurora Bellini, die verhasste alte Frau, die Ihren Vater so vortrefflich um den Finger wickeln konnte. Bis über seinen Tod hinaus. Vermutlich hat sie ihm seinen Letzten Willen sogar so in die Feder diktiert. Sie ist es, die sterben sollte. Aurora Bellini pocht auf dieses Abkommen, auf dieses Schriftstück, den Letzten Willen Ihres Vaters. Sie schnürt Ihnen damit die Luft zum Atmen ab.«

»Sie sind verrückt«, stellte Raffaella fest. »Sie überbewerten die Bedeutung dieses Stücks Papier total.«

»Ich nehme Sie fest, weil Sie Josh Wilcox getötet haben und wegen des Verdachts, die Ape von Aurora Bellini in heimtückischer Absicht manipuliert zu haben und damit für den Tod Ihrer Schwester verantwortlich zu sein.«

17

Die Kollegen aus Neapel waren mit dem Streifenwagen von Ispettore Lombardi vorgefahren, lehnten an der Motorhaube und machten Selfies mit dem Meer im Hintergrund. Als Rizzi und Cirillo auftauchten, kamen sie ihnen entgegen, packten Raffaella, drehten ihr den Arm auf den Rücken und verfrachteten sie, den Kopf voran, auf den Rücksitz.

»Gute Arbeit, Agenti«, lobte einer der beiden, während der andere, der kleinere, Cirillo anstarrte, als hätte er noch nie eine langbeinige Polizistin gesehen.

Die Türen knallten zu, der Motor heulte auf, und die Reifen vom Streifenwagen drehten im durchgeweichten Boden sekundenlang auf der Stelle. Matsch spritzte, und Rizzi schaute dem Wagen und den Bremslichtern hinterher, die vor der Biegung noch einmal aufleuchteten und dann verschwanden.

Cirillo nestelte an ihrem Regencape, zog sich die Kapuze über den Kopf und fragte: »Warum glaubst du, dass Raffaella unschuldig ist?«

»Was heißt unschuldig?« Rizzi klappte das Handschuhfach zu und wischte den Sattel trocken. »Für den Tod von Josh Wilcox wird sie sich verantworten müssen. Aber mit der Ape hat sie nichts zu tun.« Er setzte seinen Helm auf und schloss den Riemen unter dem Kinn. »Ich kenne Raffaella seit vielen Jahren. Wenn sie für den Tod ihrer Schwester verantwortlich wäre, hätte sie jetzt gestanden. Darauf kannst du wetten. Es wäre alles aus ihr herausgebrochen. Ist es aber nicht. Sie war schonungslos ehrlich, deshalb bin ich mir sicher: Sie war es nicht.«

*

Nachdem Rizzi ihrer Bitte nachgekommen war und sie – ohne zu fragen, was sie vorhatte – an der Via Provinciale abgesetzt hatte und mit der Vespa davongefahren war, begann es wieder zu regnen. Der Himmel bildete wieder eine feste, geschlossene Decke, und wie immer, wenn Sonne und Farben verschwanden, verwandelte sich die schönste Insel der Welt in ein trostloses Eiland. Häuser waren ohne Sinn und Verstand in die Gegend gebaut und verschandelten die Landschaft, und ohne die Blütenpracht von Bougainvillea, Oleander und Hibiskus konnte man sich plötzlich nicht mehr darauf verlassen, dass die Natur mit ihrer Schönheit schon alles irgendwie richten würde.

Das Wasser rauschte wie aus Kübeln nieder, der Bus kam und kam nicht, und der Mauervorsprung, unter den Cirillo sich geflüchtet hatte, bot wenig Schutz. Sie hatte zwei Möglichkeiten: hier stehen bleiben und klitschnass werden oder vorlaufen zum nächsten Laden und ebenfalls klitschnass werden. Sie nahm die dritte Möglichkeit und riss, einer plötzlichen Eingebung folgend, die Tür des Taxis auf, das im Schritttempo an ihr vorüberfuhr.

»Guten Tag, Agente Cirillo«, grüßte der Fahrer, als sie

auf den Beifahrersitz plumpste und mit beiden Händen die Tür ranzog, als gelte es, nicht die Wassermassen, sondern ein wildes Tier auszusperren.

Sie kannte den Fahrer nicht oder konnte ihn jedenfalls auf die Schnelle nicht einordnen, zumal die Männer mit den wettergegerbten, braungebrannten Gesichtern, die in ihrer Freizeit immer irgendwo in Grüppchen herumstanden und alle gleich aussahen – erst recht seit sie, ungefähr seit dem ersten November, alle Wollmütze trugen.

»Und?« Er schaute sie erwartungsvoll an. »Wo darf ich Sie hinbringen?«

»Zum Restaurant Da Lorenzo.« Cirillo strich sich die nassen Haare aus dem Gesicht. »Kennen Sie den Laden?«

»Gute Wahl«, nickte der Mann. »Die Arancini sind dort besonders gut. Aber ich glaube nicht, dass er geöffnet hat.«

»Das lassen Sie mal meine Sorge sein.«

Er fuhr mit zwanzig Stundenkilometern die Straße hinunter, während die Scheibenwischer auf höchster Stufe rotierten und die Fahrbahn unter den Fluten verschwand. Cirillo war dankbar, dass der Mann ihr keine Fragen stellte, nichts von ihrem Privatleben wissen wollte und ihr auch nichts von seinem erzählte und sie nicht einmal mit seinen Fahrkünsten beeindrucken wollte, sondern im Gegenteil gewissenhaft und vorsichtig den Wagen durch das Unwetter lenkte.

Sie lehnte sich zurück und dachte daran, wie komfortabel die Situation für Raffaella Constantini war. Josh Wilcox war tot, und so konnte sie ihm die Tat in die Schuhe schieben, für die sie selbst die Verantwortung trug. Cirillo war überzeugt, dass Raffaella die Ape manipuliert hatte, und sie würde nicht zulassen, dass Josh Wilcox jetzt zum Sündenbock gemacht wurde.

Im Fußraum herrschte eine angenehme Wärme, der Fahrer setzte den Blinker, und Cirillo wurde plötzlich bewusst, dass es ja dieselbe Strecke war, die auch Elisa Constantini in der vergangenen Sonntagnacht gefahren war – dass ihr vielleicht hier, in dieser Kurve, klar wurde, dass mit der Ape etwas nicht in Ordnung war und dass das Fahrzeug bergab immer schneller wurde und es keine Wirkung hatte, wenn sie auf das Bremspedal trat. In ihrer Verzweiflung blendete sie die Scheinwerfer auf und ab, als ihr in der Dunkelheit Rizzi auf dem Motorrad entgegenkam und sie sich wünschte, er könnte sie retten und das Fahrzeug irgendwie stoppen.

Jetzt kam die letzte Kurve. Hier war es passiert.

Der Fahrer bremste, beugte sich über sein Lenkrad und murmelte: »Heilige Mutter Gottes.«

Vor ihnen schwebte die Ape durch die Luft, und was von ihr übrig blieb, war noch weniger, als Cirillo glaubte vor drei Tagen an der Unfallstelle zwischen den Steinen gesehen zu haben. Die Fahrerkabine war praktisch nicht mehr vorhanden und so zusammengequetscht, dass es nicht mal mehr vorstellbar schien, wie darin überhaupt noch ein menschlicher Körper Platz gehabt haben konnte, während die Ladefläche hinten absurderweise völlig unversehrt schien.

Das gelbe Licht vom Kranwagen blinkte, und ein Polizist in Warnweste forderte sie mit ausgestrecktem Arm und einer Kelle zum Halten auf. Es war Matteo Savio.

Cirillo ließ das Fenster herunter. »Ich kann es kaum

glauben«, rief sie. »Die Bergung geht tatsächlich über die Bühne?«

Savio lief das Wasser vom Schirm seiner Mütze und rann in kleinen Sturzbächen über sein Regencape, während er – eine Hand auf dem Autodach – im Tonfall des souveränen Einsatzleiters sagte: »Die Chose läuft. Die Ape wird noch heute nach Neapel verschifft. Wie Raffaella. Stimmt es? Ich habe gehört …«

»Später«, unterbrach Cirillo.

Savio nickte und grüßte über ihren Kopf hinweg den Fahrer: »Ciao, Michele. Alles gut?«

»Alles gut, Junge«, antwortete der Fahrer. »Agente Cirillo will zu Lorenzo. Kommen wir irgendwie vorbei?«

»Kein Problem.« Savio klopfte aufs Autodach und sagte zu Cirillo: »Ich glaube übrigens, dass Raffaella unschuldig ist. Ich meine, sie ist doch eine von uns.« Mit diesen Worten stapfte er durch den Regen, hob die Kelle und winkte.

*

Das Restaurant Da Lorenzo lag fünfhundert Meter hinter der Unfallstelle und sah mit dem Vorbau aus Holz, den zerzausten Geranien vor den Fenstern und der geborstenen Regenrinne aus wie eine verlassene Baracke. Kein Licht brannte, aber im Halbdunkel war ein Schatten zu sehen, der vom Fenster durch den Raum huschte und im hinteren Teil verschwand.

An der Eingangstür im Windfang hing ein Schild, geschmückt mit einer bunten Girlande: *Auguri, zio Edoardo!* Die Tische am Fenster waren zu einer langen Tafel zusammengeschoben und mit Besteck, Gläsern und Servietten festlich eingedeckt. Irgendwo, wahrscheinlich in der Küche, dudelte Musik.

»Guten Tag«, rief Cirillo.

Der karierte Vorhang hinter der Theke war beiseitegeschoben und gab den Blick frei in einen Durchgang, in dem Getränkekisten standen und eine Schwingtür zur Küche führte. Linker Hand war der Zugang zum Büro. Die Tür mit dem Schild *Privato* stand gerade so weit offen, dass es eine Sichtachse zum Schreibtisch gab, auf dem – beleuchtet und angestrahlt von einer Bürolampe – eine Geldkassette stand.

»Hallo?«, rief Cirillo, doch niemand antwortete, vielmehr wurde die Musik in der Küche, wie ihr schien, nur noch lauter gestellt. »Das kann ja wohl nicht wahr sein«, murmelte sie, ging um die Theke herum, klopfte an die Bürotür und vergrößerte den Spalt. »Ist hier denn niemand?«, fragte sie.

Über dem Sessel hing eine Strickjacke, und gegenüber, an der holzvertäfelten Wand, posierten barbusige Pin-ups in knappen Höschen und Highheels. Den vergilbten Kalenderblättern haftete ungefähr dieselbe Patina an wie dem Poster neben dem vergitterten Fenster, auf dem die nächtliche Skyline von New York mit dem World Trade Center zu sehen war.

Cirillo nahm die Geldkassette, in der sogar noch der Schlüssel steckte, während drüben in der Küche eine Frauenstimme anfing, den Refrain des Songs mitzusingen:

Mi chiede come va, come va, come va
Sai già come va, come va, come va

Cirillo stieß mit der Schulter an die Schwingtür mit den Messingbeschlägen und dem Schild: *Accesso vietato*. Die Frau an der Arbeitsplatte wandte ihr den Rücken zu, wackelte im Rhythmus der Musik mit den Hüften und schmetterte:

Volevi solo soldi, soldi
Come se avessi avuto soldi, soldi
Lasci la città ma nessuno lo sa
Ieri eri qua, ora dove sei, papà

»Entschuldigung, dass ich störe.« Cirillo stellte geräuschvoll die Geldkassette auf dem Tisch neben den Basilikumtöpfen ab. »Sind Sie Silvia Lazzeri?«

Überrascht drehte sich die junge Frau herum. Sie hatte Teig und Mehl an den Fingern, eine Gabel in der Hand, und auf ihrer Schürze stand in großen Buchstaben: *Ragazzi, a tavola!*

»Ja, bin ich«, sagte sie.

»Geht's eigentlich noch?« Cirillo machte den Reißverschluss von ihrer Jacke auf. »Ich hätte Ihre Geldkassette nehmen und seelenruhig damit hinausspazieren können!«

»Ach, du meine Güte«, entfuhr es der jungen Frau.

»Allerdings. Und dann bei uns auf der Matte stehen und schreien: Hilfe, wir wurden beklaut!«

»Stellen Sie die bloß wieder zurück«, bat Silvia Lazzeri. »Papà regt sich sonst schrecklich auf.« Sie fuhr fort, Gnocchi von der Kartoffelteigrolle abzuschneiden und mit den Zinken der Gabel Rillen hineinzudrücken. Zügig legte sie ein Klößchen nach dem anderen auf das mehlbestäubte

Brett und sagte, ohne Cirillo anzuschauen: »Kommen Sie, weil ich angerufen habe?«

Cirillo bat darum, das Radio ausstellen zu dürfen, und sagte, als die Musik verstummte: »Genau deshalb bin ich hier. Sie wollten eine Aussage machen?«

»Ich wollte mit Enrico sprechen«, erklärte Lazzeri trotzig. »Was ist mit ihm? Hat er keine Zeit?«

Cirillo betrachtete das weiche Gesicht, die geröteten Wangen, das kleine runde Doppelkinn und sagte: »Sie müssen schon mit mir vorliebnehmen.«

»Das möchte ich aber nicht.« Lazzeri errötete. »Und wenn ich jetzt so darüber nachdenke: So wichtig ist die Sache eigentlich gar nicht.«

»Jetzt hören Sie mir mal zu.« Cirillo trat näher. »Erstens: Elisa Constantini ist ungefähr fünfhundert Meter von hier von der Straße abgekommen und tödlich verunglückt, weil irgendein Verrückter an der Quetschmutter gedreht und Bremsflüssigkeit abgelassen hat. Zweitens: Bei dem Unfallfahrzeug handelt es sich um die Ape von Aurora Bellini, die mit Simon Mugele unter einem Dach lebt, der, drittens, mit Elisa ein intimes Verhältnis hatte. Das ist die Ausgangslage, in der Sie angerufen und gesagt haben, dass Sie eine Aussage machen möchten. Wenn Sie also irgendetwas mitzuteilen haben, tun Sie es jetzt.«

Silvia Lazzeri hatte sich abgewandt, ihre Schultern bebten.

»Was ist mit Ihnen?«, fragte Cirillo erschrocken.

»Elisa mia«, schluchzte sie. »Wenn ich doch nur gesagt hätte: Bleib, wo du bist, treffen wir uns morgen, würde sie jetzt vielleicht noch leben! Stattdessen –«

Cirillo nahm die Küchenrolle vom Tisch und riss zwei Tücher ab. »Beruhigen Sie sich«, sagte sie, »und erzählen Sie. Was ist passiert?«

Die junge Frau nahm die Tücher und schneuzte sich. »Sie hat angerufen.«

»Wann?«

»Sonntagnacht. Ich schätze, so gegen halb zwölf. Ich dachte, sie wäre in Benevent, aber sie war auf der Insel.«

»Was wollte sie?«

»Sie hat ganz leise gesprochen und gefragt: Silvia, kann ich zu dir kommen? Und ich: Wie? Jetzt? Sie: Ja, jetzt. Sofort.« Lazzeri schniefte. »Sie würde jetzt klarer sehen und wissen, was zu tun ist. Okay, habe ich gesagt, komm her.«

»Und dann?«

»Nichts.« Silvia Lazzeri schaute Cirillo fassungslos an. »Sie ist nicht gekommen.«

»Haben Sie eine Ahnung, was Elisa Ihnen erzählen wollte?«

»Nein.« Silvia Lazzeri pustete hörbar die Luft aus. »Wissen Sie, Elisa ist manchmal entsetzlich wankelmütig. Heute ist sie von etwas überzeugt, und morgen ist keine Rede mehr davon.«

»Ging es um ihre Schwangerschaft?«

»Sie wissen davon?« Lazzeri war überrascht. »Sie wollte die Sache eigentlich für sich behalten und das Kind wegmachen lassen. Der Termin wäre am Montag in Benevent gewesen. Aber jetzt denke ich: Vielleicht hat sie es sich anders überlegt.«

»Wollte sie ihren Mann verlassen?«

»Hören Sie bloß auf!« Lazzeri rang die Hände. »Ich

habe ihr immer gesagt: Elisa, keiner liebt dich so wie Mario. Überleg, was du tust. Aber sie –« Wieder kamen ihr die Tränen.

Cirillo ließ ihren Blick über die brodelnden Töpfe und eine Schüssel mit einer weißen Creme schweifen, über Schälchen mit Himbeeren, geöffnete Packungen mit Mehl, Zucker und Kakao, und fragte: »War das alles, was Sie aussagen wollten?«

Lazzeri schniefte. »Eigentlich wollte ich hören, ob es stimmt, die Geschichte mit den Bremsen und dass da etwas nicht in Ordnung war.« Sie knüllte die Küchentücher in ihrer Hand.

»Ja, es stimmt«, erklärte Cirillo.

»Aber wer tut so etwas?«, fragte Lazzeri fassungslos.

»Es gibt verschiedene Theorien, und es gibt eine Festnahme«, sagte Cirillo. »Und wenn Sie irgendetwas wissen, Elisa Ihnen gegenüber vielleicht mal eine Andeutung gemacht hat, irgendetwas, das uns weiterhelfen könnte und das Ihnen heute, im Nachhinein, merkwürdig vorkommt, müssen Sie es mir sagen.«

»Ich weiß nicht.« Lazzeri überlegte. »Bei Elisa war alles durcheinander. Mario hat gemerkt, dass sie einen anderen hat und war plötzlich ganz lieb zu ihr. Und Elisa schien gar nicht mehr sicher, ob sie ihn wirklich noch wegen Simon Mugele verlassen will. Und dann kam obendrauf noch diese Schwangerschaft.« Sie nahm das Geschirrhandtuch, das ihr Cirillo reichte. »Danke«, sagte sie.

»Wie lange kannten Sie Elisa schon?«

»Wir sind zusammen zur Schule gegangen.« Lazzeri schaute sich suchend um. »Warum?«

»Haben Sie mal etwas von einem Unfall gehört, den Simon Mugele hatte?«, fragte Cirillo.

»Unfall?« Lazzeri schüttelte den Kopf.

»Er hat diese riesige Narbe am Bein.«

»Ach so. Das war Raffaella.«

»Wie bitte?«

»Ja, Raffaella.«

»Sie meinen wirklich: Raffaella Constantini? Wissen Sie, was da passiert ist?«

Silvia Lazzeri schien erschrocken und sah aus, als würde sie am liebsten alles wieder zurücknehmen. »Ich weiß nicht«, stammelte sie. »Ist das denn so wichtig?«

»Ja«, erklärte Cirillo ungehalten. »Es ist wichtig. Sie müssen alles sagen, was Sie wissen.«

»Elisa hat es mal irgendwann erwähnt.« Lazzeri hob die Hände. »Aber es war ganz nebenbei und ist auch schon ewig her. Ich bringe die Geschichte gar nicht mehr so genau zusammen. Ich meine: Wie alt waren wir damals? Fünfzehn?«

»Haben Sie Elisa oder Raffaella irgendwann einmal darauf angesprochen?«

Lazzeri schüttelte den Kopf.

»Oder mit Mugele darüber geredet?«

»Ich kenne ihn doch gar nicht.« Lazzeris Augen füllten sich wieder mit Tränen. »Der Mann war mir immer unheimlich.« Sie wedelte aufgeregt mit den Händen. »Das meine ich jetzt aber nicht rassistisch.« Nachdem sie sich geschneuzt hatte, erklärte sie wehmütig: »Es war immer alles so verrückt mit Elisa. Ohne sie wird es nie wieder so sein wie früher.«

Als Cirillo das Restaurant verließ, hatte der Regen aufgehört. Sie holte ihr Telefon heraus, wählte die Nummer ihres Taxifahrers und sagte in den Hörer: »Michele? Ich bin in der Via Grotta Azzurra. Schaffen wir es, dass ich das 14.30-Uhr-*aliscafo* nach Sorrent kriege?«

18

Nachdem Rizzi seine Kollegin an der Bushaltestelle abgesetzt hatte, legte er sich in die Kurven, um so schnell wie möglich nach Anacapri zu kommen.

Er parkte seinen Roller nicht vor dem Haus von Aurora Bellini, an der Traversa Caposcuro, sondern am Vicolo Portico. Der schmale Weg zwischen dem Anwesen der Marchettis und dem Grundstück der Benzoni-Schwestern endete, wie Mugele gesagt hatte, im Gestrüpp, an einem Zaun mit Loch. Nie und nimmer wäre Rizzi auf die Idee gekommen, dass der Besitz der Bellinis bis hierher reichte. Diesen Weg hatte Elisa Constantini genommen, wenn sie sich heimlich zu Simon Mugele stahl. Und auch Mugele selbst war vor vielen Jahren auf diesem Liebespfad gewandelt, als er sich zu Anna Bellini schlich und die beiden, zunächst unbemerkt von der Öffentlichkeit, ein Paar wurden. Aber das war lange her.

Von der Straße ungesehen, gelangte Rizzi zwischen Zitronenbäumen hindurch an der Steintreppe an, wo bis vor kurzem noch die Ape von Aurora Bellini geparkt hatte. Er stieg die Stufen hinauf, griff bei der Pforte zwischen den Eisenstäben hindurch, drehte den Schlüssel im Schloss herum und öffnete.

Unter der Pergola standen noch, von Blättern übersät,

die Stühle, auf denen Cirillo und er vor drei Tagen, am Montag, mit Aurora Bellini gesessen und nach einem Anhaltspunkt gesucht hatten, warum ihr jemand nach dem Leben trachten könnte und wie es dazu kam, dass ausgerechnet Elisa Constantini sich in die Ape gesetzt hatte und damit losgefahren war. Aurora Bellini hatte nicht den Ansatz einer Erklärung gehabt.

Er ging nicht zur Durchfahrt, wo die Außentreppe in den ersten Stock zu Aurora Bellini hinaufführte, sondern bog vor der Zisterne vom Weg ab und landete kurz darauf am anderen Ende des Hauses, wo eine Holztür offen stand.

Hier war die Stiege, von der Mugele gesprochen hatte, die in die obere Etage, direkt in sein Schlafzimmer führte. Unter der Stiege standen neben einer Waschmaschine Gummistiefel, Halbschuhe, Sneakers und geradeaus, halb von einem Vorhang verdeckt, ein Regal mit alten Flaschen verschiedener Größen mit antiken Pfropfen und verbeulten Schraubverschlüssen, in denen möglicherweise die Bellini-Frauen damals ihren ersten Limoncello angesetzt hatten. Hinter der Ecke kam noch mehr Plunder zum Vorschein: Bottiche, Fässer, eine Olivenpresse, ausgediente Gartengeräte, alte Stühle. Bei den Bellinis wurde noch weniger weggeschmissen als bei den Rizzis.

Er lauschte in die Stille und bildete sich ein, Stimmen zu hören, weit weg und seltsam hallend, wie Stimmen aus dem Jenseits, schoss es ihm durch den Kopf. Er ließ seinen Blick über das Gewölbe wandern, an den gemauerten Bögen entlang, so kunstvoll konstruiert, dass ein Stein den anderen stützte. Obendrüber waren die Wohnräume. Er trat an die Wand, wo ein kaputter Korbstuhl mit Sitzkissen stand und ein kleiner Tisch mit verrußter Kerze, und legte ein Ohr an die Steigleitung, vermutlich ein Heizungsrohr, irgendwann nachträglich eingezogen und mittlerweile vielleicht schon wieder unbrauchbar geworden.

»… will aber nach Afrika«, tönte eine Stimme aus der Ferne, wie aus einer anderen Welt, eine Kinderstimme, vermutlich der kleine Jordan. »Will die Elefanten besuchen.«

Eine Männerstimme, Simon Mugele, klang dumpf: »Und wer passt dann hier bei uns auf die Nonna auf? Hat dein kleiner Giacomo-Elefant da schon mal drüber nachgedacht?«

Die Stimmen gingen in Geräuschen unter, etwas Prasselndes, als ob Würfelbecher zum Einsatz kamen.

Rizzi beschloss, zu Mugele hochzugehen und ihm von Raffaellas Verhaftung zu berichten, als sich am anderen Ende der Cantina Aurora Bellini vernehmen ließ: »Ciao, Erri«, sagte sie. Ihre Stimme klang brüchig und gleichzeitig sehr energisch. Aber im diffusen Licht, das durch kleine, von Spinnweben verhangene Fensterscheiben fiel, war niemand zu sehen. Nur Kartons standen da, Kisten aus Sperrholz und Säcke.

Doch einer der Säcke bestand bei näherem Hinsehen aus einem langen schwarzen Rock und einer schwarzen Strickstola, die Auroras Kopf und ihre schmalen Schultern bedeckte. Unbeweglich, in sich zusammengesunken, saß sie auf einem Schemel, als gehörte sie selbst schon zum Inventar.

»Ich weiß Bescheid«, fuhr sie fort. »Xenia hat die Neuigkeit berichtet, als sie vom Einkaufen kam.« Auroras Tonfall klang spöttisch. »Sie war so fix und fertig mit den Nerven, dass ich sie gleich wieder nach Hause geschickt habe.« Sie schüttelte verächtlich den Kopf. »Hast du gesehen, ob sie wenigstens die Waschmaschine angemacht hat?«

»Die Waschmaschine«, wiederholte Rizzi und schaute in die Richtung, aus der er gekommen war, »läuft, glaube ich, nicht.«

»Xenia wird alt«, stellte Aurora Bellini fest. »Alles muss man kontrollieren und ihr dreimal sagen.« Sie seufzte. »Weißt du, Erri, er hört nie auf, der Ärger.«

»Ich wollte euch die Nachricht eigentlich persönlich überbringen.« Rizzi schob mit dem Fuß einen Karton beiseite und trat näher. »Aber die Buschtrommel war natürlich wieder mal schneller.«

Aurora verzog das Gesicht, als hätte sie in eine Zitrone von der Konkurrenz gebissen. »Such dir doch einen Hocker und setz dich.«

Als Rizzi der Aufforderung nachgekommen war und neben ihr saß, begann Aurora: »Du bist ein guter Polizist. Vito kann stolz auf dich sein. Aber eines muss ich dir nun doch einmal sagen: dass du Raffaella Constantini verhaftet und nach Neapel verfrachtet hast« – sie schüttelte tadelnd den Kopf. »Das ist Humbug. Sie hat doch nichts verbrochen.«

»Sie hat einen ihrer Mitarbeiter die Treppe runtergestoßen«, erklärte Rizzi, »wahrscheinlich im Streit. Der Mann steht im Verdacht, dass er bei deiner Ape die Quetschmutter gelockert und Bremsflüssigkeit abgelassen hat.«

»Tatsächlich?«, fragte Aurora überrascht. »Wie kommt der Mann denn dazu? Er kennt uns doch gar nicht.«

»Er kann sich nicht mehr dazu äußern«, sagte Rizzi. »Er

ist tot. Raffaella wird zur Stunde in Neapel verhört. Das ist der Stand der Dinge. Aber deshalb bin ich nicht hergekommen. Mir geht es um etwas anderes.«

»Egal, was passiert ist« – Aurora ballte kämpferisch die Faust – »die Constantinis und die Bellinis halten zusammen.«

»Lass mich ausreden.« Rizzi rückte mit seinem Schemel etwas näher. »Du bist mir eine Erklärung schuldig. Warum hast du mir nicht erzählt, dass dein Schwiegersohn Simon und Elisa Constantini ein Verhältnis hatten? Ich meine, wir zerbrechen uns hier den Kopf, wie es angehen kann, dass sie nachts in deine Ape steigt, und du hältst einfach die Klappe. Du sabotierst unsere Arbeit. Das geht so nicht. Deshalb bitte ich dich: Pack aus. Was weißt du? Was hast du uns sonst noch verschwiegen?«

Aurora schaute Rizzi ausdruckslos an. »Simon und Elisa Constantini haben ein Verhältnis gehabt?« Sie schüttelte belustigt den Kopf. »Davon weiß ich nichts.«

»Das kannst du deiner Großmutter erzählen«, erklärte Rizzi ungeduldig, »und die würde dir auch nicht glauben.«

»Jetzt hör mir mal zu, mein Junge.« Aurora stemmte eine Hand auf ihr Knie und beugte sich vor. »Was Simon privat tut, geht mich nichts an. Das ist seine Sache. Ich habe ihm gesagt, solange er die Firma nicht gegen die Wand fährt und mir hilft, für den Jungen zu sorgen, mische ich mich nicht in sein Privatleben ein. Daran halte ich mich. Und wer da bei ihm ein und aus geht – wirklich, Erri. Ich schätze, es ist nicht nur Elisa Constantini. Aber, wie gesagt, ich will es gar nicht wissen. Dass er Liebschaften hat, ist doch klar. Er ist ja nicht aus Holz.«

»Da ist noch etwas.« Rizzi nahm seine Mütze ab. »In einem Ordner in Raffaellas Büro haben wir ein Schriftstück vom alten Marcello gefunden. Sein Letzter Wille, handschriftlich notiert, ohne notarielle Beglaubigung, typisch Marcello eben. Darin räumt er dir lebenslang einen zwanzigprozentigen Rabatt auf alle Constantini-Zitronen ein.«

»Ich kenne dieses Schriftstück«, nickte Aurora.

»Und?«

»Raffaella hat sich nie dran gehalten.«

»Hat sie nicht?«, fragte Rizzi überrascht.

»Natürlich nicht.« Aurora legte die Hände aneinander und schaute hinauf zur Decke. »Mein lieber Marcello«, sagte sie. »Den Rabatt hat er mir in einer Zeit gewährt, als mir das Wasser bis zum Hals stand. Ja, Erri, auch solche Zeiten hat es gegeben. Es war nicht immer alles Gold. Die Investition für die neue Halle hatte sich noch längst nicht amortisiert, ich brauchte frisches Geld für den Ausbau des Fuhrparks, gleichzeitig stiegen die Zinsen – egal. Tatsache ist: Ich hatte mich übernommen, wusste nicht mehr, wie es weitergeht, und dachte, jetzt ist es so weit, jetzt ist die Zeit gekommen, und ich muss verkaufen. Paolo Moretti, der Aasgeier, stand schon bereit. Aber ich habe den Karren wieder aus dem Dreck gezogen, und Marcello hat mir geholfen. Wenn niemand mehr da war – Marcello war an meiner Seite. Und er wollte nun mal über seinen Tod hinaus sichergehen, dass so etwas nicht noch einmal passiert. Das rechne ich ihm hoch an. »Es ist die Geste, die zählt. Aber, mein lieber Enrico«, sie hob den Finger, »Raffaella hat nichts zu verschenken. Das versteht niemand besser als ich. Und wir haben immer einen Modus gefunden, mit dem alle Seiten gut leben können. Du siehst ja: Der Laden läuft. Wie ich von Simon gehört habe, bist du da gewesen und hast dir alles angeschaut. Jetzt erzähl mal.« Aurora setzte sich zurecht, als begänne nun der gemütliche Teil. »Wie ist dein Eindruck? Hat er dir die neue Abfüllanlage gezeigt? Weißt du, was die gekostet hat? Schätz mal.«

»Stopp. Moment bitte.« Rizzi schwirrte der Kopf. »Du meinst, dein Schwiegersohn hat parallele Frauengeschichten, und Paolo Moretti schielt vielleicht immer noch nach deiner Firma? Oder sind das jetzt alles nur wieder Nebelkerzen? Nein, Aurora, jetzt hörst du mir mal zu.« Rizzi stand auf. »Die Kripo in Neapel wird zu dem Schluss kommen, der Engländer Josh Wilcox war's, er hat an deiner Ape herumgeschraubt, und dann werden die Akten geschlossen. Das kommt so sicher wie das Amen in der Kirche. Aber ich glaube, der Engländer Josh Wilcox ist unschuldig. Ein Ausländer wie Wilcox kommt nicht auf so eine Idee mit der Quetschmutter. Es muss jemand von der Insel sein, der sich mit einer Ape auskennt. Und wenn der wahre Täter frei herumläuft, wird er wieder zuschlagen, und wer weiß, was ihm als Nächstes einfällt. Wird er ein Feuer legen? Oder an der Vespa herumschrauben? Was ich sagen will und was du anscheinend nicht begreifst: Ihr drei – Simon, Jordan und du – schwebt in Lebensgefahr.«

»Wenn du anfängst, darüber nachzudenken«, erklärte Aurora mit dumpfer Stimme, »drehst du durch. Und genau das bezweckt der Täter. Verstehst du? Irgendjemand da draußen will uns fertigmachen. Aber das werde ich nicht zulassen.«

»Und was heißt das?«, fragte Rizzi. »Dass du endlich kooperierst?«

Aurora schüttelte eigensinnig den Kopf. »In der Vergangenheit herumstochern – was soll das bringen? Vorbei ist vorbei. Ob es dir gefällt oder nicht, Erri: Ich lasse mich nicht aus der Ruhe bringen, und Simon auch nicht.«

»Was ist denn das für eine Logik?«, rief Rizzi. »Zwei Menschen sind gestorben, und ihr wollt so tun, als wäre nichts passiert?«

»Wenn mir etwas zustößt«, erklärte Aurora Bellini, »schafft Simon es auch allein. Ich weiß das. Er hat es bis hierher geschafft, und er lässt sich nicht wieder vertreiben. Was er erreicht hat, wird er gegen alles und jeden verteidigen.«

»Und wenn dem Jungen etwas zustößt?«, fragte Rizzi. »Hast du diese Möglichkeit schon mal in Betracht gezogen?«

Draußen klirrte ein Schraubenschlüssel. »Verdammt noch mal!«, rief Simon Mugele in der Einfahrt, hinter der Holztür. Geschepper war zu hören. »Ich habe tausendmal gesagt: Der Werkzeugkasten ist nicht zum Spielen da!«

Während zwischen Schrauben gekramt wurde, ging hinter Rizzi die Tür zur Einfahrt auf, und Jordan lugte durch den Spalt. Er trug kurze Hosen, T-Shirt und eine viel zu große Polizei-Spielzeugmütze auf dem Kopf.

Rizzi schob sich überrascht die Mütze aus der Stirn. »Sind wir neuerdings Kollegen?«, fragte er.

Jordan ahmte zögernd Rizzis Bewegung nach und schob sich ebenfalls seine Polizeimütze aus der Stirn, während hinter ihm Simon Mugele auftauchte.

»Agente«, sagte er, und es klang nicht besonders erfreut. »Wo kommen Sie denn so plötzlich her?«

»Durch die Gartenpforte.« Rizzi ging an Jordan vorbei und trat in die Einfahrt hinaus, wo die alte Vespa mit heruntergeklappten Seitenblechen stand. »Ich wollte euch eigentlich nur mitteilen, dass Raffaella verhaftet ist und ihr Mitarbeiter tot. Aber ihr wisst ja schon alles.«

»Raffaella ist unschuldig«, sagte Simon Mugele. »Lass sie laufen.«

»Habe ich Erri auch gesagt.« Aurora Bellini war von ihrem Hocker aufgestanden und wirkte plötzlich ganz gebrechlich. »Wir können dir nicht weiterhelfen, Erri«, sagte sie zu Rizzi. »Du vertrödelst hier bloß deine Zeit.«

Rizzi hob eine Schraube vom Boden auf und legte sie auf den Ledersattel der Vespa. »Übermorgen ist Samstag«, sagte er. »Habt ihr euch schon überlegt, wie du zum Friedhof kommst ohne Ape? Mit der Vespa? Hintendrauf?«

Aurora stemmte die Hände in die Hüften. »Das, mein lieber Enrico, ist gerade meine geringste Sorge.«

»Wäre ja eine kleine Sensation«, sagte Rizzi, »wenn du ausgerechnet jetzt, da Marcellos Tochter tot und die andere verhaftet ist, den Friedhofsbesuch bei ihm ausfallen lässt. Ist das überhaupt schon jemals vorgekommen? Für den Täter – oder die Täterin – wäre es vermutlich ein kleiner Triumph: Aurora Bellini ist aus dem Takt gekommen.«

Aurora Bellini antwortete nicht, starrte in den Himmel und schien mit ihren Gedanken ganz woanders zu sein.

Rizzi öffnete das Tor, trat hinaus auf die Traversa Caposcuro und zog die Tür hinter sich zu – so laut, dass es in der ganzen Nachbarschaft zu hören war.

19

Als Cirillo mit dem *aliscafo* in den Hafen von Sorrent einfuhr, stand der Kollege, Andrea Izzo, den sie vor etwas mehr als einer Stunde angerufen hatte, schon bereit. Er war viel freundlicher als bei ihrer ersten Begegnung vor zwei Tagen, verhielt sich geradezu charmant, wie er ihr die Tür vom Streifenwagen aufhielt und sich nach ihrem Befinden und dem Fortgang der Ermittlungen erkundigte.

Cirillo speiste ihn mit Allgemeinplätzen ab. Sie wollte nicht grob sein, hatte aber keine Lust zu reden, was Izzo offenbar nicht störte. Während sie über die Schnellstraße fuhren, berichtete er, dass er gar nicht aus dieser Gegend stamme, sondern aus dem Norden war, genauer gesagt aus dem Aostatal, und dass ihm die Leute hier mit ihrer Sturheit und ihrem begrenzten Horizont gewaltig auf die Nerven gingen.

Cirillo antwortete nicht, ließ ihren Blick über die Hänge mit den schwarzen und grünen Netzen schweifen, unter denen Millionen Zitronen reiften, und ihre Gedanken wanderten wieder zu dieser geheimnisvollen Geschichte, der Verletzung von Simon Mugele, der Narbe an seinem Bein, für die – wenn man Silvia Lazzeri glauben wollte – Raffaella Constantini verantwortlich war. Niemand wollte darüber reden, nicht mal Mugele selbst. Was hatten er und Raffaella

Constantini zu verbergen? Welche Geschichte verband sie miteinander, oder war es vielleicht genau diese Sache, die sie voneinander trennte? Vermutlich gab es nur eine Person, zu der sie Zugang finden und die ihr Antworten geben konnte. Cirillo spielte im Geiste durch, ob die Situation brenzlig werden oder gar eskalieren könnte, überlegte, ob es eine bestimmte Frage gab, mit der sie das Schweigen durchbrechen konnte, und kam zu dem Schluss, dass sie, wie immer, am besten ihrem Instinkt vertrauen würde.

Als Agente Izzo am Holzschild *Happy Fruits* anhielt, erklärte er: Gründlichkeit, Zuverlässigkeit und Unbestechlichkeit seien seine Prinzipien, und das zahle sich auch aus. Er könne nämlich schon bald mit einer Beförderung rechnen.

»Gratuliere«, sagte Cirillo, bedankte sich und war schon ausgestiegen, als er vorschlug, man könne doch mal einen Kaffee trinken oder eine Kleinigkeit essen gehen. Auch gegen einen Ausflug nach Capri hätte er nichts einzuwenden.

»Mal schauen«, sagte Cirillo, schlug die Tür zu und ging, ohne sich umzudrehen, den Sandweg hinunter.

Die Glyzinie über der Pergola hatte nach dem letzten Regen fast alle Blätter verloren. Die Fensterläden waren verrammelt, aber im Erdgeschoss stand hinter dem Perlenvorhang die Eingangstür offen.

»Hallo?« Cirillo trat ein, marschierte an einer Reihe Gummistiefel vorbei und rief: »Polizei! Ist hier jemand?«

Im Raum mit den dunklen Balken unter der Decke lagen auf dem großen Tisch mehrere Laptops, Aktenordner und Papiere, als ob eine Durchsuchung stattgefunden hätte. Aber zu sehen war niemand.

»Hallo!«, rief sie noch einmal.

Ein Geräusch war zu hören, als ob ein Stuhl gerückt wurde. Sie schaute hinter der Treppe um die Ecke.

Sarah Neumann und Jerôme Dubois saßen mit ihren Smartphones am Küchentisch, Kabel hingen ihnen aus den Ohren, und Sarah Neumann sah verheult aus. Beide schauten überrascht auf.

»Warum antworten Sie nicht?«, fragte Cirillo.

»Was wollen Sie?« Neumann verschränkte feindselig die Arme vor der Brust, während Dubois im selben Moment sagte: »Gut, dass Sie da sind.« Er nahm die Kopfhörer raus. »Wann kommt Raffaella wieder frei?«, fragte er heiser.

»Da bin ich nicht die richtige Ansprechperson«, antwortete Cirillo. »Der Fall liegt jetzt in Neapel.«

»Na toll«, schnaubte Neumann, und Dubois legte ihr beschwichtigend eine Hand auf den Arm. Aber sie schüttelte ihn ab und fuhr erregt fort: »Sie kommen hierher und machen alles kaputt. Merken Sie das eigentlich? Joshi ist tot, Raffaella sitzt im Gefängnis.« Sie rang nach Worten und stieß hervor: »Wie soll es denn jetzt weitergehen? Können Sie uns das mal verraten?«

»Wo ist Renato?«, fragte Cirillo.

Dubois machte eine Handbewegung, die wohl bedeutete, dass sie keine Ahnung hatten, und legte tröstend einen Arm um die Deutsche, die haltlos zu schluchzen begann.

»Wir sind doch am Arsch – ohne Joshi«, heulte sie und schrie Cirillo hinterher: »Wie wäre es mit: Herzliches Beileid? Oder kennt die italienische Polizei diesen Ausdruck nicht?«

Cirillo ging den Hang hinunter und versuchte sich zu

erinnern, in welcher Ecke des Zitronenhains sie Renato getroffen hatte. Zwei Tage war das jetzt her. Sie sah die Eimer in den Astgabeln, die Lichtflecken auf dem Moos, war aber möglicherweise gleich zu Beginn falsch abgebogen.

»Renato?«, rief sie.

Als Antwort flatterte ein Vogel auf und flog schnell davon. Sie stieg aufs Geratewohl die Stufen zu einer höhergelegenen Terrasse hinauf, lief unter Netzen zwischen verwachsenen Zitronenbäumen hindurch und immer wieder an Aluminiumleitern vorbei, rief: »Renato?«, aber es kam ihr vor, als würde ihre Stimme vom Blätterwerk geschluckt und der Garten auf seine ganz eigene Weise für Ruhe sorgen.

Sie wandte sich nach rechts, ging ein Stück bergauf und hatte in diesem Zitronenlabyrinth komplett die Orientierung verloren. Sie stolperte über Wurzeln, wechselte noch einmal die Terrasse und stand plötzlich in einem ganz anderen Bereich.

An den Namensschildern unter den Bäumen erkannte sie, dass sie hier bei den Crowdfarmern gelandet war und nun von der anderen Seite kam. Nachdem sie ein Stück gegangen war, entdeckte sie den Klapptisch und ein paar Meter weiter Renato. Er saß vornübergebeugt, die Ellbogen auf den Knien, den Kopf gesenkt, auf einem Stuhl, als wäre er nicht unter Zitronenbäumen, sondern im Wartezimmer beim Arzt.

»Geht es Ihnen gut?«, rief Cirillo schon von weitem.

Er schaute auf, kniff die Augen zusammen, schien weder erfreut noch verärgert oder überrascht, sie zu sehen.

»Kommt sie bald wieder raus?«, fragte er, als Cirillo etwas kurzatmig vor ihm stand.

»Raffaella?« Cirillo schob ihre Bluse in die Hose, nahm die Mütze ab und strich sich die Haare zurecht. »Genau deshalb bin ich hier«, sagte sie. »Es hängt ganz von Ihnen ab.«

Er schien verwirrt. »Von mir?«

»Sagen Sie mir einfach die Wahrheit.«

Er schaute müde zu ihr auf. »Was weiß denn ich? Wenn Sie irgendetwas wissen wollen, müssen Sie sich an das junge Gemüse halten.« Er nickte zum Haus hinüber. »Die Deutschen, Belgier, Engländer, und wo sie alle herkommen, haben doch schon längst das Ruder übernommen. Ich weiß nur eins.« Er richtete sich auf. »Raffaella ist unschuldig. Lassen Sie sie frei.«

Cirillo ging neben ihm in die Hocke. »Ich meine etwas anderes«, sagte sie. »Ich möchte wissen, was damals passiert ist, als Mugele hier noch Zitronenpflücker war. Ich spreche von der Narbe an seinem Bein und will wissen, woher sie stammt. Warum redet niemand darüber?«

Renato winkte ab. »Die alte Geschichte? Hören Sie auf.«

»Nein, ich höre nicht auf. Sie sind der Einzige, der damals schon hier gearbeitet hat und Bescheid weiß. Marcello ist tot, Raffaella in Haft. Sie müssen jetzt den Mund aufmachen.«

Er antwortete nicht und starrte sie nur ausdruckslos an.

»Ich weiß«, begann Cirillo noch einmal, »dass Raffaella Constantini etwas mit Simon Mugeles Verletzung zu tun hat. Was hat sie getan?«

Renato fuhr sich mit der Hand über sein zerfurchtes Gesicht, als würde ihm langsam die Bedeutung und Tragweite einer alten Geschichte bewusst, stand auf und schien zu überlegen. Ohne ein weiteres Wort ließ er Cirillo stehen und ging den Weg hinunter, den sie vorhin gekommen war.

»Halt«, rief Cirillo überrascht. »Warten Sie. Wir sind noch nicht fertig.«

Er bückte sich, um einen Eimer aufzuheben, hängte ihn an den Baum und ging weiter in den Zitronenhain.

»Bleiben Sie gefälligst stehen!«, rief Cirillo. »Oder haben Sie Angst? Sie dürfen nicht länger schweigen, bloß weil Marcello es Ihnen damals befohlen hat.« Wütend lief sie hinter Renato her. »Es hat keinen Sinn mehr. Marcello ist tot, Elisa ist tot, Raffaella festgenommen. Auf sie wartet eine Mordanklage. Was soll noch alles passieren?«

Renato antwortete nicht, stellte sich taub und ging einfach weiter.

»Wollen Sie, dass alles, was Marcello mit Ihnen aufgebaut hat, kaputtgeht?«, rief Cirillo. »Bitte schön, dann sind Sie der Letzte, der hier das Licht ausmacht.« Sie packte ihn von hinten an der Schulter und zwang ihn stehen zu bleiben und sie anzugucken. »Aber wollen Sie das? Wollen Sie das wirklich?«

Er blinzelte, schaute in den Himmel, als suchte er da oben eine Antwort auf die Frage, was der alte Marcello ihm jetzt wohl raten würde. Oder er wünschte sich, mit all dem Mist nichts zu tun zu haben.

Sie folgte ihm, ohne zu wissen, wohin er gehen und ob er ihr etwas zeigen wollte. Den Blick auf den Boden geheftet, stapfte er voran, aber so entschlossen, als hätte er eine Entscheidung getroffen, und die würde er jetzt durchziehen. Sie ging ihm einfach hinterher, den Weg hinunter, immer geradeaus, durch den Zitronenhain, bis er plötzlich abbog und hinter einer Hecke verschwand.

Sie zögerte, überlegte, was das zu bedeuten hatte, lugte durch die Büsche hindurch und sah eine Grube, Steine, die zu einem Haufen aufgetürmt waren, und einen Bretterverschlag, an dem eine Spitzhacke und mehrere Schaufeln lehnten.

Renato machte sich an einem Riegel zu schaffen, der nicht so leicht zu bewegen war, benutzte einen Hammer und schob das Tor auf. Das morsche Holz hing nur noch an einer Angel und schleifte schwer über den sandigen Boden. Im Halbdunkel kam eine Ape zum Vorschein, ein Uraltmodell mit einem einzigen runden Scheinwerfer. Die Karosserie war übersät von Rostflecken, und durch die Windschutzscheibe verlief quer ein Sprung.

Renato räumte Zitronenkisten beiseite, öffnete die Beifahrertür, rutschte auf die Fahrerseite und ließ den Motor an, der erst röchelte, dann hustete und schließlich stockend vor sich hinzutuckern begann, während sich ein Geruch nach Zweitaktergemisch ausbreitete.

»Na los«, rief er mit einer Handbewegung. »Steigen Sie ein. Oder wollen Sie einen Rückzieher machen?«

Kaum hatte sie neben ihm Platz genommen und die Tür rangezogen, setzte sich die Ape mit einem Satz in Bewegung. Im Fußraum war ein faustgroßes Loch, durch das sie den Stiefel hätte stecken können und den Weg sah. Es war eng in der kleinen Kabine, ihre Oberarme und Schenkel berührten sich, sie spürte seine Körperwärme, roch seinen Männerschweiß und einen Zitronenduft, der wohl in seinem Flanellhemd und den Haaren hing.

Der Weg führte auf eine Gasse, die Gasse nach einer Biegung auf die Hauptstraße. Cirillo hatte das Gefühl, dass Renato mit durchgedrücktem Gaspedal fuhr – vielleicht als Ausdruck seiner Wut und Entschlossenheit –, versuchte sich festzuhalten, wo es nichts zum Festhalten gab, und hatte Angst, dass durch den Druck ihres Körpers die Seitentür in den Kurven aufspringen und sie bei voller Fahrt hinausfallen könnte. Im Geiste sah sie Rizzi und Lombardi die Hände ringen und fragen, warum sie, um Himmels willen, nach allem, was passiert war, freiwillig in diese Schrottkarre stieg und sich einem Verrückten auslieferte, der – seinem Fahrstil nach zu urteilen – nichts mehr zu verlieren hatte. Der Gedanke an Elisa Constantinis Höllenfahrt drängte sich ihr auf, und Cirillo fragte sich in zunehmender Panik, ob sie hier gerade den Fehler ihres Lebens beging.

»Wo fahren wir hin?«, fragte sie und bemühte sich, souverän zu klingen, während sie in den Kurven die Augen schloss. »Ist es noch weit?«

Er antwortete nicht und hielt mit vollem Tempo und allem, was die Ape an PS zu bieten hatte, auf die nächste Linkskurve zu. Als er rumpelnd von der Straße abkam, wollte sie aufschreien, ihm ins Steuer greifen, und merkte in der nächsten Sekunde, dass er die Sache im Griff hatte.

Er fuhr weiter geradeaus durch Schlaglöcher und Pfützen, bis der Weg nach mehreren hundert Metern endete und die Ape unter einer Baumgruppe tuckernd zum Stehen kam – und schließlich mit einem letzten heiseren Röcheln verstummte.

Cirillos erster Eindruck war, dass sie auf einem Schrottplatz gelandet waren. Zwei Autowracks standen herum, von denen eines komplett ausgebrannt war. Es gab verrostete Bettgestelle, verschimmelte Matratzen und Teile aus Metall und Pressspan, die vielleicht einmal Schränke oder Regale gewesen waren.

Als sie ausstieg – wegen der Anspannung noch ganz verkrampft-, war Renato bereits in der Baracke verschwunden, einem heruntergekommenen Flachbau, der die Müllhalde vom Weg abschirmte. Wenn hier einmal Fenster gewesen waren, so hatte man sie irgendwann mit Plastikfolie ersetzt, aber eher nachlässig, und die Tür war so verzogen, dass sie wahrscheinlich immer offen stand.

Im Halbdunkel roch es feucht und modrig. Alte Wäscheleinen hingen unter der Decke, und an einer Schnur baumelte ein grauer Putzlappen.

Auf der anderen Seite eines löchrigen Vorhangs ging es in einen Bereich, der einmal alles gleichzeitig gewesen sein musste: Küche, Wohnzimmer, Schlafzimmer und Abstellraum. Neben aufgerissenen Matratzen, Eimern und Kisten, die möglicherweise als Sitzgelegenheiten gedient hatten, gab es verbeultes Kochgeschirr, einen schmutzigen Herd und ein Ofenrohr. Im Fußboden fehlten Bretter, und in der Ecke schien es einmal gebrannt zu haben.

»Wo sind wir hier?«, entfuhr es Cirillo.

»Die Zitronenpflücker haben hier gewohnt«, erklärte Renato. »Sah nicht immer so schlimm aus wie jetzt, jedenfalls nicht am Anfang. Wir wollten auch Strom und fließend Wasser legen, aber dazu ist es dann nicht mehr gekommen.« Er betrachtete ein Loch in der Decke und trat gegen eine umgedrehte Kiste. »Wenn Sie mich fragen: Es stand alles von Anfang an unter keinem guten Stern.«

»Wovon sprechen Sie?«

Renato drehte ihr den Rücken zu und sagte zur Wand: »Sie wollten doch wissen, was damals passiert ist.«

Cirillo trat näher. Was auf den ersten Blick aussah wie eine vergilbte Tapeten, waren Zeitungsausschnitte. Das zentrale Foto zeigte einen umgekippten, halbzerstörten Kleintransporter. Vielleicht der, der hinter dem Haus lag. Dem Datum entnahm Cirillo, dass es sich um ein Ereignis handelte, das vierzehn Jahre zurücklag.

»Was ist das für ein Bericht?«, fragte Cirillo. »Und wer hat das hier an die Wand geklebt?«

»Ich denke, das waren unsere Leute, die Zitronenpflücker, die damals für uns gearbeitet haben, vielleicht sogar Simon Mugele selbst. Als stiller Protest oder zum Gedenken, keine Ahnung.« Renato ließ seinen Blick über die Wand schweifen. »Ich war jahrelang nicht mehr hier gewesen und habe diese Tapete selbst erst viele Jahre später entdeckt, als die Männer längst alle weg waren.« Renato schob die Hände in die Hosentaschen. »Ich weiß, das ist kein Ruhmesblatt, diese Geschichte. Alle wissen das, auch Raffaella. Obwohl ich nie wieder mit ihr darüber gesprochen habe. Auch Simon hat nie mehr ein Wort darüber verloren. Als ob es zwischen ihm und Raffaella eine stille Übereinkunft gäbe. Lesen Sie«, sagte er mit gesenktem Kopf. »Da steht alles, was Sie wissen wollen.«

Cirillo trat an die Wand und las Zeile für Zeile im Licht der Taschenlampe an ihrem Telefon. Über einen Kleinbus, der mit überhöhter Geschwindigkeit von der Fahrbahn abgekommen und die Böschung hinuntergestürzt war. Über einen Landarbeiter aus Somalia, der dabei ums Leben kam, und einen Ghanaer, der schwer verletzt wurde. Die übrigen sechzehn Insassen des für acht Personen zugelassenen Busses kamen mit einem Schock, ein paar Schrammen und blauen Flecken davon.

»Handelt es sich beim Ghanaer um Simon Mugele?«, fragte Cirillo. »Stammt die Narbe an seinem Bein von diesem Unfall?«

»Von mir haben Sie diese Information nicht«, antwortete Renato.

Cirillo las weiter. Der Kleinbus sei auf dem Weg von den Feldern, wo die Leute für die Zitronenfarm von Marcello Constantini arbeiteten, zurück zu ihrer Unterkunft gewesen. Ob die Tochter Raffaella Constantini am Steuer des Wagens gesessen habe, ließ sich nicht mehr ermitteln, da die Landarbeiter dazu keine Aussage machten und sich gegenüber der Zeitung auch nicht zu den Umständen äußern wollten, unter denen sie für die Constantinis arbeiteten. Das Gerücht, sie bekämen zwanzig Euro am Tag, abzüglich der Kosten für Unterkunft, Verpflegung und Transfer auf die Felder, wurde offiziell von keiner Seite bestätigt.

Während Cirillo das Zeitungsfoto vom völlig zerstörten Kleinbus betrachtete, überlegte sie: Wenn es stimmte, was man sich erzählte, und Raffaella Constantini die Verantwortung für Mugeles Narbe trug, konnte es nur bedeuten, dass Raffaella am Steuer des Unfallwagens gesessen hatte. Dass sie schuld am Unfall und seinen tragischen Folgen war. Aber warum hatte Mugele die Sache nicht zur Anzeige gebracht?

Cirillo war tief in ihre Überlegungen versunken und stellte sich den Unfall in all seinen schrecklichen Details vor. »Eine Sache müssen Sie mir erklären«, sagte sie und drehte sich um – aber Renato war verschwunden.

Sie trat aus der Baracke, und auch die Ape war weg.

20

Jemand rüttelte ihn unsanft an der Schulter. Rizzi fuhr hoch. Gina hatte sich über ihn gebeugt, und an ihrer Mimik war zu erkennen, dass sie den Atem anhielt.

»Was ist passiert?« Er war hellwach.

Sie legte den Finger an ihre Lippen. »Da ist jemand«, flüsterte sie.

Rizzi lauschte. Nichts. Absolute Stille. Es war noch nicht mal hell. Er schaute auf die Uhr. Halb fünf.

»Du hast geträumt«, murmelte er und zog Gina an sich, als ein Wummern zu hören war, wie es entstand, wenn jemand mit beiden Fäusten gegen eine Tür schlägt.

»Seid ihr taub?« Die Stimme seiner Mutter. »Enrico, wach auf. Los, beweg dich!«

Rizzi fluchte, schlug die Decke zurück, schaffte es gerade noch, auf dem Weg durch den Flur seine Boxershorts überzustreifen, und riss die Wohnungstür auf.

Der Lichtstrahl der Taschenlampe traf ihn mitten ins Gesicht. »Was ist denn bei euch los?«, fragte Marta aufgebracht. »Habt ihr Schlaftabletten genommen?«

»Ist etwas mit Papà?« Rizzi war alarmiert und wollte an seiner Mutter vorbei. »Hast du den Dottore gerufen?«

»Mit deinem Vater ist alles in Ordnung«, sagte sie und senkte die Stimme. »Draußen ist jemand.«

»Wer soll denn da sein?«

»Keine Ahnung. Hol die Pistole. Nun mach schon! Der Kerl wirft Steine!«

»An eure Fenster?«

»Worauf wartest du?«

Er ging zurück ins Schlafzimmer, zog wortlos seine Jogginghose und den alten Pullover über und machte nur eine Handbewegung, als Gina besorgt fragte: »Was ist denn passiert?«

Marta irrlichterte nervös mit der Taschenlampe umher, streifte mehrmals den Fensterladen von Francesca und leuchtete ihm jetzt wieder ins Gesicht.

»Gib her.« Rizzi nahm ihr die Taschenlampe weg. »Du weckst noch das Kind auf.« Er ging die Treppe hinunter und stieß im Hof auf seinen Vater, der im Pyjama, mit einer Schaufel bewaffnet, am Tor wartete und zu allem bereit schien.

»Verschwinde, Papà«, sagte Rizzi. »Geh nach oben.«

»Habt ihr diesen Verrückten aus Benevent nicht festgenommen?«, fragte Vito heiser. »Du weißt schon, der dem Zitronenpflücker von den Constantinis die Fresse poliert hat. Ich sage dir, du hättest ihn nicht laufenlassen dürfen. Ruf deine Kollegen«, sagte er, als Rizzi die Hand schon an der Verriegelung hatte. »Geh da nicht alleine raus, Enrico. Hörst du? Ich verbiete dir –«

Rizzi leuchtete durch den Türspalt in die Dunkelheit. Zwei Katzenaugen funkelten, aber sonst war niemand zu sehen.

Er streckte den Kopf raus, trat auf die Straße und sah im nächsten Moment in den Augenwinkeln einen Schatten.

»Ich wollte niemanden erschrecken«, sagte Simon Mugele.

»Hast du den Verstand verloren?« Rizzi packte den Mann am Arm. »Was geisterst du hier mitten in der Nacht vor meinem Haus herum?«

»Ich wollte nicht am Polizeiposten anrufen«, verteidigte sich Mugele. »Und die Nummer, die Aurora mir gegeben hat …« Der Mann war völlig außer sich. »Du musst mir helfen«, stieß er verzweifelt hervor. »Jordan, mein Junge …«

»Was ist mit ihm?«

»Er ist verschwunden.« Mugele war den Tränen nahe. »Aus seinem Bett. Ich weiß nicht, was passiert ist. Er ist einfach weg.«

Rizzi starrte Mugele ungläubig an, sah seine Schweißperlen, die roten Augen und dass der Mann am ganzen Körper zitterte. Er legte ihm einen Arm um die Schulter und schob ihn zum Tor. »Komm rein«, sagte er. »Da entlang.« Er nickte nach vorne, die Treppe hinauf.

Vito hatte die Schaufel beiseitegestellt, ging voraus und informierte Marta, die inzwischen eine Strickjacke über ihr Nachthemd gezogen hatte und auf dem Treppenabsatz wartete: »Es ist Simon Mugele», sagte Vito. »Sein Junge ist verschwunden.«

»Verschwunden?« Marta stemmte eine Hand in die Hüfte. »Was soll das heißen? Bei uns verschwindet doch niemand.« Sie dirigierte Mugele durch die Wohnungstür in die Küche. »Setz dich«, sagte sie.

»Wann hast du gemerkt, dass er fort ist?«, fragte Rizzi, während Marta die Espressokanne auseinanderschraubte und Mugele gehorsam auf die Küchenbank rutschte.

»Gegen halb zwei«, sagte er, und sein heftig wippendes Bein verriet seine ganze Anspannung. »Ich wollte nur noch mal schauen, ob er richtig zugedeckt ist. Sein Bettzeug lag auf dem Boden, und sein Bett …« Mugeles Stimmte versagte. Er räusperte sich und fuhr mit rauher Stimme fort: »Ich bin sofort zu Aurora gegangen. Wir haben überall gesucht.«

»Was hat er an?« Rizzi holte sein Telefon hervor.

»Seinen Pyjama. Türkisblau, mit kleinen, roten Elefanten. Und ein Pullover fehlt. Beige.«

»Wie alt ist Jordan?«, fragte Rizzi. »Fünf?«

»Fünfeinhalb.«

»Ich bin's«, sagte Rizzi in den Hörer. »Wir brauchen alle Leute. Jeden, der verfügbar ist. Ein kleiner Junge ist verschwunden. Jordan. Sohn von Simon Mugele, aus dem Hause von Aurora Bellini an der Traversa Caposcuro in Anacapri. Hast du das?« Er gab die Personenbeschreibung durch und befahl: »Sucht alle Gassen und Straßen ab. Ausgehend von der Traversa Caposcuro.«

Marta stellte die Espressokanne auf den Tisch, und Rizzi sagte: »Lass uns in Ruhe überlegen. Wo könnte er hingegangen sein?«

»Was glaubst du, worüber wir uns die ganze Nacht schon den Kopf zerbrechen?«, entfuhr es Mugele, während er nervös die Hände knetete.

»Hat er einen Lieblingsort?«, fragte Rizzi. »Eine Höhle, ein Versteck, vielleicht ein Baumhaus?«

Mugele schaute suchend über den Tisch. »Seine üblichen Orte und Wege im Haus, auf dem Grundstück und in der näheren Umgebung bin ich schon abgelaufen. Mehrmals.

Auch Aurora zermartert sich das Hirn. Aber wir wissen nicht mehr weiter.«

»Vielleicht hat ihn jemand entführt«, brummte Vito. »Der Kerl, der euch die Sache mit der Ape eingebrockt hat. Jetzt schnappt er sich den Jungen.«

»Wer sollte das tun?«, fragte Mugele. »Und warum? Wegen Lösegeld?«

»Jemand will euch fertigmachen.«

»Gab es Streit?«, fragte Rizzi.

»Vielleicht ist er zu seinem besten Freund gelaufen«, warf Marta ein, während sie den Kaffee in Tässchen goss.

»Hat er einen besten Freund?«, fragte Rizzi.

Mugele schüttelte den Kopf. »Er hängt ja immerzu am Rockzipfel seiner Nonna.« Er starrte düster auf die Tasse, die Marta vor ihn hinstellte. »Wenn ihm etwas zustößt«, murmelte er, »drehe ich durch.«

»Wir finden ihn.« Rizzi kontrollierte den Nachrichteneingang seines Telefons. Neben Savio und Gatti meldete nun auch Cirillo, dass sie auf dem Weg in die Traversa Caposcuro sei. Rizzi schaute Mugele nachdenklich an. »Hatte er nicht die Idee, dass er nach Afrika will?«

»Richtig«, bestätigte Mugele überrascht.

»Kennt er den Hafen?«

»Natürlich.« Mugele schlug sich gegen die Stirn. »Dass ich da nicht gleich draufgekommen bin: Wie in der Geschichte von der kleinen Maus.«

»Welche Maus?«, fragte Rizzi.

»Die als blinder Passagier auf ein großes Schiff geht.« Mugele stand auf. »Jordan liebt diese Geschichte. Wir haben sie ihm schon tausendmal vorgelesen und auf dem

Atlas immer wieder die Route dieser kleinen Maus verfolgt.«

*

Keine fünfzehn Minuten später fuhr Rizzi auf der Vespa, mit Mugele auf dem Sozius, die Kurve nach Marina Grande hinein und bremste vor dem Ticketschalter, der um diese Zeit noch geschlossen war. Das erste *aliscafo* nach Neapel legte in etwas über einer Stunde ab.

Sie hängten die Helme an den Lenker und schauten sich um. Zwei Hunde stromerten die Mole hinunter. Spatzen saßen auf der Regenrinne über der Espresso-Bar, und Tauben pickten vor dem heruntergelassenen Rolltor, aber sonst war noch niemand unterwegs.

Sie suchten am Strand zwischen den Felsen, kontrollierten die Gasse und den Eingang zur *funicolare,* der auch noch geschlossen war, und gingen dann zum Yachthafen hinüber.

Über dem Vesuv graute der Morgen. Das fahle Licht begann sich auszubreiten, und je näher der Tag rückte und Jordan nicht wieder auftauchte, umso größer wurde auch bei Rizzi die Angst, dass dem Jungen etwas zugestoßen sein könnte. Er versuchte, seine Nervosität zu verbergen und zu suggerieren, alles im Griff zu haben, kontrollierte aber immer wieder den Nachrichteneingang in seinem Telefon, während sie gleichzeitig nach Jordan Ausschau hielten. Aber der kleine Kerl war nirgends zu sehen. Nicht mal eine verdammte Maus war zu sehen.

Das Hafen- und Schiffspersonal, erklärte Rizzi in beruhigendem Tonfall, werde von der Leitstelle als Erstes informiert und mit der Personenbeschreibung und allen weiteren Informationen versorgt, ebenso die Leute an der *funicolare*. Spätestens wenn Jordan versuchen sollte, über die Gangway aufs Schiff zu gelangen, würde man ihn kriegen. Das sei eben der Vorteil an der Insellage, dass praktisch niemand unkontrolliert die Insel verlassen könne, behauptete Rizzi – und hoffte, dass er recht behielt. Denn natürlich gab es, wie überall, Schlupflöcher, das wusste auch Mugele. Und wenn es einem kleinen Jungen gelang, sich auf ein Boot zu stehlen, und er erst einmal bis nach Neapel oder sonstwohin gelangte, würde es mit der Suche schwierig werden. Aber so weit wollte er nicht denken. Zumal es auch auf der Insel genügend lebensgefährliche Klippen, Abhänge, Erdlöcher und rutschiges Geröll gab.

Im Moment blieb ihnen nicht viel mehr übrig, als an der Kaimauer zu stehen, von wo aus sie das Geschehen am Hafen gut im Blick hatten, aber je später es wurde und je mehr Menschen kamen, umso schwieriger wurde es, noch jede Bewegung zu registrieren.

Rizzi überlegte fieberhaft, ob es nicht sinnvoll wäre, Cirillo aus Anacapri abzuziehen und zur Verstärkung herbeizurufen, als Mugele plötzlich sagte: »Woher weißt du eigentlich von seiner fixen Idee, dass er nach Afrika will?«

»Ich habe es zufällig mit angehört.« Rizzi tippte eine Nachricht an Cirillo. »Als ich bei euch unten in der Cantina war«, fügte er hinzu.

In der Espresso-Bar ging das Rolltor hoch, und das Licht wurde eingeschaltet.

»Verstehe ich nicht«, sagte Mugele.

»Die alten Rohre oder die Steigleitung, keine Ahnung, irgendetwas davon hat eure Stimmen transportiert.« Rizzi steckte sein Telefon wieder ein.

Sie beobachteten, wie abseits der Mole, am Steg, ein Fischerboot festmachte und Körbe ausgeladen wurden.

»Eine Frage«, sagte Rizzi. »Bei unserem Gespräch in Sorrent hast du gesagt, Jordan würde im Wohntrakt bei seiner Nonna schlafen. Wieso war er dann heute Nacht bei dir?«

»Du meinst, wenn er bei Aurora geschlafen hätte, wäre er nicht verschwunden?« Mugele lachte bitter. »Du hast vollkommen recht. Aurora hätte ihn keine Sekunde aus den Augen gelassen und sofort die seismographischen Schwingungen gespürt, wenn er sich bewegt.« Er wischte sich mit dem Handrücken über die Nase. »Ich weiß auch nicht, aber er will seit dem Unfall und dem Tod von Elisa immer bei mir schlafen.« Er schaute melancholisch und besorgt in die Ferne. »Die Sache setzt ihm wahrscheinlich mehr zu, als wir uns vorstellen können. Ich meine, er kennt Elisa, auch wenn ich sie ihm noch nicht offiziell vorgestellt habe. Er hat sie ein paarmal gesehen, und er spürt natürlich, dass wir alle traurig und ein bisschen neben der Spur sind. Obwohl, was rede ich?« Mugele schob die Hände in die Hosentaschen. »Einmal hat er ja sogar bei ihr auf dem Schoß gesessen.« Mugele lächelte. »Mein Gott, da war er ja so was von selig und hat sie angestarrt wie ein Weltwunder. Elisa war auch ganz vernarrt in ihn.«

»Die Idee mit Afrika, dass er dahin will, hat er die schon länger?«, fragte Rizzi.

»Strenggenommen ist es ja gar nicht Jordan, der nach

Afrika will«, berichtete Mugele, »sondern Giacomo, sein Stoffelefant.« Mugele schüttelte den Kopf. »Immer wieder zettelt Jordan dieselbe Diskussion an: Giacomo hat in seinem Leben noch nie richtige Elefanten gesehen, Giacomo will seine Familie in Afrika besuchen.« Er fuhr sich nervös über die kurzgeschorenen Haare. »Im Grunde ist es meine Schuld. Ich habe ihm den Floh ins Ohr gesetzt. Ich bin auch wirklich bescheuert. Warum schüre ich bei ihm auch immer wieder diese Scheißsehnsucht nach Afrika? Warum pflanze ich das bei ihm ein, erzähle ihm von seiner Familie, seinen Cousins und Cousinen in Ghana, statt ihm einfach zu sagen, wie es ist: Das ist das Land deiner Vorfahren, aber es ist ein elendes Land unter elenden Ländern und ein verdammter Kontinent, und wir gehen nie mehr dahin zurück.« Mugele presste zwei Finger an seine Nasenwurzel und sagte: »Warum starre ich nachts in den Computer, statt an seinem Bett zu sitzen und ihn zu beschützen und zu beruhigen?«

»Vielleicht hat sein Verschwinden auch damit zu tun«, sagte Rizzi: »Giacomo ist der Einzige, der beim Unfall von Elisa dabei war und der gesehen hat, wie es passiert ist.«

»Das wusste ich nicht«, erwiderte Mugele überrascht.

Rizzi berichtete, dass Jordan den Elefanten in der Ape vergessen hatte, nachdem er am vergangenen Samstag mit Aurora zum Friedhof gefahren war. Der Elefant musste also die ganze Zeit in der Ape gelegen haben, vielleicht im Ablagefach oder unter dem Sitz, und war demzufolge auf Elisas Höllenfahrt mit von der Partie, wurde beim Unfall aber nicht rausgeschleudert, sondern steckte irgendwo in der zertrümmerten Fahrerkabine, wo ein Journalist, der

Stunden nach dem Unfall an der Unglücksstelle herumgeschnüffelt hatte, ihn fand. Und hätten sie den Journalisten nicht zufällig ertappt, wäre er wohl früher oder später mit dem gestrickten Elefanten in der Traversa Caposcuro aufgetaucht und hätte daraus eine Geschichte gemacht.

Mugele starrte besorgt vor sich hin und schien die neue Information zu verarbeiten. »Ich habe keine Ahnung, was alles in Jordans Kopf vorgeht, aber was ist, wenn Giacomo ihm etwas einflüstert?« Er schaute auf. »Wir müssen zur Unfallstelle.«

Rizzi war bereits dabei, entsprechende Anweisungen an Savio in sein Telefon zu tippen, auch wenn er nicht glaubte, dass es die Lösung war. Weder konnte er sich vorstellen, dass Jordan sich für den Unfallort interessierte, noch dass er in der Lage wäre, ihn zu finden. Aber er behielt diese Einschätzung für sich. »Die Kollegen überprüfen das«, sagte er und schaute, mit dem Telefon in der Hand, einem Tanker hinterher, ein riesiges, rostiges Ungetüm, das sich – umkreist von Möwen – an Capri vorbei Richtung Neapel schob.

»Weiß Jordan, wo Afrika liegt?«, fragte er.

»Natürlich weiß er das«, antwortete Mugele.

»Ist ihm auch klar, dass der Kontinent südlich von Capri liegt?«

»Ich versichere dir: Er kennt den Atlas auswendig.«

»Dann stehen wir hier auf der falschen Seite«, erklärte Rizzi. »Wir sind hier im Norden, verstehst du?« Er steckte sein Telefon ein. »Komm. Nach Afrika geht's auf der anderen Seite.«

*

Die Eisengerüste für die Sonnensegel am Strand von Marina Piccola waren nackte, kahle Gerippe, die wie kein anderes Bauwerk auf Capri das Ende des Sommers verkörperten. Über all die Monate waren die Stangen mit Markisen bespannt gewesen, und jetzt, wo alles vorbei war, traten die Roststellen daran zutage. Auch der Betonbau aus den siebziger Jahren, mit drei effizient übereinandergestapelten Terrassen, war so verlassen und ohne einen einzigen Liegestuhl ein Bild grenzenloser Trostlosigkeit.

Kiosk, Ristorante, Bootsverleih und Umkleidekabinen waren verschlossen, Fenster und Türen aber noch nicht vernagelt und mit Schutzfolie gegen Sturm und Salzwasser winterfest gemacht. Ein älterer Herr in Shorts stakste auf dünnen Beinen wie ein Storch am Wasser entlang.

Rizzi lehnte sich über das Geländer. »Haben Sie einen kleinen Jungen gesehen?«, rief er. »Fünf Jahre alt, dunkle Hautfarbe?«

»Tut mir leid, Signori«, antwortete der Mann mit französischem Akzent und schaute sich suchend um, als hätte er Sorge, etwas Falsches zu sagen. »Ich habe hier in der vergangenen halben Stunde niemanden gesehen.«

Sie gingen bei ihrer Suche wieder systematisch vor, kontrollierten jeden Winkel, schauten hinter jede Bude, jede Kabine, in jeden Felsspalt und inspizierten zum Schluss auch die Ruderboote, die am Ende des Stegs vertäut und mit Planen bedeckt waren. Nichts. Jordan war verschwunden. Inzwischen ging es auf sieben Uhr dreißig zu.

Cirillo meldete telefonisch, sie sei jetzt in Marina Grande, die Crews der *aliscafi* und das Personal an den Ticketschaltern, an der *funicolare* und in der Espresso-Bar seien informiert und in Alarmstellung. Savio sei bereits losgefahren, um die Unfallstelle an der Via Grotta Azzurra zu kontrollieren, und Gatti koordiniere weiter die Suche in Anacapri, an der sich inzwischen zahlreiche Nachbarn beteiligen würden, wenn auch bisher ohne Erfolg. Aurora Bellini habe jetzt die Haushälterin an ihrer Seite, und die Frauen hatten versprochen, sofort Bescheid zu geben, falls Jordan dort wieder auftauchen sollte – was bislang aber nicht der Fall war.

Mugele nahm die Informationen stumm zur Kenntnis, verschränkte die Arme am Hinterkopf und schaute aufs Meer hinaus. Für einen Moment dachte Rizzi, der Mann würde, zur Untätigkeit verdammt, vor Sorge gleich explodieren.

»Jordan!«, schrie Mugele plötzlich und legte die Hände wie einen Trichter an den Mund. »Jordan!«, schrie er immer wieder aus Leibeskräften: Dann kauerte er sich erschöpft auf den Boden und barg das Gesicht in seinen Händen.

In der Ferne ragten die Faraglioni-Felsen aus dem Wasser und sahen in der Morgensonne, von einem geheimnisvollen Schimmer umgeben, noch unwirklicher aus. Auf der gekräuselten Wasseroberfläche entstand ein Glitzern, das sich erst punktuell, dann immer schneller auszubreiten begann.

Rizzi legte die Hand über seine Augen. Ganz klein war dahinten bei den Felsen ein dunkler Fleck. Wenn die Umrisse, die sich ganz schwach in der Ferne abzeichneten, zu einem Boot gehörten, wäre es winzig. Die Nussschale trieb anscheinend führerlos auf dem Wasser und bewegte sich langsam, aber unaufhaltsam aufs offene Meer hinaus.

Rizzi holte sein Telefon hervor. »Wir brauchen ein Boot.

Südwestlich der Faraglioni-Felsen treibt ein Kahn«, sagte er in den Hörer. »Wie bitte?« Er fluchte. »Nein«, schrie er. »Wir brauchen das Boot sofort! Nicht in eineinhalb Stunden.«

Er legte auf, zog seine Schuhe aus, seine Jacke, sein Hemd und seine Hose und trat von der Uferkante zurück. Dann nahm er Anlauf und sprang kopfüber ins Wasser.

*

Das Ufer lag schon weit hinter ihm, aber das Boot war immer noch einige hundert Meter entfernt. Rizzi schwamm wie ein Besessener, musste allerdings einsehen, dass es hier nicht in erster Linie um Schnelligkeit ging, sondern auch um Ausdauer.

Er kraulte langsamer, schöpfte Atem links, Atem rechts und versuchte, sich auf die Bewegung und diesen Rhythmus zu konzentrieren, mit seiner Kraft hauszuhalten und dabei nicht daran zu denken, was ihn gleich erwarten könnte. Aber je näher er dem Boot kam, umso stärker wurden die Bilder und die Erinnerung an den Toten, der mitten im August in einem Boot vor der Küste Capris getrieben hatte und dessen Anblick er nie würde vergessen können.

»Jordan«, rief er, als er sich langsam dem Boot näherte. Er hoffte, der Junge würde gleich über die Reling schauen, verängstigt, aber quietschlebendig. Oder jemand anderes, ein Angler, ein Besoffener, ein Liebespaar. Aber das Boot schaukelte führerlos auf den Wellen, und nichts und niemand rührte sich.

Er war nur noch wenige Meter entfernt, schlug endlich

an, rang nach Atem und verschnaufte für einen Moment. Als ob das Wasser ihn nicht loslassen wollte und immer wieder zurückzog, brauchte er mehrere Versuche, bis er den Klimmzug schaffte.

Das Erste, was er sah, war graue Plane, die den Boden bedeckte. Dann entdeckte er den Kinderschuh, der darunter hervorschaute, und einen schmalen Knöchel.

Mit den Beinen im Wasser, mit dem Oberkörper über der Reling hängend, bekam er die Plane zu fassen und versuchte, die Abdeckung beiseitezureißen. Dann sah er ihn.

Seine Augen waren weit aufgerissen, und seine Hände umklammerten den Elefanten aus melierter Wolle.

»Hast du den Verstand verloren?«, schrie Rizzi. »Was soll das? Was machst du für Sachen?«

Er wälzte sich über die Reling, ließ sich ins Boot fallen, während der Junge stumm jede seiner Bewegungen verfolgte.

»Jetzt hör mir zu«, keuchte Rizzi und fuhr sich mit den Händen über sein nasses Gesicht. »Eine solche Nummer, das machst du nicht noch mal. Hast du mich verstanden? Sag was, oder hast du die Sprache verloren?«

Der Junge zog wortlos die Beine an, schlang die Arme um seine Knie und schien sich noch kleiner machen zu wollen, als er ohnehin schon war.

»Dein Papà und deine Nonna sind fast verrückt geworden vor Sorge«, erklärte Rizzi, im Ton etwas versöhnlicher. »Mal ehrlich: Was hast du dir dabei gedacht? Einfach zu verschwinden, ohne ein Wort.«

Jordan schlug die Augen nieder, und Rizzi betrachtete den Elefanten in seinen Händen. Ein Knopfauge hatte sich in der Wolle gelockert und hing an einem Faden herab.

»Oder hatte Giacomo die glorreiche Idee, dass ihr zusammen auf große Fahrt geht?«, fragte Rizzi.

»Giacomo trifft keine Schuld«, widersprach Jordan laut.

»Was ist dann in euch gefahren?«, fragte Rizzi. »Erklär es mir.«

Aber Jordan wich seinem Blick aus und verlegte sich darauf, verstockt aufs Meer hinauszuschauen.

»Hat Giacomo dir vom Unfall erzählt?«, fragte Rizzi. »Und was er dabei alles gesehen hat?«

Jordan schüttelte heftig den Kopf, schien etwas sagen zu wollen, presste den Elefanten an sich, bohrte seine Nase in die Wolle – und brach plötzlich in Tränen aus.

Rizzi nahm Jordan in den Arm, strich ihm immer wieder über den Kopf und murmelte, während der Junge sich schluchzend an ihn klammerte: »Ganz ruhig, Kleiner. Es ist alles in Ordnung. Alles wird gut.«

21

Eineinhalb Stunden später hatte Rizzi geduscht und sich eine saubere Uniform angezogen. Er schloss die Schnalle von seinem weißen Ledergürtel, band die Schnürsenkel und ging die Treppe hinunter in die Wohnung seiner Eltern.

»Papà«, rief er. »Ich brauche die Ape.«

Von seinen Eltern war niemand zu sehen. Er nahm den Schlüssel vom Haken. »Kriegst sie heute Nachmittag zurück!«

Im Hof sprang Romeo auf die Ladefläche und wedelte erwartungsvoll mit dem Schwanz, als ginge es in die Gärten. Rizzi pfiff, machte eine Handbewegung, und der Hund trollte sich.

Rizzi fuhr auf der Via Marucella, aber nicht in die Gärten, sondern in entgegengesetzter Richtung, als sein Telefon klingelte und Teresa Villa vom Polizeiposten sich meldete. »Wo bleibst du?«, fragte sie. »Hier warten alle auf dich.«

»Ich komme heute später«, teilte er mit. »Muss noch etwas erledigen.«

»Du musst überhaupt nichts erledigen«, widersprach Teresa am anderen Ende. »Du kommst sofort her. Deine Anwesenheit ist dringend erforderlich.«

»Was ist passiert?«

»Cirillo präsentiert Ermittlungsergebnisse«, raunte Teresa. »Sie behauptet, sie hätte im Fall Elisa Constantini den fehlenden Baustein gefunden.«

»Welchen Baustein?«, fragte Rizzi überrascht, nahm das Gas zurück, fuhr an den Straßenrand und bremste.

»Das sagt sie mir doch nicht!«, antwortete Teresa sarkastisch. »Also, beeil dich. Sie ist gerade mit wichtiger Miene zum Ispettore raufgegangen.«

Er wendete und ertappte sich bei dem Gedanken, dass er hoffte, Cirillos ominöser Baustein würde seine Theorie zum Einstürzen bringen und den Gedanken, der ihm gekommen war, als er mit Jordan zurück an Land ruderte, als grandiose Fehleinschätzung widerlegen. Es wäre wunderbar, wenn er sich zu etwas verstiegen hätte und Cirillo ihn gleich eines Besseren belehren würde. Er hoffte es, aber er glaubte nicht daran.

Kurz darauf bog er mit der Ape in den kleinen Kreisverkehr, ließ die Roxy Bar links liegen und ignorierte Giuseppe Ruffini, Marco Sasso und all die anderen, die sich Informationen zur nächtliche Suchaktion in Anacapri erhofften. Er parkte an der Rampe und ging ohne Umweg in den Polizeiposten.

Als er das Büro des Ispettore betrat, stand Cirillo wie üblich am Fenster. Obwohl draußen die Sonne schien, brannte die Schreibtischlampe. Das künstliche Licht ließ Lombardis Gesicht, seine schlaffen Wangen und die herunterhängenden Mundwinkeln fast gelb aussehen.

»Entschuldigen Sie die Verspätung«, sagte Rizzi und zog sich einen Stuhl heran. »Ich war gerade auf dem Weg nach Anacapri.«

»Sehen Sie«, ließ Lombardi sich vernehmen und drehte sich vorwurfsvoll zu Cirillo herum. »Das ist es, was ich meine: Ihr Kollege kümmert sich um die Angelegenheiten auf der Insel, rettet mit höchstem Einsatz den kleinen Ausreißer und bringt ihn nicht nur unversehrt zurück zum Vater, sondern sorgt auch noch gleich dafür, dass der Dottore den Jungen durchcheckt. So funktioniert bei uns die Polizeiarbeit. Dafür bündeln wir unsere Kräfte. Und was tun Sie, Agente Cirillo? Schweifen in die Ferne und wärmen alte Geschichten auf, die nicht nur längst verjährt sind, sondern auch noch überhaupt nicht in unseren Zuständigkeitsbereich fallen.«

»Worum geht es?«, fragte Rizzi mit einem Blick zu Cirillo und setzte sich.

»Ein Unfall auf der Schnellstraße in Sorrent. Vierzehn Jahre her«, erklärte Lombardi matt.

»Und bei dem so schlampig ermittelt wurde, dass heute, in der Folge, zwei Menschen sterben mussten«, fügte Cirillo forsch hinzu.

»Na, dann erklären Sie mal«, rief Lombardi. »Rollen Sie auf. Worauf warten Sie? Ich bin gespannt, was der Unfalltod von einem Zitronenpflücker aus Somalia damals mit dem Tod von Elisa Constantini und dem Treppensturz von diesem Engländer Josh Wilcox zu tun hat.« Erschöpft lehnte der Ispettore sich zurück.

»Was für ein Unfalltod?«, fragte Rizzi. »Welcher Somalier?«

»Schnee von gestern«, sagte Lombardi mit einer wegwerfenden Handbewegung.

»Darf ich jetzt mal etwas sagen?«, fragte Cirillo.

»Bitte schön.« Lombardi machte eine Geste, als würde er ihr das ganze Büro samt dem Firlefanz auf seinem Schreibtisch zur Verfügung stellen.

Cirillo nahm auf dem Stuhl neben Rizzi Platz und berichtete von ihrem Gespräch mit Silvia Lazzeri, dem Hinweis, dass Raffaella mit Mugeles Narbe zu tun habe, einer Baracke der Constantinis für Zitronenpflücker, einem Zeitungsartikel, einem schweren Verkehrsunfall mit einem überfüllten Kleinbus, der den Constantinis gehört hatte, mit einem Toten und mehreren Schwerverletzten, darunter ein Mann aus Ghana.

»Ich vermute«, erklärte Cirillo, »dass es sich bei dem Ghanaer um Simon Mugele handelt und dass Raffaella Constantini damals am Steuer saß und für den Tod einer ihrer Zitronenpflücker verantwortlich ist.«

»Wie kommst du darauf?«, fragte Rizzi verblüfft.

»Die Frage wurde auch in dem Zeitungsartikel diskutiert. Und zusammen mit Lazzeris Bemerkung, Raffaella hätte etwas mit Mugeles Verletzung zu tun, ergibt es Sinn.«

»Der Fall ist mir bekannt«, meldete Lombardi sich plötzlich. Ihm standen die Schweißperlen auf der Stirn. »Ich war damals in der Ermittlungskommission.«

Als Rizzi und Cirillo ihn überrascht anschauten, fügte er mit matter Stimme hinzu: »Selbstverständlich nicht in leitender Funktion, sondern nur auf mittlerer Ebene. Ich habe diesen Fall – wie soll man sagen? – nur verwaltet.« Lombardi war hochrot im Gesicht.

»Warum wurde Raffaella Constantini nie zur Rechenschaft gezogen?«, fragte Rizzi.

»Warum, warum.« Lombardi hob die Hände zur Decke.

»Raffaella Constantini hat abgestritten, am Steuer gesessen zu haben, und behauptet, der Somalier, der ums Leben gekommen war, habe den Wagen gelenkt. Und von ihren Leuten, von all diesen Zitronenpflückern, hat niemand ihrer Darstellung widersprochen. Dem Staatsanwalt blieb nichts anderes übrig, als die Ermittlungen einzustellen.«

»Klar«, stellte Cirillo sarkastisch fest. »Und die Zitronenpflücker wandern irgendwann weiter, arbeiten auf Plantagen in Mantua, Südtirol, im Chianti-Gebiet oder Kalabrien, denn Leute, die für einen Hungerlohn arbeiten, weil sie keine Perspektive haben und sich deshalb ausbeuten lassen, sind für die Melonen-, Apfel-, Wein- und Orangenernte unentbehrlich. Nur Mugele bleibt bei den Constantinis, weil der alte Marcello jetzt anscheinend seine schützende Hand über ihn hält. Erst nach seinem Tod wechselt Mugele zum Hauptkunden der Constantinis, zu den Bellinis, und übernimmt Verantwortung in der Limoncello-Produktion. Raffaella war zunächst wahrscheinlich froh, ihn los zu sein und durch ihn nicht immer an den schrecklichen Unfall von damals erinnert zu werden – zumal sie inzwischen eine Wandlung durchgemacht hat. Sie setzt nicht mehr auf größtmöglichen Profit und Gewinnmaximierung auf Kosten der Arbeiter, sondern mit *Happy Fruits* auf ein neues Konzept, das Preise, Leistung und Landwirtschaft miteinander versöhnt, das Crowdfarming. Sie fährt die herkömmliche Zitruswirtschaft zurück, baut den Betrieb Stück für Stück um. Aber sie hat dabei die Rechnung ohne Simon Mugele gemacht, der darauf besteht, weiterhin, wie gewohnt, beste Ware zum günstigen Preis zu bekommen, um sich auf dem Limoncello-Markt einen Vorteil gegenüber der Konkurrenz zu verschaffen. Weil er Raffaella Constantini – schon durch seine physische Existenz – daran erinnert, was damals bei dem Unfall vorgefallen ist und er sie jederzeit sanft unter Druck setzen kann, muss sie auf seine Wünsche Rücksicht nehmen. Denn wenn herauskommt, dass *Happy Fruits* von einer Mörderin und Verbrecherin geleitet wird, ist es aus. Deshalb manipuliert sie die Ape und hofft, dass sich das Problem, mit etwas Glück, ein für alle Mal erledigt.«

»Und dieser Brite, Josh Wilcox?«, fragte Lombardi. Er war kreideweiß im Gesicht.

»Kam ihr auf die Schliche«, erklärte Cirillo. »Es kam zum Streit zwischen ihm und Raffaella mit den bekannten tragischen Folgen.«

»Gehen Sie.« Lombardi lehnte sich erschöpft zurück. »Fahren Sie nach Neapel, und nehmen Sie Raffaella in die Mangel. Konfrontieren Sie sie mit allem, was Sie gehört und sich zusammengereimt haben. Und wenn die Fakten es hergeben, verspreche ich Ihnen, setze ich mich dafür ein, dass die Ermittlungen wieder aufgenommen werden. Aber ich warne Sie.« Er lehnte sich zu Cirillo hinüber. »Machen Sie sich keine allzu großen Hoffnungen. Wenn Raffaella Constantini weiter behauptet, unschuldig zu sein, muss Ihr Informant, der Zeuge, dieser langjährige Mitarbeiter, aussagen.«

»Gratuliere.« Rizzi stand auf. »Es passt alles zusammen. Aber haben wir jemals in Betracht gezogen, dass der Anschlag, bei dem Elisa Constantini ums Leben kam, ihr selbst gegolten hat? Dass sie es war, die sterben sollte, und nicht Simon Mugele? Dass der Täter sich ins Fäustchen lacht, weil wir immer um die Ecke denken und nicht das Naheliegende sehen, das vielleicht ein kleiner Junge mit seinem Stofftier-Elefanten sieht?«

»Was ergibt das für einen Sinn?«, fragte Cirillo. »Wer sollte ein Interesse haben, dass Elisa Constantini stirbt?«

»Wo wollen Sie hin?«, rief Lombardi überrascht.

»Wie ich schon zu Teresa gesagt hatte«, erklärte Rizzi: »Etwas erledigen.«

22

Der kleine Wirtschaftsweg, der an der Mauer entlang führte, war abschüssig, voller Schlaglöcher und endete in einer Pfütze, die groß war wie ein See und in deren Zentrum ein einzelner, etwas schief gewachsener Zitronenbaum stand. Während die Bäume drüben im Zitronenhain dichtes Laub trugen und bereits voller kleiner Früchte hingen, schien die Aufgabe dieses verkrüppelten Einzelgängers – mit Löchern im Blätterdach und toten Ästen – nur darin zu bestehen, wie ein krummes Verkehrsschild den Wendekreis zu markieren.

Rizzi fuhr mit der Ape um den Baum herum und hielt genau dort vor der steinernen Treppe, wo auch Signora Bellini immer ihre Ape abgestellt hatte, stieg aus und drückte leise die Tür hinter sich zu. Dieser Parkplatz, fernab von allem, war – außer von oben, von der Treppe und der Pforte – von nirgendwoher einzusehen, auch nicht von der Straße, und bestens geeignet, um in Ruhe am Behälter für die Bremsflüssigkeit und an der Quetschmutter herumzufummeln.

Er machte einen Schritt über die Pfütze hinweg und stieg die Stufen hinauf, die wahrscheinlich Auroras Großvater oder Urgroßvater hier so kunstvoll gemauert hatte, um einen bequemen Zugang vom Zitronenhain zum Haus zu schaffen. Alle Bellini-Männer waren früh gestorben, und die Frauen hatten das Zepter übernommen und den Betrieb vorangebracht. Doch mit Aurora endete die Linie. Ihre leibliche Tochter, Anna, war tot, und der rechtmäßige Erbe und Nachfolger war ihr Schwiegersohn, der hinterbliebene Simon Mugele, der Zitronenpflücker aus Ghana, der sich stetig hochgearbeitet und nach Annas Tod Schritt für Schritt die Leitung des Unternehmens übernommen hatte. Aber auch wenn er seinen Job noch so anständig machte, würde er in den Augen der Leute wohl immer der Zitronenpflücker bleiben.

Die Pforte war abgeschlossen, doch der Schlüssel steckte wie immer auf der anderen Seite. Rizzi griff zwischen den Eisenstäben hindurch, drehte ihn einmal im Schloss herum und öffnete.

Unter der Pergola parkte ein elektrisches Spielzeug-Polizeiauto mit Blaulicht und allem Drum und Dran. Die Fernbedienung dazu lag auf dem Tisch, an dem sie mit Aurora Bellini gesessen und nach einem Anhaltspunkt gesucht hatten, warum ihr jemand nach dem Leben trachtete und unbemerkt an der Ape herumgeschraubt hatte, irgendwann zwischen Samstagnachmittag, als Aurora mit der Ape vom Friedhof zurückkam, und Sonntagnacht, bevor Elisa zu ihrer Todesfahrt aufbrach. Und der unbekannte Täter musste – um die Quetschmutter zu lösen und Bremsflüssigkeit aus dem Tank zu lassen – ein gewisses technisches Verständnis für die Ape mitgebracht haben.

Rizzi näherte sich dem Wohnhaus von der Gartenseite. Der graue Putz, der das Gebäude zur Straße hin fast schäbig aussehen ließ, war hier irgendwann einmal rosa überstrichen worden. Die Farbe, durch den Regen heruntergewaschen und von der Sonne verblichen, verlieh dem Gebäude mit den lavendelblauen Fensterläden, teilweise von Wein berankt, eine heitere, fast verwunschene Note. Es sah aus, als ob hier nur glückliche Menschen wohnen könnten.

Als er auf der Höhe der alten Zisterne war, hörte er eine Kinderstimme, die schrie: »Nur wenn die Nonna mitkommt!«

»Du hast dir heute schon genug geleistet«, erinnerte die Männerstimme streng. »Außerdem muss die Nonna hierbleiben und aufs Haus aufpassen.«

»Und wer passt auf die Nonna auf?«, rief Jordan. »Hast du darüber schon mal nachgedacht?«

Das Gespräch fand um die Ecke statt, in der Einfahrt, die Rizzi von seinem Standort nicht einsehen konnte. Er verhielt sich still und rührte sich nicht von der Stelle.

»Es reicht«, war nun die Stimme von Aurora Bellini zu hören. »Verschwindet. Ich will euch vor heute Abend nicht mehr sehen. Damit das klar ist.«

»Giacomo bleibt aber bei dir«, erklärte Jordan entschieden und fürsorglich. »Er passt auf dich auf.«

»Also gut. Ciao, mein Engel.«

»Ciao, Nonna.«

Das Tor fiel ins Schloss, und in der Stille, die nun eintrat, war zu hören, wie ein Stuhl oder ein Hocker gerückt wurde.

Als er vortrat, hatte Aurora Bellini sich gerade hingesetzt und schien weder überrascht noch erschrocken, Rizzi in Uniform zu sehen, eher seltsam besorgt, als könne sie nicht entscheiden, wohin mit dem gestrickten Elefanten.

»Danke, dass du uns den Jungen zurückgebracht hast«,

sagte sie mit brüchiger Stimme und setzte das Stofftier neben ihren Hocker an den Palmentopf. »Ich glaube, wir hätten sonst den Verstand verloren.« Sie hob den Kopf und schaute ihn prüfend an. »Bist du allein?«

»Du weißt, warum ich hier bin?«, fragte Rizzi.

»Ich ahne es, und ich leugne es nicht, Enrico. Ich leugne gar nichts.«

Rizzi wandte sich ab, sah den Garten, die alten Bäume, die hier schon standen, als Aurora noch nicht einmal geboren war. Er konnte es nicht fassen. »Warum?«, fragte Rizzi. »Erklär es mir.«

»Stell doch nicht solche Fragen«, blaffte Aurora Bellini. »Sie sollte einfach weg. Punkt.« Sie schaute besorgt zu Rizzi auf. »Hat Jordan mich gesehen?«, fragte sie. »Hat er mich in jener Nacht beobachtet?«

»Wie du im strömenden Regen zur Ape geschlichen bist? Hast du Angst, dass er weiß, dass seine Nonna eine Verbrecherin ist?« Rizzi nahm seine Mütze ab und hätte sie am liebsten wütend auf den Boden geworfen. Stattdessen setzte er sie wieder auf. »Nein«, sagte er. »Jordan hat nichts gesehen. Ich bin mir ziemlich sicher. Und falls doch, weiß ich nicht, ob er eins und eins zusammenzählen kann und wirklich versteht, was du getan hast.«

»Ich fürchte«, murmelte Aurora dumpf, »er versteht alles.«

»Ich muss dich festnehmen.« Rizzi trat zögernd näher. »Du hast einen Mordanschlag verübt und die Tat eiskalt ausgeführt. Du hast nicht nur in Kauf genommen, dass ein Mensch stirbt, sondern es sogar darauf angelegt.«

»Legst du mir jetzt Handschellen an?«

»Bitte steh auf.«

»Natürlich.« Aurora seufzte.

Als er ihr die Hand reichte und hochhalf, kamen ihre Gesichter sich ganz nahe. Ausdruckslos schaute sie ihn an. »Wann hast du es begriffen?«, fragte sie.

»Als ich in der Cantina war«, erklärte Rizzi, »und oben die Stimmen von Simon und Jordan gehört habe. Durch die Steigleitung. Und als ich den Tisch mit der Kerze und den Stuhl mit dem Sitzkissen gesehen habe. Aber ich habe es nicht gleich zusammengebracht, erst mit Verzögerung. Ich bin sprachlos, Aurora. Ich wusste zwar, dass du gerne alles unter Kontrolle hast, hatte aber keine Ahnung, dass du so weit gehst, Simon abzuhören – als wärest du beim Geheimdienst.«

»Es hat sich irgendwann mal so ergeben, dass ich da unten in der Cantina die Stimme gehört habe, und ich war nicht diejenige, die die Rohre verbaut hat«, bemerkte Aurora. »Also pass auf, was du sagst.« Sie hängte sich bei Rizzi ein. »Außerdem habe ich nur gelauscht, wenn sie gestritten haben. Die Versöhnungsorgien und wie sie dann regelmäßig übereinander hergefallen sind, habe ich mir erspart.«

Als sie nebeneinander an den verblühten Lilien vorbei durch den Garten zur Eisenpforte gingen, sagte Aurora: »Eine letzte Bitte habe ich.«

Er öffnete die Pforte.

»Ich möchte Marcello Lebewohl sagen.«

»Ich weiß, Aurora. Deshalb bin ich mit der Ape gekommen und nicht mit dem Streifenwagen. Das kannst du ganz unauffällig, ohne viel Aufsehen, hinter dich bringen.«

Sie fuhren auf der Via Giuseppe Orlandi, die Sonne blendete, und Rizzi fragte: »Warum musste Elisa weg? Erklär es mir.«

Aurora schloss die Augen und sah fast entspannt aus. »Die Geschichte zwischen meinem Simon und Elisa wäre früher oder später vorbeigegangen wie ein kleines Gewitter, über das man am nächsten Morgen kein Wort mehr verliert. Wenn sie uns nicht mit diesem Kind gekommen wäre, das sie angeblich unter dem Herzen getragen hat.«

»Stimmt, sie war schwanger«, stellte Rizzi klar. »Das hat die Obduktion bestätigt. Aber im Bericht steht außerdem: Das Kind war von Mario Pinta, ihrem Mann.«

»Klar«, nickte Aurora verächtlich. »Das passt zu ihr. War widerlich fruchtbar, dieses Weib. Und dass sie dramatisch ankündigt, sie würde das Kind wegmachen lassen, und zwar schon am nächsten Tag, ohne Bedenkzeit, war besonders perfide und raffiniert von ihr. Denn was, glaubst du, tut Simon in einer solchen Situation? Dreimal darfst du raten. Er redet mit Engelszungen auf sie ein, sie solle das Kind behalten, ganz egal, von wem es sei, schwört ewige Liebe und fällt wahrscheinlich noch vor ihr auf die Knie. Und dann habe ich gehört, wie er dieses grauenhafte Bild gemalt hat – ich mag das Wort kaum aussprechen – von einer ›Patchworkfamilie‹ mit Elisas Kindern, zukünftigen gemeinsamen Kindern, Geschwistern für Jordan, der ja in Elisas Augen sowieso das bedauernswerteste Geschöpf unter der Sonne ist, weil er immer nur an meinem Rockzipfel hängt. Mir war klar: Wenn ich jetzt nichts unternehme, schnappt die Falle zu, und die Constantinis übernehmen bei uns das Ruder. Elisa gebiert einen Erben nach dem anderen, und Raffaella bestimmt, wo es geschäftlich langgeht.«

»Und dann hast du dir aus dem Werkzeugkasten den Schraubenschlüssel gesucht und bist los?«, fragte Rizzi ungläubig.

»Raus in den Regen, jawohl. Es war eine Verzweiflungstat, das kannst du mir glauben. Und gleichzeitig war es naheliegend und leicht umzusetzen. Die Schrauben finde ich im Schlaf, und ich wusste: Wenn Elisa oben mit ihrer Nummer fertig ist, schleicht sie früher oder später durch den Garten und nimmt sich meine Ape. Das hat sie schon oft so gemacht, um sich und mir die Peinlichkeit zu ersparen, dass wir uns hier am Morgen über den Weg laufen. Sie hat die Ape dann immer irgendwo stehenlassen, und Simon hat sie später zurückgefahren und unten an der Treppe wieder an ihren Platz gestellt. Beide haben geglaubt, ich kriege nichts davon mit. Aber ich muss sagen« – Aurora zupfte zufrieden die Stola über ihren Schultern zurecht – »dass die Aktion mit der Quetschmutter und der Bremsflüssigkeit gleich von einem solchen Erfolg gekrönt sein würde, hätte ich nicht gedacht. Im Gegenteil. Meine Hoffnung war so gering, dass ich bei der Durchführung auch keine großen Skrupel hatte. Es war doch völlig unrealistisch, dass sie tatsächlich gleich ums Leben kommt – auch wenn die Wetterverhältnisse natürlich zu meinen Gunsten waren.« Sie zuckte mit den Achseln. »Ich habe das Wenige getan, das in meiner Macht stand, und mit ein paar Handgriffen erledigt, was ich erledigen konnte, um zu helfen, das Problem zu lösen. Der Rest war Schicksal.«

Rizzi drosselte in den Serpentinen das Tempo, und Aurora schaute zum Seitenfenster hinaus. »Wenn ich so zurückdenke«, sinnierte sie. »Alle Männer in unserer Familie, abgesehen von Simon, waren ohne Mut und ohne Phantasie. Wenn es nach ihnen gegangen wäre, würden wir wahrscheinlich noch immer vom Fischfang leben. Etwas anderes konnten die sich in ihrer Einfalt gar nicht vorstellen. Nur eines muss man ihnen lassen: Als es darauf ankam, haben sie uns Frauen immer machen lassen und uns nicht groß reingeredet. Auch nicht, als meine Mutter anfing, Limoncello an Nachbarn und Freunde zu verkaufen.« Aurora putzte sich verstohlen die Nase. »Sie hat noch erlebt, wie der Betrieb hier in der Traversa Caposcuro aus allen Nähten platzte und ich gesagt habe: Mamma, die Insel ist zu klein für uns. Wir müssen aufs Festland. Wir müssen es wagen.«

Hinter der Kurve tauchte zwischen den Pinien der Vesuv auf. Beide Höcker lagen in der Sonne, und jede Erhebung zeichnete sich so detailgenau ab, als wäre der Vulkan zum Greifen nah.

Aurora strich den Rock über ihren Knien glatt. »Anna hätte den Betrieb übernommen und vorangebracht. Es wäre der natürliche Lauf der Dinge gewesen, und sie hätte ihre Sache gut gemacht. Ich weiß es. Aber der Herrgott hatte andere Pläne. Es sollte nicht sein. Stattdessen kommt ein Mann aus Ghana und muss nun unser Erbe verteidigen und das Unternehmen ausbauen. Muss ohne meine Hilfe all die Winkelzüge von Leuten parieren, die an nichts anderes denken als daran, wie sie es hinkriegen können, sich ein möglichst großes Stück von unserem Kuchen abzuschneiden, um sich dann, früher oder später, alles einzuverleiben. Er muss den Überblick und die Nerven behalten und schnell genug reagieren, um all die Tritte und Schläge abzuwehren, die immer genau dann kommen, wenn man sich sicher fühlt und gerade nicht damit rechnet. Ich hoffe, er bekommt es hin.«

»Er scheint jedenfalls Talent für die Sache zu haben«, warf Rizzi ein. »Und er schreckt auch nicht davor zurück, Raffaella zu erpressen – mit einer Geschichte von damals, als bei den Constantinis ein Landarbeiter ums Leben kam. Raffaella trägt dafür möglicherweise die Verantwortung. Er zieht also alle Register, damit sie euch weiter die Zitronen in gewohnter Menge zum gewohnten Preis liefert.«

»Ich weiß.« Aurora nickte zufrieden. »Das hat er gut gemacht. Aber Erpressung würde ich es nicht nennen.« Sie gab Rizzi einen kleinen Stoß mit dem Ellenbogen. »Du bist manchmal richtig garstig, Erri. Er hat Raffaella nur daran erinnert, was damals passiert ist, als er noch ein namenloser Zitronenpflücker unter namenlosen Zitronenpflückern war und froh sein konnte, dass er bei dem Unfall nicht sein Leben und bei der Bergungsaktion nicht sein Bein verlor. Er hat dann auch brav die Klappe gehalten – nicht Raffaella zuliebe, sondern wegen Marcello, den er geliebt und verehrt hat, und weil er seinen Job behalten wollte. Von der Tatsache, dass man ihm bei der Polizei sowieso nicht geglaubt hätte, brauchen wir hier ja wohl erst gar nicht zu reden.«

Rizzi fuhr in den Kreisel und bog in die Via Marina Grande. Kurz vor der Kurve drosselte er das Tempo, blinkte und hielt vor dem Friedhofstor, rangierte ein Stück zurück, kuppelte und stellte den Motor aus.

»Weißt du, wann ich wusste, dass Simon der Richtige für mich ist?« Aurora schaute versonnen ins Leere. »Als ich gesehen habe, wie er bei Marcello im Zitronenhain die

Früchte anfasste. So zärtlich, als würde er die Brüste einer Frau berühren. Nicht wie die anderen Zitronenpflücker, die die Früchte rupfen und dabei mit den Dornen die Schale zerkratzen.« Sie hob den Zeigefinger. »Simon hat keine einzige Frucht verletzt und jede einzelne als etwas Wertvolles, Wunderschönes und Einzigartiges behandelt. Ich habe es sofort erkannt und zu Marcello gesagt: Wenn du nur einen Funken Verstand in deinem Dickkopf hast, darfst du diesen Mann, der für dich schuftet, niemals gehen lassen. Und als Marcello starb, bin ich sofort hin und habe ihn mir geschnappt. Du kommst zu uns, habe ich gesagt.« Sie starrte durch die schmutzige Scheibe auf die Container für die Friedhofsabfälle. »Und dann kommt ausgerechnet Elisa Constantini, diese dumme Gans, einfältig und verwöhnt, gelangweilt und fruchtbar wie ein Karnickel, und macht alles kaputt.«

»Ob es dir gefällt oder nicht, er hat sie geliebt«, sagte Rizzi. »Nicht wie Anna, aber anders.«

Aurora winkte ab. »Das hat sie ihm eingeredet, und irgendwann hat er es geglaubt. Aber Simon braucht jemanden, dem er vertrauen kann und der zu ihm hält, nicht jemanden, der ihn ausnehmen will.« Sie öffnete die Tür. »Weißt du«, sagte sie, »lange Zeit dachte ich, meinetwegen, soll er seinen Spaß mit ihr haben, über ihre kurzen Beine hinwegsehen und sich an ihrem dicken Hintern erfreuen. Schließlich kann ich für bestimmte Bedürfnisse nicht mehr herhalten. Anders als ihr Kerle kann unsereins ab einem gewissen Alter nicht mehr jedes Stück Torte vernaschen, das einem auf den Teller fällt. Dann kann man noch so vermögend sein. Wir Frauen müssen uns begnügen, das ist nun mal so, man muss es so hinnehmen und akzeptieren.« Sie raffte ihren langen schwarzen Rock, die wollene Stola und stieg aus.

Das Grab von Marcello Constantini befand sich dort, wo die Toten den schönsten Blick auf den Golf von Neapel und den Vesuv hatten. Niemand wunderte sich, dass Aurora Bellini aus Anacapri hier zu sehen war, sich auf dem Klapphocker, der griffbereit an der Mauer lehnte, an Marcellos Grab niederließ, als wäre sie seine Witwe, ihm eine Zigarette anzündete, auf die Kante seiner Grabplatte legte und dabei zusah, wie sie, vom Wind angefacht, langsam zu Asche zerfiel.

Aurora hob den Kopf und schaute über das Meer. Es gab keinen Horizont, keine Begrenzung, nichts, woran sich das Auge festhalten konnte, nur eine gleißende Fläche, über der ein flirrender, milchiger Nebel stand, der weich verschwamm und in der Ferne in einen weißblauen Himmel überging.

»Lass mich allein«, bat sie. »Fünf Minuten.«

Rizzi entfernte sich, machte die Runde, schaute bei seinen Großeltern und dem kleinen Vito vorbei und war vielleicht sogar ein paar Minuten länger unterwegs. Als er zurückkam, lag auf der Grabplatte ein Häufchen Asche, der Klapphocker stand noch da, aber Aurora war verschwunden.

Er schaute über die Gräber, Blumen und Lichter, konnte sie aber nirgends entdecken. Der Friedhof war menschenleer. Vielleicht war sie schon losgegangen zur Ape. Und wenn sie das Fahrzeug zur Flucht benutzte? Der Gedanke war absurd, aber er traute Aurora Bellini inzwischen alles zu.

Aber die Ape stand noch genau da, wo er sie abgestellt hatte. Dann sah er sie.

Mit dem schwarzen Rock und der Stola stand sie oben auf der Friedhofsmauer, wo es steil den Abhang hinunterging. Ihr schlohweißer Dutt leuchtete in der Sonne.

»Aurora!«, rief er, aber es war zu spät.

Von einem Moment auf den anderen war sie weg. Als wäre sie aus Papier und der Wind hätte sie davongeweht.

23

Cirillo trat in Neapel aus der Questura und ging Richtung Via Toledo. Die Jungs am Straßenrand schauten misstrauisch auf, als Cirillo draußen vorbeiging und ihre Blicke sich trafen. Sie hätte sie am liebsten nach einer Zigarette gefragt, aber sie beherrschte sich und ging weiter.

Von den Fassaden bröckelte der Putz, und zwischen den Fenstern waren Wäscheleinen gespannt. Hier und da brannte Licht, irgendwo lief ein Radio, und Stimmen waren zu hören, aber auf den Balkonen mit den verrosteten Brüstungen war niemand zu sehen. Cirillo ging mit großen Schritten, als hätte sie ein festes Ziel, aber sie wollte nur so schnell wie möglich weg von der Questura.

Eine solche Situation hatte sie noch nicht erlebt. Gerade dachte sie, sie hätte Raffaella Constantini langsam, aber sicher in die Ecke getrieben – da kam aus heiterem Himmel der Anruf von Kollege Rizzi, der mit belegter Stimme vermeldete, der Fall sei gelöst. Die Täterin, Signora Bellini, habe sich, nachdem sie gestanden und er sie aus den Augen gelassen habe, der Strafe entzogen. Cirillo dachte im ersten Moment, sie hätte sich verhört. Und auch der Kollege, der ihrem Verhör beiwohnte, war wie vor den Kopf gestoßen, als klar wurde, dass Signora Bellini sich das Leben genommen hatte.

Raffaella Constantini hatte zuvor unter Tränen zugegeben, den Unfallwagen damals gesteuert zu haben. Aber sie behauptete, sie habe auf der Landstraße einem anderen Auto ausweichen müssen und sei deshalb von der Fahrbahn abgekommen. Dass sie zu schnell gefahren wäre, sei eine Behauptung, die nicht zutreffe, und dass ihr Kleinbus mit Arbeitern überfüllt und überbesetzt gewesen war, sei eine Ausnahme gewesen und hätte sich an jenem Tag einfach ergeben.

Ein Mofa knatterte so dicht an Cirillo vorbei, dass sie den Luftzug spürte. Quer über die Gasse huschte eine Katze und verschwand in einem Kellerloch.

Der Fall war gelöst, auch wenn Rizzi ihr die Einzelheiten noch einmal erläutern musste, und ein Gefühl der Leere breitete sich bei ihr aus, wie sie es zur Genüge kannte. Es war immer dasselbe: Sobald sie einen Fall auf den Tisch bekam, war es, als wäre ein Startschuss gefallen. Sie hatte eine klar umrissene Aufgabe und legte los, fühlte sich wie ein Jagdhund, den nichts stoppen konnte, bis er seine Beute gepackt und erledigt hatte. So bekam ihr Leben einen Sinn, und sie konnte alles andere um sich herum vergessen. War der Fall gelöst, fiel sie in ein Loch und spürte die Einsamkeit, die rings um sie herum lauerte und jetzt langsam wie etwas Dunkles auf sie zugekrochen kam.

Sie hatte es so lange wie möglich hinausgezögert, aber jetzt wanderte ihre Hand in die Hosentasche und zog das Telefon hervor. Hinter ihr hupte jemand, sie trat zur Seite und rief die schwedische Nummer an. Nach wenigen Sekunden ertönte das Freizeichen. Oscar ging sofort ran.

»Hallo, Mamma«, sagte er, und allein seine Stimme zu

hören tat schon gut und linderte ihren Schmerz und die Melancholie.

»Wie geht es dir, mein Liebling?«, erkundigte sie sich und versuchte, ihrer Frage einen munteren Tonfall zu geben.

»Gut«, antwortete er knapp und schob sofort die Frage hinterher: »Ist irgendwas?«

»Wir haben gerade einen Fall gelöst«, erklärte sie leichthin.

»Gratuliere!«, rief er und klang ehrlich erfreut. »Mamma, du bist einfach die Beste.«

Ihr verschlug es die Sprache, und er nutzte den Moment und sagte, er müsse das Gespräch beenden, er sei gerade mit Freunden unterwegs.

»Wir reden später«, sagte sie, aber die Verbindung war bereits gekappt und Oscar wieder zweitausend Kilometer entfernt, auf grauenhafte Weise unerreichbar.

Cirillo schaute sich um. Kinder liefen schreiend und lachend an ihr vorbei. Wenn sie nach links abbiegen würde und sich beeilte, wäre sie in zwanzig Minuten am Hafen und würde noch das *aliscafo* nach Capri bekommen. Sie überlegte – und ging nach rechts.

Die Via San Mattia führte leicht bergauf und war, anders als die Seitenstraßen, freundlich und lichtdurchflutet – jedenfalls kam es ihr so vor. Sie musste kurz überlegen, welches Haus es war. Damals, in der Nacht, war alles dunkel, die Straßenbeleuchtung schummrig gewesen. Aber am nächsten Morgen, erinnerte sie sich, hatte sie gegenüber den Vogelkäfig mit dem gelben Kanarienvogel gesehen. Der Piepmatz zwitscherte so laut, dass er in der ganzen Gasse zu hören war.

Davides Fenster oben im vierten Stock war geöffnet, er war also zu Hause. Sollte sie einfach läuten? Das Klingelbrett sah nicht so aus, als wäre hier irgendetwas in Betrieb, aber der Eindruck konnte täuschen. Vermutlich würde er aus dem Fenster schauen und sie mit ihm von hier unten eine Unterhaltung anfangen müssen. Nein, es war eine Schnapsidee.

Sie drehte sich um, wollte gehen, als die verschrammte Tür mit dem leuchtenden Messingknauf aufging und ein Mann mittleren Alters mit einem zerfransten Strohhut auf dem Kopf herauskam und, ohne sie zu beachten, an ihr vorbeiging. Die Tür hinter ihm schloss sich im Zeitlupentempo. Im allerletzten Moment stellte Cirillo ihren Fuß hinein.

Sie stieg die enge Treppe hinauf. Auf dem ersten Absatz stand eine Waschmaschine, an die erinnerte sie sich noch. Ein Stockwerk höher war der Katzenkasten. Cirillo wurde immer langsamer, dann hatte sie das vierte Stockwerk erreicht.

Sie horchte an der Tür. Aus dem Hof waren Laute zu hören, Geräusche aus anderen Wohnungen, die an den Mauern widerhallten. Aber hinter seiner Tür war alles still. Cirillo berührte den altmodischen Klopfer, der hier schon gehangen haben musste, lange bevor Davide überhaupt geboren war.

Das Ding fühlte sich angenehm kühl an, doch statt es zu benutzen und sich bemerkbar zu machen, ließ sie es vorsichtig wieder los. Ohne ein Geräusch drehte sie sich um und ging die Stufen hinunter. Sie war noch nicht weit, da öffnete sich hinter ihr die Tür.

»Was wollen Sie?«

Davide trug Jeans, T-Shirt, war barfuß und hatte nasse Haare. Sein ernster, erschrockener Gesichtsausdruck hellte sich auf, als sie sich umdrehte und er sie erkannte. Sein Mund wurde breiter, er lächelte.

»Ich habe gerade frischen Kaffee gemacht«, sagte er. »Komm rein.«

24

Das Meer war eine schwarze Fläche, nur die Schaumkronen leuchteten weiß – und die Möwen, die kreuz und quer umherflatterten, als hätte jede von ihnen wichtige Besorgungen zu machen. Rizzi fuhr mit dem Motorroller die Mole hinunter und bremste an der Gangway.

»Dachte schon, es wären Drogen«, sagte Dario, zog die gepiercte Augenbraue hoch und überreichte Rizzi die Tüte mit der Antriebswelle – mit vielen Grüßen von Tullio aus Neapel.

»Danke.« Rizzi nahm die Tüte, stellte sie zwischen seine Beine aufs Trittbrett, grüßte und gab wieder Gas.

Die Sonne stand schon hinter dem Monte Solaro, und ihre Strahlen erreichten nicht mehr die Gärten in der Senke, als Rizzi dort ankam – etwas später als verabredet.

Vito saß in seiner Joppe und mit Wollmütze auf dem Kopf auf der Bank vor dem Schuppen, rauchte Zigarillo und schaute zu, wie Alberto in Gummistiefeln sich abmühte, das Loch für das Pflaumenbäumchen zu vergrößern. Wenn es nach Rizzi gegangen wäre, hätten sie die Pflaume lieber gleich noch drei Meter weiter Richtung Kartoffelfeld versetzt, aber sowohl Vito als auch Alberto hielten das für Quatsch.

»Wozu ein neues Loch graben, wo dein Papà schon angefangen hat?«, murrte Alberto, dem nach einem langem Arbeitstag in der Roxy Bar die Müdigkeit ins Gesicht geschrieben stand. Vito nickte beifällig, und Rizzi beließ es dabei.

Er zog seine Uniformjacke aus und nahm sich den zweiten Spaten. Gemeinsam holten sie einen Stein nach dem anderen aus der Erde, und der Schweiß rann ihnen in Strömen herab, dabei hatten sie den Pflaumenbaum noch nicht einmal ansatzweise zu packen gekriegt. So tief gingen seine Wurzeln, dass sie einen riesigen Ballen ausheben mussten, den sie zu zweit, als ausgewachsene Männer, kaum herausbekamen. Rizzi konnte es im Nachhinein immer noch nicht fassen, wie Vito allen Ernstes hatte glauben können, er wäre in der Lage gewesen, das Biest allein zu verpflanzen. Der alte Mann konnte von Glück sagen, dass er sich bei der Aktion nur einen Muskelfaserriss zugezogen hatte.

Als sie endlich die Erde rund um das Pflaumenbäumchen festtraten, war die Dämmerung hereingebrochen, und am Himmel blinkten die ersten Sterne. Alberto wusch sich an der Pumpe die Hände, während Vito im Schuppen den Limoncello aus dem Eisfach holte und Rizzi drei Schnapsgläser bereitstellte.

»Schon der neue?«, fragte Alberto mit Blick auf die Eineinhalbliterflasche und stellte Spaten und Schaufel in die Ecke.

»Und er ist in diesem Jahr besonders gut geworden«, lobte Vito sich selbst und goss den Zitronenschnaps ein, der – anders als der Bellini-Limoncello – nicht quietschgelb, sondern von trüber, blassgelber Farbe war.

Stumm prosteten die Männer sich zu. Der Limoncello

schmeckte fruchtig, war nicht zu süß und im Abgang ein wenig bitter – wie es sich gehörte, fand Vito.

Er verabschiedete sich, befahl Romeo, auf die Ladefläche zu springen, startete den Motor und knatterte mit der Ape den Hang hinauf. Rizzi klemmte sich die Tüte mit der Antriebswelle unter den Arm, nahm die angebrochene Flasche und sagte zu Alberto: »Komm mit.«

Sie gingen um den Schuppen herum auf die andere Seite, wo im vergangenen Sommer noch die Bougainvillea gewuchert hatte und das alte Tor zum Vorschein gekommen war, als Rizzi dort Platz für einen Kaninchenstall hatte schaffen wollen. Er öffnete das neue Vorhängeschloss, schob das Tor auf und schaltete das Licht an.

Die Stromleitung hatte er hier am vorvergangenen Wochenende verlegt, die Industrielampen aufgehängt und das ganze Gerümpel nach hinten und auf die Seite geräumt, um Licht und Platz für den Cinquecento zu haben – beziehungsweise für das, was im Moment noch von dem alten Auto übrig war: Rizzi hatte den Wagen aufgebockt, die Räder abmontiert und bereits damit begonnen, den Motor auseinanderzunehmen.

Alberto ging einmal um den Wagen herum, nickte anerkennend, tätschelte das runde, von Rostflecken übersäte Hinterteil und ließ sich auf dem Beifahrersitz nieder, während Rizzi auf der Fahrerseite einstieg und sich hinters Lenkrad setzte.

»Und wie geht's jetzt weiter«, fragte Alberto, »nach allem, was passiert ist?«

»Ich schätze, es geht so weiter, wie Aurora Bellini es sich zu Lebzeiten vorgestellt hat.« Rizzi nahm Tabak und Blättchen von der Mittelkonsole. »Simon Mugele hat jetzt das alleinige Sagen bei Casa Bellini – auch wenn er seine Zitronen künftig woanders beziehen muss.« Rizzi befeuchtete das Blättchen mit der Zungenspitze. »Sein Versuch, Raffaella mit dieser alten Geschichte, dem Unfall, unter Druck zu setzen, ist jedenfalls gescheitert. Raffaella ist, nach allem, was man hört, entschlossener denn je, mit der ökologischen Landwirtschaft weiterzumachen.«

Alberto nahm die Zigarette, die Rizzi ihm reichte, ließ sich von ihm Feuer geben und sagte: »Die alte Aurora Bellini war schon ein echtes Miststück.« Er pustete hörbar den Rauch aus und sah nachdenklich den Schwaden hinterher. »Und dann tritt sie so von der Bühne ab.« Fast anerkennend schüttelte er den Kopf. »Diese Frau hat keine halben Sachen gemacht.«

Sie tranken, rauchten, und Alberto betrachtete die Flasche, während Rizzi nachschenkte. »Schmeckt hervorragend, der Selbstgemachte von deinem Papà«, sagte Alberto. »Vielleicht sollte er Simon Mugele mal den Tipp geben, in Zukunft nicht mehr so viel Zucker und weniger Farbstoff in den Bellini-Limoncello zu mischen.«

Sie verließen die Scheune. Rizzi löschte das Licht, hängte das Schloss vor und verabschiedete sich von Alberto.

Auf dem Weg nach Hause stoppte Rizzi mit seinem Roller auf der Via Marina Grande, oberhalb des Hafens, schaute über die Lichter und den Monte Tiberio, der sich schwarz gegen den nachtblauen Himmel abhob. Er sog die frische Luft ein, die weich war wie Seide, und dachte, dass er nie im Leben von hier weggehen würde, für keinen Job der Welt. Sein Telefon klingelte.

»Wo bleibst du?«, fragte Gina. »Das Essen wird kalt.«

»Bin unterwegs«, sagte Rizzi. Er gab Gas, legte sich in die Kurven, und der Salatkopf in der Tüte, zwischen seinen Stiefeln, rutschte auf dem Trittbrett wie ein Fußball von einer Seite auf die andere.

Luca Ventura

Mitten im August

Der Capri-Krimi

Der Inselpolizist Enrico Rizzi hat es auf Capri zumeist mit kleineren Delikten zu tun und daher genügend Zeit, seinem Vater in den Obst- und Gemüsegärten hoch über dem Golf von Neapel zu helfen. Bis mitten im August ein Toter in einem Ruderboot an den felsigen Strand getrieben wird: Jack Milani, Spross einer Industriellenfamilie und Student der Ozeanologie. Es ist der erste Mordfall für den jungen Rizzi, ein Fall, bei dem es neben der Aufklärung eines Verbrechens auch um die Zukunft der Weltmeere geht.

«Der Auftakt einer stimmungsvollen Reihe, die alles bereithält, was Italien traditionell zu bieten hat.»
Barbara Hoppe / Frankfurter Allgemeine Zeitung

«Luca Ventura gelingt es fantastisch, Spannung mit italienischem Flair zu verbinden. Ein Genuss.»
Gala, Hamburg

Donna Leon im Diogenes Verlag

»Ich kann nicht behaupten, dass Brunetti eine Erfindung von mir ist, es kommt der Wahrheit viel näher zu sagen, dass ich ihn eines Tages entdeckte, während er hinter dem Opernhaus ›La Fenice‹ in vollendeter Gestalt aus dem Polizeiboot stieg.« *Donna Leon*

»Donna Leons Krimis mit dem attraktiven Commissario Brunetti haben eine ähnliche Sogwirkung wie die Stadt, in der sie spielen.«
Franziska Wolffheim / Brigitte, Hamburg

»Commissario Brunetti ist einzigartig.«
Publishers Weekly, New York

Die Fälle für Commissario Brunetti:

Venezianisches Finale
Roman. Aus dem Amerikanischen von Monika Elwenspoek

Endstation Venedig
Roman. Deutsch von Monika Elwenspoek

Venezianische Scharade
Roman. Deutsch von Monika Elwenspoek

Vendetta
Roman. Deutsch von Monika Elwenspoek

Acqua alta
Roman. Deutsch von Monika Elwenspoek

Sanft entschlafen
Roman. Deutsch von Monika Elwenspoek

Nobiltà
Roman. Deutsch von Monika Elwenspoek

In Sachen Signora Brunetti
Roman. Deutsch von Monika Elwenspoek

Feine Freunde
Roman. Deutsch von Monika Elwenspoek

Das Gesetz der Lagune
Roman. Deutsch von Monika Elwenspoek

Die dunkle Stunde der Serenissima
Roman. Deutsch von Christa E. Seibicke

Verschwiegene Kanäle
Roman. Deutsch von Christa E. Seibicke

Beweise, daß es böse ist
Roman. Deutsch von Christa E. Seibicke

Blutige Steine
Roman. Deutsch von Christa E. Seibicke

Wie durch ein dunkles Glas
Roman. Deutsch von Christa E. Seibicke

Lasset die Kinder zu mir kommen
Roman. Deutsch von Christa E. Seibicke

Das Mädchen seiner Träume
Roman. Deutsch von Christa E Seibicke

Schöner Schein
Roman. Deutsch von Werner Schmitz

Auf Treu und Glauben
Roman. Deutsch von Werner Schmitz

Reiches Erbe
Roman. Deutsch von Werner Schmitz

Tierische Profite
Roman. Deutsch von Werner Schmitz

Das goldene Ei
Roman. Deutsch von Werner Schmitz

Tod zwischen den Zeilen
Roman. Deutsch von Werner Schmitz

Endlich mein
Roman. Deutsch von Werner Schmitz

Ewige Jugend
Roman. Deutsch von Werner Schmitz

Stille Wasser
Roman. Deutsch von Werner Schmitz

Heimliche Versuchung
Roman. Deutsch von Werner Schmitz

Ein Sohn ist uns gegeben
Roman. Deutsch von Werner Schmitz

Geheime Quellen
Roman. Deutsch von Werner Schmitz

Flüchtiges Begehren
Roman. Deutsch von Werner Schmitz

Außerdem erschienen:

Himmlische Juwelen
Roman. Deutsch von Werner Schmitz

Über Venedig, Musik, Menschen und Bücher
Deutsch von Thomas Bodmer, Christiane Buchner, Monika Elwenspoek, Reinhard Kaiser und Christa E. Seibicke

Mein Venedig
Deutsch von Monika Elwenspoek und Christa E. Seibicke

Toni Sepeda
Mit Brunetti durch Venedig
Vorwort von Donna Leon. Deutsch von Christa E. Seibicke

Bei den Brunettis zu Gast
Rezepte von Roberta Pianaro und kulinarische Geschichten von Donna Leon. Vignetten von Tatjana Hauptmann. Deutsch von Christa E. Seibicke und Petra Kaiser

Tiere und Töne
Auf Spurensuche in Händels Opern. Deutsch von Werner Schmitz. Mit Bildern von Michael Sowa sowie einer CD des Complesso Barocco, dirigiert von Alan Curtis

Kurioses aus Venedig
Deutsch von Werner Schmitz. Mit einer Vivaldi-CD ›Il Complesso Barocco‹

Gondola
Geschichten · Bilder · Lieder. Deutsch von Karsten Singelmann. Mit einer CD Venezianische Gondellieder, gespielt vom Ensemble ›Il Pomo d'Oro‹. Gesang: Vincenzo Capezzuto. Zugabe: Cecilia Bartoli

Martin Walker im Diogenes Verlag

»Martin Walker hat eine der schönsten Regionen Frankreichs, das Périgord, zum Krimiland erhoben und damit erst für die Literatur erschlossen.«
Die Welt, Berlin

Die Fälle für Bruno, Chef de police:

Alle *Bruno*-Romane in der Übersetzung
aus dem Englischen von Michael Windgassen
Sämtliche Hörbücher werden von Joachim Steck gelesen

Bruno, Chef de police
Auch als Diogenes E-Hörbuch

Grand Cru
Auch als Diogenes Hörbuch

Schwarze Diamanten
Auch als Diogenes Hörbuch

Delikatessen
Auch als Diogenes Hörbuch

Femme fatale
Auch als Diogenes Hörbuch

Reiner Wein
Auch als Diogenes Hörbuch

Provokateure
Auch als Diogenes Hörbuch

Eskapaden
Auch als Diogenes Hörbuch

Grand Prix
Auch als Diogenes Hörbuch

Revanche
Auch als Diogenes Hörbuch

Menu surprise
Auch als Diogenes Hörbuch

Connaisseur
Auch als Diogenes Hörbuch

Außerdem erschienen:

Schatten an der Wand
Roman. Deutsch von Michael Windgassen

Germany 2064
Roman. Deutsch von Michael Windgassen

Brunos Kochbuch
Rezepte und Geschichten aus dem Périgord
Deutsch von Michael Windgassen
Fotografiert von Klaus-Maria Einwanger

Martin Walker
und Julia Watson
Brunos Gartenkochbuch
Deutsch von Michael Windgassen
Fotografiert von Klaus-Maria Einwanger

Gefährliche Ferien – Italien

Mit Donna Leon, Andrea De Carlo,
Carlo Lucarelli und anderen
Ausgewählt von Silvia Zanovello

Ein Buch fürs Handgepäck oder für die Reise im Kopf – an die herrlichen Schauplätze, die Italien zu bieten hat: dunkle piemontesische Trüffelwälder, vor Hitze flirrende toskanische Steinbrüche, das Labyrinth der Calli in Venedig, Strände mit übermütigen Jungs und attraktiven Frauen, blühende Mandelhaine sowie ein sizilianisches Castello mit einem phantastischen Blick über Palermo und das Meer.
Doch hinter der Dolce Vita lauert Gefahr. Nicht nur von Mafiabossen und Kriminellen, sondern auch von Badegästen, Hunden und Schmetterlingen ... Fünfzehn Geschichten aus den Ferienregionen des Bel Paese, geschrieben von so berühmten Autoren wie Donna Leon, Erri De Luca, Carlo Lucarelli und Patricia Highsmith. Und mit zwei Exklusivgeschichten von Andrea De Carlo und Christoph Poschenrieder.